퍼즐게임

퍼즐게임

김선옥 소설집

초판 인쇄 2016년 11월 25일
초판 발행 2016년 11월 30일

지은이 김선옥
펴낸이 신현운
펴낸곳 연인M&B
기 획 여인화
디자인 김주리
마케팅 박한동
홍 보 정연순
등 록 2000년 3월 7일 제2－3037호
주 소 05052 서울특별시 광진구 자양로 56(자양동 680－25) 2층
전 화 (02)455－3987 팩스 (02)3437－5975
홈주소 www.yeoninmb.co.kr
이메일 yeonin7@hanmail.net

값 14,000원

ISBN 978－89－6253－193－0 03810

스쳐 지나가는 이야기를 붙잡아 글 속에
되살려 낸 캐릭터들, 김선옥 작가만의 섬세한 작업

퍼즐게임

김선옥 소설집

연인M&B

작가의 말

가을이 깊었다. 내 인생처럼.

글을 쓴 세월이 꽤 길다. 그런데도 글을 쓴다는 사실을 밝히는 게 두려웠다. 글은 항상 내 마음에 차지 않았다. 다른 사람의 글에 비해 한참 부족한 것 같아 더 잘 쓸 수는 없는지 회의에 빠지곤 했다. 바쁘다고 핑계 대며 존재를 증명하는 작업에 소홀했던 스스로가 부끄럽다.

스쳐 지나가는 이야기를 붙잡아 글 속에 되살려 낸 캐릭터들, 허구일지라도 등장인물을 만드는 것은 작가의 섬세한 작업이다. 소설 속에 나왔던 주인공들이 있어 시선을 끌어 주니 그들에게 감사하다. 이제 한 권의 책으로 엮어지면 사람들은 내 삶을 헤집으려고 할 것이다. 어쩌면 글 속에 생각하는 삶의 방식이 녹아 있어 엉뚱한 잣대로 내가 재단되어질 수도 있을 것이다. 독자라고 접근했던 이가 소설 속의 주인공과 나를 동일시하는 상황을 접하고 황당했던 경험이 있다. 작가는 소설 속의 인물이 아니라는 사실을 부족한 필력으로 조아린다.

나는 지금 삶과 죽음의 현장에 있다. 죽음과의 힘겨루기가 이루어지는 노인 병동에서 찰나에 저세상으로 떠난 목숨들로 어느 날은 슬프고, 우울해서 가슴에 통증이 인다. 헤밍웨이의 소설들로 날을 지새우며 종군기

자를 꿈꿨던 사춘기 시절, 삶과 죽음의 치열한 현장에 대한 막연한 동경은 치기어린 환상이 아니었을까 싶다. 나이 든 지금은 모든 게 덧없고, 허허롭다. 그래도 아직은 건강해서 내가 해 주는 따뜻한 말 한마디에 웃고, 붙잡거나 안아 주는 행동에 고마워하는 사람들, 그들 곁에 있을 수 있어 감사하다.

발표된 글들이 쌓였다. 컴퓨터 파일 안에서 잠자고 있는 미처 발표하지 못한 글들도 상당했다. 세상의 빛을 보지 못하고 웅크린 자식처럼 소중한 글들에 항상 미안했다. 내가 죽은 다음에 유고집으로 정리해 주면 좋겠다고 언젠가 딸에게 넌지시 말을 건넸다가 본인의 일은 스스로 마무리하라고 쌀쌀맞게 조언하는 걸로 한 방 먹었다. 내가 사라진 다음에 나온 책으로 누가 무슨 말을 한다고 해도 알지 못할 것이니 다행이라고 여겼던 마음이 뜨끔했다.

나보다 훨씬 뒤늦게 필을 잡기 시작한 남편이 먼저 책을 펴냈다. 내게 미안했던지 그는 올 초부터 출간을 거론했다. 내가 게으름을 부리자 여름이 지난 후부터는 권유를 빙자한 구박으로 자존심을 긁곤 했다. 덕분에 여러 지면에 발표했던 글들을 간추리며 수상했던 작품 몇 편을 뺐다. 심사했던 분들께 미안해서 작품을 더 손보고 다시 엮고 싶은 마음이었는데 언제 또 기회가 주어질지 알 수 없다.

처음 출간하는 책이라서 그런지 인사해야 할 사람도 많다. 사랑하는 가족과 친지들, 선후배와 동창들, 더 나은 글을 쓰도록 격려해 주던 문우들, 직장 동료들, 이 글이 나오기까지 도와준 연인M&B 사람들, 일일이 이름을 거론하는 것도 죄스럽다. 곁에서 오래 지켜본 사람들에게 누를 끼치지만 않아도 좋을 것 같다. 이제는 잊고 살았던 하늘에 계신 내 하나님, 아직도 언제 돌아갈지 모를 나날들이 부끄럽다.

글이 건조하다는 말을 많이 들었다. 재미도 없는 글을 끝까지 읽어 준다면, 읽은 후에 글쓴이의 심경을 헤아린다면 그것만큼 고마운 것도 없으리라. 가을답지 않게 화사한 오늘, 단풍이 짙다. 곧 겨울이 올 것이고, 한 해가 저물면 내 인생도 한발 죽음에 더 가까워지겠지. 안타까운 마음을 이 한 권의 책으로 다스릴 수 있었으면 좋겠다.

2016년 11월

차례

골목 이야기

낮에는 사람의 왕래가 드문 골목이었다. 아무도 살지 않거나 끔찍한 괴물이 몰래 숨어 있다가 지나다니는 사람들을 노리며 덤벼드는 게 아닌가 싶게 무섭고, 으스스한 장소였다. 지나치게 조용해서 수상한 정적이 깊게 감도는 골목을 지나다가 흘낏 쳐다보면 대부분의 집들은 두꺼운 열쇠나 새시 문으로 굳게 닫혀 있었다.

밤이 어슬렁거리며 눈짓을 시작했다. 절간처럼 죽은 듯 조용하던 골목은 자던 잠들을 일제히 떨쳐 버리고 기운차게 깨어났다. 가로등의 점등시간처럼 눈을 뜬 골목은 저녁의 어스름한 기운을 폐부 깊숙이 들여마시고 그제야 하루의 문을 열었다. 골목이 문을 여는 시각이면 음험한 어둠도 왕성한 기운들을 가릴 수가 없었다.

사람들은 낮 동안 굳게 철폐시켜 두었던 문을 열고 하나 둘 밖으로 걸어 나왔다. 그때까지도 방 안에는 사내들이 떠날 때 남기고 간 비릿한 정액 냄새가 부유하며 떠돌고 있었다. 골목 안의 사람들은 공기 중에 남겨진 퀴퀴하고 이상한 냄새들과 살비듬, 머리칼이나 먼지 같은 것들을 밖으로 내몰거나 진공청소기로 부지런히 흡입해 없애면서 한껏 기지개를 켰다. 그런 후면 골목은 대낮처럼 환하게 불을 밝히고 활기차게 솟구쳤다. 저녁은 또, 행상들과 화장품 외판원들, 보험 설계사들처럼 골목이 필요한 품목들을 움켜쥔 사람들이 바쁜 걸음으로 찾아오는 시각이었다.

나이에 어울리지 않게 진하게 화장한 아주머니가 무거운 가방을 들고 골목으로 들어섰다. 두껍게 바른 화장발이 먹지 않은 아주머니의 이마에는 송글송글 땀이 맺혀 있었다. 처진 어깨가 지치고 피곤한 기색을 역력히 드러내었다.

"아이섀도우 가져왔어?"

무대에 오르는 배우처럼 화장한 여자가 껌을 딱딱 소리 내어 씹으며 아주머니에게 반말 투로 지껄였다. 화장품 회사의 유니폼을 입은 외판원 아주머니는 이마를 찡그렸다가 골목의 여자들이 중요한 고객이라는 사실을 깨닫고 즉시 환하게 얼굴을 폈다. 종일토록 방문판매로 물먹은 솜처럼 가라앉은 상태지만 여자를 함부로 대해서는 안 된다는 철칙을 떠올린 모양이었다.

여자는 진하고 두껍게 화장해서 완전하게 다른 사람으로 변했다. 여자의 화장하지 않은 얼굴은 아무도 상상할 수 없었다. 여자뿐이 아니라 그곳 여자들은 대부분 진한 메이크업 뒤로 숨어 낯선 얼굴들이 되었다. 눈썹을 진하게 그린 후에 기다란 속눈썹을 달고, 짙게 파운데이션을 칠한 여자들은 진한 색상의 립스틱을 마지막으로 손질을 마쳤다. 공들여 새로 만든 얼굴은 애인이나 가족들이 찾아오더라도 결코 알아볼 수 없었다. 전혀 미지의 인물이 된 그녀들은 자신이 아닌 타인이 되어 하루를 살기 위해 스스로도 알아볼 수 없게 가면을 쓴 것처럼 얼굴에 떡칠하는지도 몰랐다.

"아! 지난번에 부탁한 청록색하고 흰색? 이번엔 틀림없이 가져왔지."

"잊지 않으셨네."

"그럼, 두 번이나 부탁한 건데 어떻게 잊겠어? 회사에 물건이 늦게 내려와서 지난번에 못 가져왔을 뿐이야. 나는 손님이 말하는 거 잊을 정도로 그렇게 맹한 사람 아니야. 첫 거래지? 계속 거래해 보면 나를 잘 알게 될 거야. 오늘은 회사에 물건 도착하자마자 잽싸게 빼 왔어. 중요한 고객이라 꼭 가져다 줘야 한다고 부장님께 사정해서 내가 직접 챙겨 왔거든. 그런 내 정성은 알아줘야 해."

이마의 잡힌 주름 속으로 두꺼운 파운데이션이 골을 이루어 주름이 더 굵게 보여지는 외판원 아주머니는 비굴하게 웃었다. 여자를 쫓아 숙소로 들어가는 외판원의 겨자색 반소매 티셔츠에 불빛이 피처럼 붉게 뿌려졌다. 골목 어귀에 서 있던 테이프 판매상은 여자의 뒤를 따라 안으로 들어가는 외판원의 모습을 부러운 시선으로 바라보았다.

그는 노총각이었다. 성이 노가여서 노총각으로 불리지만 실제 나이는 스물다섯이었다. 골목 사람들에게 늙지도 않았으면서 노총각이라고 가끔 놀림 당하는 그는 오래전, 여자가 골목에 얼굴을 나타낸 순간부터 여자를 짝사랑해 오고 있었다.

노총각은 화장품 외판원처럼 안으로 들어가 여자가 사는 모습을 보고 싶었다. 여자가 어떤 모습으로 방을 치장하며 사는지, 여자가 방에서 가장 아끼고 소중히 여기는 것이 무엇인지 궁금했다. 앞으로 여자가 몸을 파는 일 말고 무엇을 하면서 살고 싶은지, 장래에 꿈꾸는 것이 무엇인지도 알고 싶었지만 여자에게 감히 그런 말을 꺼낼 수 없었다. 가끔씩 테이프를 고르는 여자의 얼굴을 닳도록 쳐다보면서도 그는 거래를 위한 다른 말을 여자에게 꺼내 본 적이 없었다. 그의 사랑은 가슴 안에서

키를 늘이고, 두께를 더해 갈 뿐 밖으로 품어지지 못했다. 그는 신경질적으로 테이프들이 놓여 있는 나무판 위에서 가요 테이프 하나를 골라 휴대용 카세트에 집어넣고, 볼륨을 크게 키웠다.

'나 보기가 역겨워 가실 때에는~'

경쾌한 여자 가수의 목소리가 흘러나왔다. 어깨춤을 들썩이게 흥을 일으키는 목소리는 리듬을 따라 골목 가득히 퍼져나갔다. 노래의 뒤를 이어 리어카에 각종 과일을 잔뜩 싣고 온 행상도 냅다 소리를 질렀다.

"싱싱하고 맛좋은 수박이 왔어요. 방울토마토, 물이 좋은 참외랑 복숭아도 왔어요. 황소 만한 금싸라기 수박이 단돈 삼천 원. 방울토마토는 한 보따리에 이천 원. 다들 나와 보세요. 와! 싸다. 어서어서 동이 나기 전에 빨리들 사 가시요. 찬스 놓치면 맛없는 과일을 비싸게 사서 먹을팅게."

"말이 청산유수여."

지나가던 행인이 과일행상을 힐끗 쳐다본 후에 호기심이 잔뜩 서린 눈빛으로 골목길에 시선을 돌렸다.

"말 칭찬은 냅두고, 과일이나 많이 사쇼. 아참, 여그 골목 아가씨들도 내 과일이라면 무지허게 좋아하는디. 한 보따리 사들고 가시면 특별대우를 받지라."

과일장사가 능글맞게 웃으며 넉살을 부렸다. 이에 질세라 꽃을 파는 행상도 목소리에 힘을 실어 한껏 소리를 높였다.

"꽃도 왔어요. 아가씨들만은 못혀도 장미, 백합, 안개꽃. 이쁘고 잘난 꽃들이 없는 거 없이 몽땅 다 있어요."

테이프의 노총각이나 과일, 꽃을 파는 행상은 모두 비슷한 연배였다. 테이프가 먼저 자리를 잡고, 과일과 꽃을 꼬드겨 골목이 문을 여는 시각이면 함께 몰려왔다. 그들은 골목 아가씨들과 싱글거리고 농을 주고받으며 잠시 서성이다가 어둠이 더 깊어져 손님들이 몰려올 시각이면 다른 장소로 이동했다.

입가에 웃음을 가득 머금고 기세 좋게 소리치는 그들 틈새로 다른 상인들도 가끔씩 물건을 챙겨 저녁이 내린 골목길로 찾아왔다. 그중에는 여자들의 구미를 당기는 상큼한 물건들도 더러 있었다. 아찔하게 속살이 비치는 야한 드레스들과 드라마에서 탤런트가 머리에 꽂았던 모조보석이 화려하게 달린 핀이나 목걸이, 굽이 높고 특이한 샌들을 가져오는 행상들은 여자들에게 단연 인기가 좋았다.

어둠이 세상을 잠식할 때부터 골목은 새로운 세상이 되었다. 켜켜이 쌓인 전날의 피로를 낮 시간의 짧은 잠으로 황급히 털어 낸 여자들은 손님들을 맞이하기 위해 분주하게 서둘렀다. 얼굴을 곱게 다듬고 되도록 윤곽이 많이 드러나는 옷을 골라 입었다. 선정적인 옷은 사내들을 유혹하기에 좋은 미끼였다.

화장을 마치고 옷을 차려입은 여자들은 문 곁에 놓아 둔 둥그런 의자에 다소곳이 앉았다. 나비를 기다리며 꽃이 되는 순간이었다. 어떤 여자는 질겅질겅 껌을 씹거나 영화에서 보던 여배우의 모습을 흉내 내며 담배를 입에 물었고, 누군가는 무료해서 손거울을 들여다보았다. 잘 칠해진 입술을 지우고 다시 칠하는 여자도 있었다. 여자들은 되도록 많은 돈을 사내들로부터 쥐어 짜내는 게 임무였다. 가면처럼 화장한 모습에 속는 멍청한 사내가 나타나기를 기다리며 여자들은 골목에서 시간을 죽였다. 찾아온 사내를 제대로 유혹할 수 있기를, 흘러든 사내가 속살을 드러낸 옷자락 사이로 거침없이 돈을 떨어뜨려 주고 가기를 여자들은 한결같이 바랐다. 여자들의 가치는 수입에 비례했으므로 지폐의 무게가 골목의 하루를 마감하는 간절하고 유일한 꿈이었다.

얼굴에 생기를 가득 피워 올리며 손님을 유혹하기 위해 준비한 여자들의 모습은 꽃처럼 아름다웠지만 한 꺼풀 뒤에 숨겨진 모습이 어떤지는 아무도 관심이 없었다. 은구슬이 구르듯 맑은 목소리로 부산을 떠는 여자들의 가슴 깊은 곳에 시커멓게 썩은 애환들이 탑처럼 쌓였는데도 속내는 살피지 않았다. 골목을 찾아오는 대부분의 남자들은 치장된 모습과 꾸민 미소에 현혹되어 창자까지 꺼내줄 듯이 은근하게 굴었지만 여자들에게 환상이 없다는 것을 잘 알고 있었다. 그런데도 골목의 여자들에게 환상의 베아트리체가 있는 것처럼 위안을 방패 삼아 찾아왔다. 환상 따위는 어디에도 존재하지 않는다는 사실을 남자들이 알아채기 훨씬 전부터 여자들도 알고 있었다. 골목 여자들은 환상이 없다는 것을 알고 있었고, 설사 있더라도 환상을 믿지 않은 지 이미 오래였다.

오랫동안 꿈과 환상을 찾아 헤매던 남자들은 골목으로 들어와 어디로 가야 할지 몰라 엉거주춤 서성였다. 서성이던 남자들은 덥석 미끼를 물어 버린 고기를 낚아채기 위해 벼르던 골목의 여자들에 의해 골방으로 안내되었다. 어리고 세상 경험이 부족한 순결을 지닌 남자들도 찾아왔다. 그들에게도 골목은 꿈의 세계였다. 어른들의 경고에도 불구하고 위험한 장소로 지정된 골목은 환상이 있는 세계로 비쳤다. 그들도 여자들에게 어김없이 동정을 빼앗기거나 스스로 포기하면서 꿈과 환상까지 아무런 미련도 없이 함께 버렸다.

노총각도 그들처럼 어린 시절 부모의 눈을 피해 아주 가끔 골목을 훔쳐보며 지나갔다. 지금은 성장하여 골목 가까이에서 서성이지만 꿈의 파편들을 조금이라도 주워 모으고 싶었다. 그는 골목에서 꿈을 찾으려고 크게 눈을 떴다가 다른 남자들처럼 꿈꾸던 것들을 하나도 찾지 못해 실망한 채 돌아서곤 했다. 허무와 허탈감만 뼈저리게 맛보며 살아가는 젊은이가 된 그는 꿈의 깨진 조각을 보고 쓸쓸한 표정으로 날마다 미련을 남기며 발길을 돌렸다. 그래도 그에겐 돌아갈 집과 받아 줄 세상이 있었다. 여자들에게도 그럴 장소가 있을지 그는 알 수 없었다.

노총각의 테이프와 경쟁이라도 하듯 골목집 어디선가 볼륨을 크게 틀어 놓은 흘러간 가요의 슬픈 음률이 파도처럼 골목을 휘돌았다. 간간 깔깔대는 여자들의 웃음소리에 섞여 낮은 비음으로 흥얼대는 늙은 포주의 목소리가 새어나와 삽시간에 골목이 노랫가락으로 적셔졌다. 과일 몇 개와 한 다발의 꽃을 제외하고 다른 것은 팔지 못했지만 행상들은 서서히 리어카를 밀었다. 본격적으로 손님이 몰려들 시간이었으므로 아쉽더라도 사라져야 했다.

"오늘 머저리 몸 푸는 날이지?"

알아들을 수 없는 그녀들만의 언어로 여자가 소곤거렸다. 머저리는 단골로 골목에 찾아와 여자를 찾는 남자였다. 누가 붙였는지 모르지만 머저리로 불린 그가 여자의 단골손님이라는 것도 노총각은 알지 못했다. 머저리로 불릴망정 여자를 품에 안고 시간을 보낼 수 있는 그는 노총각보다 한결 나은 처지였다.

"맞다, 내 사랑 바람잡이도 함께 올 걸. 오늘 선불 땡기는 날이거든. 우리 머저리랑 바람잡이를 홀딱 벗겨 먹자. 쌍말만 안 갈기면 바람잡이도 쥑이는데."

"쥑이긴 뭘 쥑여. 제발 니가 죽이지나 마라. 곱게 살려 보내야 담에 또 빵빵하게 돈 들고 찾아오지."

초록 가발을 쓴 여자의 말에 주위의 여자들 모두가 킬킬대며 웃었다.

단골로 찾아오는 남자들에게는 별명이 붙여졌다. 머저리, 병신, 등신,

통돼지구이, 사팔뜨기, 불한당, 바람잡이같이 대부분 질이 낮고, 저속하거나 상스런 별명이었다. 그렇게 별명이 붙여진 남자들도 희한하게 기분 나빠하지 않았다. 자신의 별명이 재수 없고, 웃긴다는 것을 알면서도 개의치 않았으며 크게 화내는 일도 없었다. 오히려 즐겁게 키득거리면서 다른 사람을 놀리는 일에 기꺼이 동참했다.

별명이 붙은 단골들은 주로 뱃사람들이었다. 결혼할 나이가 훨씬 지나 버린 늙은 총각이거나 바다를 떠도는 동안에 다른 남자와 눈이 맞아 가출한 아내를 둔 홀아비들이었다. 혼자서 풍진 세상과 맨주먹으로 맞서는 그들은 바다에 목숨을 떠맡기고 살았다. 바다의 변덕은 그들의 목에 시퍼런 칼날을 겨누고 있었다. 언제 죽을지 모르는 목숨을 부여잡은 그들은 불안에 사로잡힌 채 절망에 길들여 있었다. 인생이 고단해서 그들은 자주 삶을 체념하였다. 거칠 것 없는 삶을 당당하게 생각하면서 되도록 호탕하게 살고자 애썼다. 하루를 힘겹게 사는데도 세상을 포기하지 못하고 세상에 미련이 많은 사람들이 그들이었다. 그들은 바다로 나가기 전에 선주로부터 선불로 받은 돈을 써 버려야 안심이 되었다. 가치 없이 탕진하기엔 아까운 목숨 값이었는데도 배에 오르기 전에 없애지 않으면 불안감을 견디지 못하여 안달이었다. 선불을 쌓아 두면 바다에서 다시는 돌아오지 못하리라는 사위스러움*에 떨고 있었는지도 몰랐다.

그들은 돈을 쓰기에 적합한 곳으로 골목을 택했다. 목숨을 붙잡을 수 있는 유일한 끈이 골목이라고 단정한 모양이었다. 세상으로부터 버려진 사람들, 세상의 관심권에서 밀린 사람들끼리는 서로 단단히 얽어매었다. 그들에겐 그것이 법이고, 생의 밧줄이었다.

골목의 여자들과 배를 타는 그들은 바다로 나가는 날까지 좁은 방에서 함께 뒹굴었다. 여자가 원하는 것이면 그들은 뭐든지 해 주었다. 여자들은 바닷바람을 싣고 온 남자들에게서 가능하면 뼛골까지 빼앗으려 덤볐다. 그들은 허허 웃으며 바닷물을 마셔 모두 없애라는 소원이라도 들어줄 것처럼 굴었다. 여자들은 비린내가 절어 있는 거친 그들에게 갖은 애교를 부렸다. 되도록 많은 화대를 울궈내면서 그렇듯이 당연하게 생각하였다.

그날, 머저리와 바람잡이도 지갑을 탈탈 털어 푼수처럼 마구 돈을 뿌렸다. 머저리는 여자에게 십팔금의 예쁜 발찌를 사 주었으며, 여자의 비음이 섞인 앙탈에 귀고리도 사서 주었다. 여자는 내일 비싼 핸드백을 사다 주겠다는 약속까지 받아 내었다. 핸드백을 들고 뽐내며 거리를 활보할 일이 있을지 까마득했지만 여자는 그저 행복했다. 머저리 같은 사람들이야말로 골목의 여자들에게는 영원한 봉이었다.

골목에는 어린이나 나이 많은 어른들은 없었다. 어린이나 노인들의 세계는 따로 있는 모양이었다. 설령 골목에 존재하더라도 그림자만 얼씬하도록 규정지었는지도 몰랐다. 어디선가 뚝 잘라 온 듯 젊고 싱싱한 여자들만 환영받았다. 젊고 반듯한 여자여야 골목의 거주자가 될 자격이 주어졌다. 방문객들의 연령층도 대게는 젊었다. 골목엔 이십대에서 삼십대가 주를 이루었다. 간혹, 십대나 사십대 이후의 사람들이 기웃댈 경우도 있었지만 그들은 골목의 사람들에게 홀대를 받았다. 기가 죽어 나왔고, 다음엔 골목으로 들어가는 발걸음이 조심스러웠다.

골목에 잇닿은 건물은 동의보감 한의원이었다. 온 나라의 국민을 텔레비전 앞에 붙잡아 놓은 '허준'이란 제목의 드라마가 시청률 오십 몇 프로라는 경이적인 기록을 세우고 막을 내린 지 얼마 되지 않았을 때였다.

건물주인 한의사는 드라마의 여세를 몰아 '동의보감 한의원'이라는 간판을 내걸고 개원에 박차를 가했다. 삼 개월의 공사 기간을 거친 건물은 산뜻하게 바뀌어 이제 막 마무리 단계에 접어들었다. 제법 큰 페인트 가게를 운영했던 전 소유자는 돈을 벌자 욕심이 생겨 건설 회사를 차렸고, 경기가 힘든 시기에 설립된 회사는 버티지 못해 부도가 났다. 신용금고의 담보로 들어간 건물은 경매에 붙여져 한의사의 손으로 넘어갔다. 한의사는 무도회장이었던 이층과 소극장이었던 삼층까지 말끔히 개조하여 커다란 물리치료실과 최신 장비를 들인 멋들어진 진찰실로 만들었다. 그는 많은 환자들을 진료하여 손에 가득 돈을 움켜쥘 계획이었다.

골목 옆 건물의 리모델링 작업을 지휘하던 현장감독이 망연한 표정으로 한 곳을 응시하였다. 그는 마지막 단계에서 엄청난 일을 목격하고 그만 맥이 풀렸다. 현장감독이 목격한 일이란 다름 아닌 화재였다. 몇 달 동안 나라를 온통 시끄럽게 만들던 화재가 골목에서 막 발생하는 순간이었다. 창문을 통해 먹물처럼 시커먼 연기가 품어져 나오고, 안에서 무언가 터지는 요란한 폭발음도 들렸다. 미친 불길은 혀를 날름거리며 춤을 추웠다. 쇠스랑처럼 생긴 지게차가 골목집의 쇠창살을 우악스럽게 뜯어내는 것과 동시에 역 쪽으로 연결된 도로에서 왱왱 소리를 지르며 소방차가 성난 황소처럼 황급히 달려왔다.

화재를 처음 목격하고 신고한 사람은 공사를 맡고 있던 젊은 현장감독인 그였다. 안경을 쓰고 키가 큰 그는 얼마간 얼이 나간 상태였다. 그는 공사가 거의 끝나간 마당에 불티가 날려 도색한 벽이 엉망이 될 것에 신경이 더 쓰였다. 심하게 불이 번지면 콘크리트 건물이지만 페인트에 섞인 신나가 인화작용을 할 수도 있었다. 사람이 하나 지나다니기도 빠듯한 골목길이어서 화재는 위험을 초래할 수가 있었으므로 그는 그것이 더 염려스럽고 두려웠다.

소방차는 도착하자마자 옆 건물에 물부터 뿌려대었다. 연이어 도착한 소방차들에서 노란 헬멧과 노란 장화를 착용하고 검은 옷을 입은 소방관들이 차례로 줄을 지어 내렸다. 그들은 즉시 사다리를 타고 창살이 뜯긴 창문을 통해 이층의 건물 안으로 들어갔다.

"안에 사람이 있어요."

비명에 가까운 소리가 들렸다. 두 번째 골목집 삼촌이라 불리는 총각이었다. 잘 생긴 그는 사색이 된 채 슬리퍼에 웃옷도 걸치지 않은 반바지 차림으로 뛰쳐나왔다. 소리를 지르는 그에게 누군가 남방셔츠를 걸쳐 주었다. 그는 자기의 벗은 몸에 누가 옷을 걸쳐 주는지도 모른 채 소방관들을 붙잡고 애원하였다.

"이층에 아가씨들이 다섯이나 있어요. 제발 좀 구해 주세요."

그는 손가락을 펴 보이며 여자들을 살려 달라고 말했다. 목이 메게 구걸하듯 부탁했지만 소방관은 무뚝뚝하게 고개만 저었다. 불길이 빠르게 번져 어렵다는 뜻인지, 구하려 노력하겠지만 가능성이 없다는 뜻인지 모호했다. 소방관을 붙잡고 늘어지던 그는 생각난 듯 누나에게 휴대 전화를 걸었다.

"누나! 애들이 다 죽은 거 같아. 모르겠어. 나도 어떻게 된 상황인지."

그는 전화기에 대고 애들이 다 죽은 것 같다고 말하였다. 그는 제정신이 아니었다. 상황을 설명하는 그의 입술이 덜덜 떨렸다.

"이걸 어쩐다. 몇이나 죽었어?"

떼로 몰려선 사람들이 황망한 낯빛으로 그를 보며 수군거렸다. 행인들도 상황을 제대로 파악하지 못하고 욕설을 퍼부으며 지나갔다.

"문을 다 잠갔다면서? 나쁜 놈들."

불티가 나르는 이층의 부서진 창으로 매캐한 연기가 계속 쏟아져 나왔다. 소방차들이 큰 힘을 쓰지 않았는데도 불은 삽시간에 꺼졌다. 불이 나고, 꺼진 시간이 너무 짧아서 소방관들은 힘쓸 겨를조차 없었다. 진화는 간단했지만 인명 피해는 생각보다 컸다.

골목집 둘째 집의 여자들 다섯이 고스란히 떼죽음을 당했다. 여자들은 캐시미어 이불, 담요, 포대기에 덮여져 나왔다. 아무것도 보이지 않도록 가려진 틈새에서 발목이 드러났다. 한쪽 발목에 발찌가 채워져 있었다. 아직 광택이 사라지지 않은 반짝이는 십팔금이었다.

들것에 실린 여자들은 물건이나 다름없이 취급되었다. 여자들은 모두 시체였다. 시체들은 이리저리 부딪히고 아무렇게나 놓아도 아프다고 항변하지 않았다. 이제는 몸을 함부로 취급하지 말라고 말하지 못할 아니, 말할 수 없는 시체였다. 하긴 살아 있을 때도 여러 남자들에게 함부로 취급되곤 했지만 말하지 못했다. 죽어서도 더 하면 더 했지 살아 있을 때보다 하나도 나을 게 없는 마찬가지 상황이었다.

그녀들은 시체가 되어, 소방서의 구급차에 실려 웅성거리는 무리들 속을 재빠르게 벗어났다. 재미난 구경거리가 생겼다는 듯이 호기심에 반짝이는 눈을 하고 웅성웅성 모여든 사람들은 말에 꼬리를 붙이고 살을 더해 덩치를 키우게 될 것이었다. 소방차도 구급차도 사라지고 검게 그을린 창문만 보이는 건물 외에 볼거리들이 없어지자 몰려서 있던 군중들도 아쉬운 듯이 하나 둘 흩어졌다.

노총각은 늦은 잠자리에서 깨어나 장사를 나가기 위해 준비하다가 골목의 소식을 들었다. 그는 제일 먼저 여자의 안부가 궁금했다. 살았는지, 죽었는지 알 수가 없었다. 과일과 꽃을 파는 친구에게 각기 전화를 걸었다. 과일 행상은 전화가 연결이 되지 않았고, 간신히 꽃 행상이 연결되었다.

"소식 들었냐?"

"무슨 소식?"

"골목……."

노총각은 뒷말을 잇지 못했다. 속에서 무엇인가가 울컥 넘어왔다. 꽃 행상도 노총각처럼 그런 모양이었다. 한동안 서로 말을 잇지 못했다. 꽃 행상은 골목집의 여자들 몇의 얼굴을 정확하게 기억하고 있었다. 모두 그의 단골들이었다. 노총각은 꽃 행상의 단골 여자들 중에서 죽은 여자들이 있는지, 그가 짝사랑했던 여자가 어떻게 되었는지 그게 더 궁금했지만 어떻게 물어야 할지 알 수 없었다.

"굉장했다더라."

"죽었어?"

"다섯 명이 죽었다는 소문도 있고, 아직 확실한 것은 몰라. 오늘 그쪽으로 장사 나가긴 틀렸겠지? 두 번째 집에서 불이 나고, 그 집에 있던 여자들이 다 죽었다는 거 같던데 나가 봐야 알겠다."

꽃 행상이 말을 이었다. 그도 정확한 소식을 알고 있지 않은 모양이었다. 노총각의 심장은 두 번째라는 단어에서부터 멎었다가 이내 방망이질하며 뛰기 시작했다. 그가 짝사랑하던 여자는 두 번째 집에 소속되어 있었다.

"당연하지 임마. 나, 오늘은 장사 접을란다. 마음이 여간 싱숭생숭한 게 아니다."

겉으로 내색하지 않고 아무렇지 않게 말을 꺼냈지만 노총각은 빨리 집을 나가 소식을 수소문해야 할 것 같았다. 장사고 뭐고, 오늘은 아무것도 할 마음이 일지 않았다.

'윤락가의 화재 사건'은 그렇게 해서 전국의 방송망을 탔다. 현장감식반의 보고에 의하면 화재는 누전이 원인이라고 했다. 낡은 건물의 오래된 배선이 문제였다고 뉴스 해설자는 감정을 싣지 않은 목소리로 전했다. 텔레비전에 비춰진 화재 현장은 생각보다 처참해 보이지 않았다.

여러 방송에서도 화재를 화제 삼아 나름대로 이야기를 꾸며 뉴스를 내보냈다. 그들은 여자들이 도망가지 못하게 밖에서 문을 잠갔고, 쇠창살로 여자들을 가두었기 때문에 빠져나오지 못했다고 말하기도 했다. 불에 타 죽은 것은 순전히 쇠창살 탓이라고 목소리에 분노를 실어 소식을 전하는 진행자도 있었다. 뉴스 작성자들이 머리로 짜낸 엉터리였다.

다른 세상은 아침이었지만 그 시각 골목은 밤이었다. 일이 끝난 여자들에게도 잠을 자야 하는 밤 시간이었다. 여느 집처럼 골목의 집들도 잠들기 위해 문을 잠갔다. 문을 활짝 열어 두지 않았던 것, 도둑이 들지 않도록 주의를 기울인 쇠창살은 여자들을 가두는 감옥으로 묘사되었다. 쇠창살과 잠긴 문은 악랄한 포주에게 죄를 더하고, 불쌍한 여자들에게 동정을 추가했다.

뒤늦게 각종 신문이나 방송사들이 날마다 시간마다 여자들에 대한 이야기를 떠들어 댔다. 인권의 사각지대니, 버림받은 그늘진 꽃이니, 온갖 현란한 어휘들을 폭죽처럼 터뜨리며 죽음을 애도하였다. 죽음에 수많은 수식어들이 줄을 이어 등장했지만 시체가 된 여자들은 알 리가 없을 것이었다. 여자들이 몸을 버둥거리지 않은 것으로 미루어 아마 죽는지 모르게 죽었을지도 몰랐다. 죽음이 어떤 것인지 알지 못한 채 죽어 버렸을 것이었다. 불이 난 시각은 여자들이 수면에 깊게 빠져 있을 시간이었고, 잠든 사이에 발생한 화재였다. 여자들은 미처 숨을 쉴 겨를도 없이 질식해서 짧은 시간에 사망했을지도 몰랐다. 순간적으로 불이 난 상태여서 화재가 어떻게 났는지, 어디에서 발생했는지, 어디로 빠져나가야 할지, 그런 것들을 생각할 시간적 여유도 없이 죽었을 수도 있었다. 어쩌면 뉴스와 다르게 죽었거나 자신도 모르는 사이에 삶의 문을 지나 죽음의 세계로 발을 딛었을 것이었다.

여자들의 죽음이 보도를 타고 빠르게 알려지자 세상이 떠들썩했다. 여자들이 골목에서 생활할 때, 한번도 관심을 갖지 않았던 잘난 사람들이 수시로 찾아와 골목에 관심을 보였다. 그들은 골목 앞에서 소리를 질러댔다. 두 손을 불끈불끈 들어올리고, 한 사람이 선창하면 다함께 그 소리를 따라서 외쳐 대었다. 살려 내라! 살려 내라! 죽은 자를 살려 낼 수 없다는 것을 뻔히 알면서도 부르짖는 공허한 울림이었다.

노총각은 매스컴에서 연일 떠들어 대는 식상한 문구들을 밤이나 낮이나 귀가 아프게 들었다. 이름이 있는 단체의 사람들도 창살이 뜯기고 연기에 그을린 흉측한 건물의 벽에 검은 색의 현수막을 근조 휘장처럼 매달아 놓았다. 현수막에 써진 문구들 역시 외치는 구호나 별반 다를 바 없었다.

노총각은 리어카를 끌고 골목 앞을 지날 때 껌을 딱딱 씹던 여자의 얼굴을 기억하려 노력했지만 도무지 기억나지 않아 애가 탔다. 여자가 죽었다는 것도 실감나지 않았다. 여자가 죽고 없어도 여자들의 이야기는 계속되었다.

골목집의 화재는 화재의 규모에 비해 언론에 더 심하게 불이 붙었다. 언론 종사자들은 극성을 떨며 경쟁하듯 골목 주위의 집들을 이 잡듯 뒤적였다. 그들은 화재보다도 여자들에 대해서 더 많이 캐묻고 다녔다. 여자들의 죽음은 윤락녀란 이름의 폭발성 때문에 반향이 더욱 거세었으며 언론의 집요한 추적은 날마다 쉬지 않고 이어졌다. 각종 방송매체와 신문, 잡지에서 근무한다는 카메라나 취재기자들 덕분에 여자들의 이야기는 싱싱하게 각색되어 끊이지 않았다. 여자들의 비참한 삶은 뉴스 중간에 따끈따끈한 화제로 양념처럼 보도되었다.

펜대를 굴려 가며 이상한 이야기를 지어내기 좋아하는 사람들이 연일 줄을 지어 골목을 넘나들며 골목의 상황에 눈을 번뜩였다. 여자들의 피가 따뜻하게 돌고 있던 시절에는 윤락녀란 주홍글씨를 박아 욕설을 퍼붓다가 죽고 나자 먹이를 노리는 맹수처럼 덤벼들었다. 생전에 안면도 없던 가족들을 찾아내기 위해 죽은 자들의 연고지를 수소문하고, 얼쩍지근한 혈연들을 전면에 내세워 전국을 강타했다. 곳곳을 뒤져 찾아낸 죽은 자들의 가족들은 버젓하게 얼굴을 들고 자랑스럽게 일하다가 죽은 피붙이처럼 인권을 외쳤다. 특종을 노리거나 흥밋거리를 찾는 언론들은 죽은 이들이 골목에서 얼마나 비인간적이고 처참하게 살았는지를 사람들의 뇌리에 각인시키느라 분주하게 돌아다녔다. 그들은 죽은 이들에게 관심을 두지 않았던 이웃들을 부추기거나 충동질하면서 당연한 듯이 지나친 죄책감을 강요했다.

여자들에게 골목의 생활을 무리하게 강요한 적은 없었다. 어쩌다 보니 여자들은 자신도 모르게 골목에 들어와 있는 것을 알게 되었고, 그러면서도 차츰 생활에 익숙해졌다. 여자들은 먹고, 자는 일상의 일과처럼 골목에도 적응했다. 어떤 사람들은 여자들에게 동정의 눈길을 던지며 불쌍한 인생이라고 말했다. 포주들이야말로 여자들의 자궁을 팔아 배때기에 기름을 채우는 천하의 몹쓸 놈들이라고 입에 거품을 물었다. 욕설을 내뱉는 그런 위인들이야말로 손바닥으로 얼굴을 가릴 체면만 있다면 매매춘이야 우습게 취급할 종족이었다. 아무도 모르게 기회가 주어진다면 언제라도 여자들을 쓰러뜨리고 자궁 속에 자신들의 거시기를 처박고 싶어 몸살을 앓는 후레자식들까지 주위 사람들이 보는 앞에선 점잖은 인종처럼 굴었다. 웃기는 일이었다. 껍데기를 도덕으로 무장한 신사 중에는 얼굴에 철판을 깔고 여자들을 노리개로 여기던 개새끼들도 있었다. 가득 채운 주머니를 여미며 여자에게 쩨쩨하게 덤비던 치사하고 싸가지 없는 종자들도 여자들의 죽음에 애도를 표했다. 여자들의 맥박이 강하게 뛰던 생전에는 입에 발린 양심을 신랄하게 비웃었지만 여자들이 저세상으로 떠난 이제는 저변에 감추어진 거짓과 위선들을 까발릴 수가 없었다.

여자들은 커다란 잣대로 일정한 선을 그어 놓고 그 안에서만 살았다. 버린 사람처럼 취급한 세상에 한이 맺혀 여자들도 당연하게 세상을 버리겠다는 각오였다. 더러 여자들과 같이 생각하기도 했지만 다르게 생각한 사람들이 있는데도 여자들은 편 가르기를 하여 아군과 적군을 분명하게 단정지었다. 단정은 무서운 편견이었다. 선을 그어 놓은 이쪽으로 다시 넘어올 생각이나 노력하려는 시도도 없게 고집을 세우는 철저함이었다. 가까스로 빠져나온 몇은 선을 뛰어넘기 위해 애써 세상과 타협하며 살았던 적이 있기도 했다. 그러나 곧 험한 세상에 등을 돌렸다. 여자들은 골목이 세상에 비해 더 편하고 안전하다는 것을 깨닫고 안식처인 골목으로 용감하게 다시 돌아왔다. 바라지 않으면 억지로 잡아끌거나 밀어 넣지 않는데 골목에 손을 내민 여자도 있었다. 선택은 각자의 몫이었다.

스스로 골목을 택한 여자들은 골목이 인생이었지만 언론들은 연일 공무원들과 골목집에서 살던 이들의 연결고리들을 찾아내라고 아우성이었다. 숨어 있던 지하의 끈 몇 개가 마지못해 모습을 드러냈다. 힘없는 경찰이나 하급 공무원, 골목집 주인들이었다. 그들 몇 사람은 붙잡혀 갔거나 수배 중이라는 소식이 들렸다.

술을 팔아 돈을 벌던 골목길과 비슷한 앞 동네도 피해를 입었다. 골목과 마주 서 있던 그 거리도 태풍이 휩쓸고 간 해안 도시처럼 피폐해졌다. 아예, 장사를 포기한 채 문을 닫아걸고 휴가를 떠난 집도 있었다. 골목집과 술집에서 우글거리게 많던 여자들의 모습은 순식간에 자취를 감추고 보이지 않았다. 어느 결에 감쪽같이 사라져 버렸는지 흔적조차 없었다. 땅으로 꺼졌는지, 하늘로 솟았는지 어디로 숨어 버렸는지 전혀 짐작할 수 없었다.

어둠이 내릴 무렵이면 열 명씩 조를 이룬 전경들이 골목 어귀에서부터 진을 치고 보초를 섰다. 상가들은 다른 때보다 일찍 문을 닫았고, 빈번하던 차들의 왕래도 드문드문해졌다. 골목의 주변에서 서성이던 사람들은 되도록 바깥출입을 삼갔다. 이제 찬란한 밤의 골목은 사라지고 없었다. 어딘가에 숨어 있던 괴물이 불쑥 뛰쳐나와 골목의 생기를 앗아가 버렸는지도 몰랐다. 여자들이 살아 있었을 때는 그렇게 밝고 환했던 골목이 이제는 캄캄한 암흑의 동굴처럼 깊숙한 어둠에 갇혀 버렸다. 여자들의 싱싱한 웃음소리도, 여자들의 낮게 주고받던 속살거림도, 흥겹게 흥얼거리던 노랫소리도 들려오지 않았다. 밤이면 지옥의 사자처럼 시커먼 어둠이 골목의 구석구석을 차지하였다. 자리를 잡은 퀴퀴한 냄새들은 낮이나 밤이나 증식을 멈추지 않았다. 바퀴벌레 같은 해충과 쓰레기만이 살맛나는 세상을 만났다는 듯이 골목의 주인으로 버젓이 버티었다.

여자들이 사라진 후에도 골목은 여전히 존재했다. 불이 할퀸 몇 집을 제외하고, 낮의 골목은 여자들이 살았던 시절이나 죽고 없는 때나 겉으로 별다른 변화가 없었다. 여전히 철문이 내려져 있고, 굵고 튼튼한 자물쇠가 채워져 있었다. 어쩌다 골목길을 지나는 사람들도 새시 문이 굳게 닫힌 골목집들을 흘끔거리며 지나쳤다.

노총각도 자주 골목이 있는 거리를 지나갔지만 여자가 죽었다는 사실을 믿을 수 없었다. 테이프가 가득 담긴 리어카를 밀고 지나칠 때 폐허처럼 황량하게 버려진 장소 어디에서 여자가 환한 웃음을 지으며 걸어나올 것 같았다. 여자가 죽은 뒤에도 노총각은 가끔 골목에서 여자를 본 듯한 착각에 잠기곤 했다. 화사하게 치장된 골목에서 방금 빠져나온 여자가 '요즘 유행하는 노래가 뭐예요? 테이프 하나 골라 줘요.' 하고 배시시 웃으며 당장이라도 말을 걸어올 것 같았다. 그는 여자가 없어서, 없는 여자가 보고 싶어서 때때로 술을 마셨다.

노총각은 다른 날처럼 골목 앞을 지나가다 걸음을 멈추고 잠시 숨을 골랐다. 건물은 아직 불에 타고, 연기에 그을린 채로 버려져 있었다. 철창이 없는 문의 가장자리엔 불에 덴 자국들이 선연했다. 낮에도 숯처럼 새카맣게 탄 집 안쪽에는 타다 남은 이불이며 옷가지들이 가구들과 뒤엉켜 널부러져 있었다. 불에 타서 솜이 삐죽삐죽 비어져 나온 이불은 내장을 드러낸 죽은 짐승처럼 그의 속을 니글거리게 만들었다.

메스꺼움을 참고 고개를 돌리던 노총각은 아는 얼굴과 부딪혔다. 골목을 제 집 안방처럼 자유롭게 드나들던 외판원 아주머니였다. 두껍게 화장한 아주머니의 얼굴에 땀이 골을 지었다. 여전히 지치고 피곤한 기색이었다. 아주머니는 하소연할 동지를 만나서 반갑다는 듯이 거리에서 노총각을 붙잡고 늘어졌다.

"아이고, 테이프 파는 총각이구먼. 그때 총각도 봤지? 썩을 년이 하필 그날 내 화장품을 몽땅 사 갔다니까. 비싼 것만 골고루 골라서 가져가더니만 꼴깍 죽어 버렸지 뭐야. 한 푼도 받을 수가 없으니 내가 환장하지. 총각은 테이프 값 떼인 거 없수?"

미칠 지경인 노총각의 상태를 모르는 아주머니는 화장품 값을 날렸다고 죽은 자를 들먹였다. 노총각은 부채질하는 아주머니에게 단단히 화가 났다. 자칫 아주머니를 후려갈길 수 있겠다는 생각이 들었다. 노총각은 아무 말 없이 깊게 숨을 들이켠 후에 마음을 다스렸다. 억지로 이를 악물고 화를 참는 표정이 괴상하게 일그러졌다.

노총각은 외판원을 한번 사납게 째려본 후에 '나 보기가 역겨워 가실 때에는…….' 테이프의 볼륨을 크게 키우고 멈추었던 리어카를 밀었다. 아주머니는 대꾸도 하지 않고 가 버리는 그의 뒷모습을 뜨악한 표정으로 한참이나 바라보았다. 아주머니는 그가 왜 일그러진 표정을 지었는지 도무지 그 속을 알 길이 없었다.

* 사위스러움 : 재앙이 올까 두려워 어떤 사물이나 언행을 꺼림. 미신적으로 마음에 꺼림칙하다.

그의 아내

가파르게 이어진 단선도로의 오르막길을 오른다. 차는 도로의 아래쪽에 마련된 주차장에 놓아둔 상태다. 바람결이 제법 차갑다. 모자를 눌러쓰고, 점퍼의 깃을 세운다. 여민 옷깃 사이로 시린 바람이 스며든다. 바람이 세차게 불어올 때마다 나뭇잎들이 후드득 떨어져 발밑으로 사각거리며 기어든다. 밟힌 낙엽들의 울부짖는 소리가 들리는 것 같다. 그도 낙엽의 비명을 듣고 있는 걸까.

배가 나오기 시작한 그의 걸음걸이가 점차 느려진다. 숨소리가 거칠지만 그는 이를 악물고 버틴다. 힘든 기색을 보이지 않으려고 억지로 참는 눈치다. 빠르게 펌프질하는 그의 심장이 더욱 바빠지는 모양이다. 심장박동 소리가 내 귀에 크고, 또렷하게 들린다. 기를 쓰고 쿵쾅거리는 저 소리가 멈추면 윤시영이란 유기체도 가치를 잃고 사라지게 될 것이다.

"힘들지?"

나의 물음은 형식적이다. 힘들다고 대답하더라도 멈출 생각은 없다. 쉬자고 말할 내가 아니라는 것, 지나가는 식의 물음이라는 것을 그도 눈치챈 모양이다. 진의를 파악한 탓인지 대꾸하지 않고, 여전히 가쁜 숨

소리만 내뿜는다. 무슨 말이라도 할 듯싶지만 그는 입을 다물고, 굼뜨게 산행을 계속한다.

"시간을 내줘서 고마워."

나는 다시 말한다. 그는 씨익 웃으며 잽싸게 비위를 맞춘다.

"내 시간은 항상 너를 위해 대기 상태야. 네가 행복할 수 있다면 나는 그것으로 만족해. 너를 지켜 주는 굳센 존재가 되고 싶어. 네 영원한 수호신으로."

바보 같고, 지겨운 답변이다. 그의 아내가 들었다면 어떻게 생각할까. 빈틈을 보이지 않는 그의 아내를 생각하며 나는 이마를 찡그린다.

걸음을 멈추지 않는 그는 내가 일부러 힘든 코스를 택한 이유를 모른다. 짐작하고 있으면 좋으련만 그는 예리한 감각의 소유자가 아니다. 나는 그에게 마지막이라고 선언하기 위해 별렀다. 날을 잡아 험한 산길을 제안하고, 그를 충동질한 것도 이별의 힘든 과정을 인식시키기 위함이다. 인생의 길에서 만났다 헤어지는 일이 쉽지 않다는 것을 깨우쳐 주려는 뜻을 그가 조금이라도 이해할 수 있었으면 좋겠다. 이제는 이별을 이야기할 시간이다.

그는 나에 대해서 모든 것을 알고 있다고 생각하지만 이마를 찡그려서 마음을 표현하는 내 오랜 습관도 아직 모른다. 그의 아내는 단 한번의 만남으로 내 습관을 금세 꿰뚫었다. 이마를 찡그리는 버릇이 있군요. 그녀는 내게 웃지도 않고 말했다.

나는 이제 막 중년에 접어든 나이다. 그간에 많은 남자들을 만났고, 상당수의 얼굴을 기억하지 못한다. 남자는 내 고객이고, 그도 내가 만난 남자들 중의 하나다. 그는 특별한 존재로 예전에 만난 남자들과는 약간 구별된다. 미처 예상하지 못한 부류에 속하는 그를 어떻게 표현해야 할지 헤어질 시간에 이른 지금도 막막하다. 순진하고 착한 사람, 자신보다 나를 더 사랑한다고 믿는 바보, 나를 위해서 목숨도 담보할 수 있는 남자다. 표현이 제대로 되었을지 의문이지만 그에 대해 내가 느끼는 전부다. 아무튼 그는 내가 만나서 이용했던 남자들과 질이 다르다. 그가 거북했고, 부담스러웠던 느낌에는 그런 껄끄러운 감정이 깔려 있다. 그를 쉽게 떨쳐 버리지 못했던 이유도 거기에 있다.

그러나 이제는 끝내야 한다. 너무 오래 관계를 끌었으니 어쩔 수 없다. 아쉬움이 많이 남지만 헤어지지 않으면 안 된다. 헤어지기로 다시 굳게 결심하자 마음은 조금 홀가분하다. 솔직한 내 심경이다.

그는 내가 첫사랑이라고 말한다. 기억에 없어서 나는 모른다. 너는 내 첫사랑이야. 그가 그렇게 말했기 때문에 믿을 뿐이다. 내 기억의 갈피에 없는 그가 첫사랑의 느낌을 이야기할 때면 솔직히 납득하기가 매우 힘들다. 그는 첫사랑을 내게 이식시키기 위해 무척 애썼고, 그런 예전의 감정은 내게 부담만 준다. 애절하고 간절한 느낌으로 첫사랑의 아련함을 강조하는 감정을 받아 주는 일은 어려운 노릇이다. 내겐 받아들일 여력도 없다. 그를 감당하기 어려운 게 그런 것들이다.

내가 그를 만난 것은 남편과 헤어지고 난 뒤에 뭇 남자들과의 관계에서 심신이 극도로 피곤해진 무렵이었다. 구차한 생을 더 살아야 할지, 아니면 끝장내야 할지 심각하게 고민하던 참이었다. 그런 시기에 그에게서 전화가 걸려왔다.

"너, 정해원이지?"

그는 처음부터 그렇게 물었다. 누가 내 옛 이름으로 나를 찾는 걸까. 나는 궁금증이 일었다.

예전의 내 이름은 바다의 근원이란 뜻을 가진 특별한 이름이다. 나는 아버지가 지어 주신 아름다운 이름을 사랑했지만 결혼 이후 이름이 불려질 기회는 적었다.

이름이 너무 강하다고 시집에서는 내 이름이 거명되는 자체를 싫어했다. 다행히 내겐 아이가 있었다. 남편의 족보로 항렬을 따른 진수란 이름의 아이, 그 아이 덕분에 나는 한동안 시집이나 인근에서 줄곧 진수의 엄마로 불리었다. 남편과 헤어져 산 이후에는 진수 엄마란 이름이 없어졌으므로 나는 혼자 살면서 해원이란 이름 대신에 은지란 가명을 사용했다. 나를 만난 낯선 모두에게 나는 새로운 이름, 은지로 통했다. 그는 은지가 아닌 해원이를 찾았다. 해원이를 찾는 그가 누구든 나는 반가웠다.

"누구신데…요? 해원이 맞습니다만."

"야아. 정말 반갑다. 중학교 동창, 윤시영이야. 너 찾느라고 그동안 내가 얼마나 고생했는지 알기나 하는지 모르겠다. 좀 만나자."

그는 대뜸 만나자고 말했다. 연락을 받고, 나는 아무런 생각 없이 그를 만나러 나갔다. 다른 남자들을 만날 때처럼 만나서 어떻게 하겠다거나 어쩌겠다는 구체적 계획도 없었다. 동창이라는 말에 마음의 빗장을 풀었는지도 모르지만 별다른 생각을 하지 않았던 것은 장담한다. 나가면서도 나는 그의 얼굴을 기억할 수 있을지 그것만 걱정했던 것 같다.

걱정은 기우였다. 나는 그를 한눈에 알아볼 수 있었다. 갈색 계열의 싱글을 차려입은 그는 호텔의 커피숍에 앉아서 나를 기다리고 있었다. 나는 그가 만나기로 한 동창이라는 사실을 단번에 알았다. 실내는 커피향이 은은하고, 감미로운 음악이 흐르고 있었는데 그의 표정은 이상하게 불안해 보였다.

그는 금방 면도하고 나온 듯 턱이 파르스름했다. 긴장한 그가 나를 발견하자 깨끗한 턱이 미세하게 경련을 일으켰다. 순간, 그가 유지하고 있던 균형이 흐트러졌다. 놀란 토끼처럼 불안을 보이는 짓은 엉성했다. 나이를 먹어서 틀 잡힌 몸집을 하고 있는 그가 생김새와 전혀 어울리지 않는 행동을 보인 것이다. 기분이 좋아졌다. 나 역시 균형이 잡힌 세상에서는 절대로 어울리게 놀 수 없는 인간이었으니까. 다른 남자들에게 그랬던 것처럼 나는 그에게도 아주 환하게 웃었다.

"나를 알아보는구나. 정말 반갑다. 우리가 얼마 만이지?"

내가 자리에 앉기도 전에 그가 얼굴을 붉히며 먼저 입을 열었다. 나는 속으로 지난 세월을 가늠했지만 계산이 느려서 확실한 숫자를 쉽게 입 밖에 내지 못했다. 거의 이십 년이 넘게 오랜 세월이 흘렀다는 것만 간신히 알 수 있었다.

"글쎄, 중학교 졸업하고 처음이니까. 이십 년은 훨씬 넘었겠고."

"그랬구나. 나는 너를 몇 번 봤어. 그래서인지 그렇게 오랜 것 같지는 않아. 사실 너는 내 첫사랑이어서 내가 관심을 많이 가지고 있었거든."

그가 말끝을 흐렸다. 나를 보고도 모른 척했다는 사실보다도 내가 첫사랑이라는 고백에 관심이 더 갔다.

"섭섭하네. 첫사랑이라면서 아는 체라도 좀 하지."

"대학교에 다닐 때였는걸. 어떤 남자랑 같이 있어서 아는 체하기가 뭣하더라. 그래서 보고도 여러 번 그냥 지나쳤어."

어떤 남자라면 남편이었을 것이다. 내가 대학에서 같이 어울려 다녔던 남자는 남편뿐이었다. 군대에 가기 전까지 우리는 그림자처럼 붙어 다녔다.

그가 했던 많은 이야기 중에서 나는 단편적인 이야기들만 뇌에 저장했다. 내가 첫사랑이라는 것, 그는 나의 결혼 사실을 뒤늦게 알았다는 것,

잘 살 것이라고 생각했는데 나중에야 실패한 사실을 알았다는 것, 잊으려고 했는데 그럴 수가 없었다는 내용이다. 그는 나를 수소문하느라고 꽤 힘들었다는 말과 함께 돈이 많다는 사실을 강조했다. 아내가 번 돈이기는 하지만 경제적으로 어려운 나를 도울 수 있다는 속내도 흘렸다. 얼마든지 도와줄 여건이 되었으니 걱정하지 말고, 도움을 청하라는 그 비슷한 말을 내비쳤다. 나를 도울 수 있는 일이 있으면 정말 행복하겠다는 외에도 많은 것을 이야기했지만 기억력에 문제가 있어 일일이 기억하기는 어려웠다.

내가 행복한 삶을 살았다면 그는 첫사랑인 나를 잊고 살 수 있었을까. 그건 모르겠지만 그런 식으로 그가 내게 접근할 생각을 가졌거나 내가 그의 접근을 허용하지 않았을 것이란 사실은 확실하다. 그런 면에서 남편은 나쁜 자식이다. 남편과 나는 대학에 입학하던 첫해에 만났다. 우리는 닭살 커플이었고, 대학을 졸업하기 전에 결혼했다. 뱃속에 이미 아이가 생겼기 때문에 군대에 가기 전에 서둘러야 했다. 나는 아기 엄마가 되어 휴학해야 했고, 후배들과도 함께 졸업하지 못했다. 내 학업은 그것으로 종쳤다.

일자리를 찾는 일은 쉽지 않았다. 기혼 여성에 졸업장도 없이 아이까지 딸린 나에게 괜찮은 직장을 주겠다는 마음 좋은 사업자는 없었다. 남편이 군대에 가 있던 시절에는 시집에서 함께 생활했다. 넉넉한 형편이 아니어서 구박은 상당히 심한 편이었다. 나이도 어렸고, 철부지였으므로 아마 시집 식구들의 눈에 들게 행동하지 않았을 것이다. 나이가 든 이제야 나는 그런 사실들도 깨닫는다.

당시의 나는 힘들게 군대에 적응해야 하는 남편에게 고달프고 어려운 내 삶만 하소연하느라고 바빴다. 가난한 집안에 아내와 아이를 맡기고,

얼마나 고통스러워했을지는 생각하지 못했다. 남편의 처지를 이해할 여유가 내겐 없었다. 어쩌다 휴가를 나와서도 남편은 달달 볶였다. 우리는 다투느라고 귀한 시간을 헛되이 보내곤 했다.

남편이 군에서 제대하기 몇 달 전에야 나는 겨우 일자리를 얻었다. 남편의 절친한 정길이란 친구의 아버지가 경영하는 커다란 음식점이었다. 나는 그곳에서 서빙을 담당했다. 남편이 제대하기 전에 독립하려는 생각을 나는 가지고 있었다. 더 이상 시집에서 눈치 보며 살기는 어려웠다. 분가하려면 돈이 필요했고, 이것저것 가릴 형편이 아니었다.

미리 군대를 다녀온 정길은 복학한 학생이었다. 늦게까지 손님이 있으면 나는 뒤처리할 때가 많았으므로 정길은 가끔씩 나를 데리러 왔다. 밤길에 젊은 여자를 혼자 걷게 할 수 없다는 이유였다. 일이 끝나면 우리는 함께 걸어서 시집이 있는 동네로 돌아오곤 했다. 그의 집은 시집의 근처에 있었다. 함께 걷는 동안 정길은 내 어려운 이야기를 들어주고, 그는 학교 이야기나 친구들에 관한 소식을 들려주곤 했다. 이야기를 나누면 남편처럼 친근한 느낌이 들었으므로 나는 정길과 자연스럽게 어울렸다. 나는 남편의 친구 이상의 감정을 느껴 본 적은 없었으나 정길은 달랐던 모양이다. 내게 마음이 기울었다는 사실을 시누이가 눈치챘고, 내게 닥친 불행의 발단은 시누이가 정길을 끔찍이 사랑했다는 것에서 출발했다.

시누이는 남편에게 내 행적을 고해 바쳤다. 갇힌 사회에서 분노를 제어할 길이 없던 남편은 이상한 생각을 품기 시작했고, 나를 의심하는 증상을 종양처럼 크게 키웠다. 제대하기 직전에 나온 황금 같은 휴가 기간은 나에 대한 폭행으로 허비되었다. 있지도 않은 사실까지 고백하라고 내 말은 듣지 않고, 털어놓지 않으면 죽여 버리겠다고 협박했다. 그는 들을 준비도 되어 있지 않았다. 심한 구타로 갈비뼈가 부러진 나는 급기야 병원에 입원할 지경에 이르렀다. 그 바람에 다니던 일도 그만둘 수밖에 없었다.
제대한 이후에 남편은 복학해서 공부를 시작했다. 의처증은 여전히 사라지지 않았다. 틈만 나면 내게 주먹을 휘두르거나 발길질을 했다. 그가 나를 두들겨 패는 일은 끼니를 때우는 것만큼 자연스러웠다. 내가 무엇 하는지 감시하느라고 바빠서 공부도 소홀했다. 시집에서는 여자가 잘못 들어와서 아들이 이상해졌다고 구박의 농도가 나날이 세어졌다. 그러다가 일이 벌어졌다. 유아원에서 돌아오던 진수가 길을 건너다가 차에 치어 죽은 것이다. 모두들 내 탓으로 몰며 나를 코너로 몰았다.
"에미가 정신을 딴 데다 팔고 있으니까 자식을 잡아가지."
급기야 시집과 주위에서는 나를 서방질한 몹쓸 년, 자식을 버린 어미로 취급하고 죄인으로 몰아갔다. 편집증적인 그에게는 내가 자유를 얻기 위해 아들을 죽인 개 같은 년이었다. 천하의 악랄한 죄인이 된 나에게 남편은 마음 놓고, 화를 풀었다. 폭언은 쉴 새가 없었고, 흉기를 휘두르는 폭행도 서슴지 않았다. 술에 자주 취했고, 죽은 자식을 들먹이며 살려 내라고 닦달했다. 더 이상 지탱하기가 힘겨웠다. 자식을 잃은 슬픔을 감당할 겨를 없이 한계의 상황까지 몰린 후에야 나는 그에게서 도망치기로 작정했다. 수모를 감당하며 살아야 할 이유가 없었다.
남편을 떠난 후에 나는 정길이라는 그 남자를 다시 만났다. 부유한 정길의 아버지는 빈둥거리던 그에게 자그마한 레스토랑을 경영하도록 마련해 주었다. 경제적으로 독립한 그가 내게 결혼을 제의했고, 남편과 헤어진 허전함은 정길의 위로를 용납했으므로 나는 흔쾌히 승낙했다. 호적을 정리하러 만났을 때, 남편은 길길이 뛰며 화를 냈다.
"그렇게는 못해 주지. 내가 두 눈이 시퍼렇게 살아 있는데 네까짓 게 어디서 감히 행복을 들먹여? 내가 병신이냐. 헤헤거리며 네 꼴을 보게. 웃기지 마라. 다른 놈하고 살게 두느니 너를 죽이는 게 차라리 낫지. 안 되는 일은 절대로 안 돼."

이혼해 줄 수 없다고 뻗는 남편의 심사는 내 불행한 삶을 기대하는 모양이었다. 내가 밑바닥에서 허우적거렸으면 하는 오기가 남편의 시선에서 일렁였다. 정길의 레스토랑에서 온갖 행패를 부린 남편 덕분에 내 두 번째의 결혼은 물 건너갔다. 감당하기 힘든 패악으로 고개를 내두른 정길과의 관계는 그것으로 끝났다. 버림을 받은 것에 나는 별다른 감정이 없었다. 마음의 위로를 받았던 것은 사실이지만 정길을 사랑했던 것은 아니었다. 생활의 방편으로 결혼하려 했을 뿐이어서 이별의 절차는 수월했다.

정길과의 일이 있고, 나는 법정에 남편과의 이혼을 신청했지만 기각되었다. 연락 없이 가정을 떠난 내가 먼저 이혼을 청구할 수 없다고 했다. 남편이 내 곁에 없어도 남편의 이름 곁에는 여전히 내 이름 석 자, 정해원이 쓰여 있다. 감정은 깨끗이 정리된 상태지만 내 호적은 아직도 정리되지 않고 남편의 곁에 그대로 남아 있다.

이후로도 나는 많은 남자들을 만났다. 나는 참 쉽게 만나고, 간단하게 헤어졌다. 내가 만난 남자들 중에는 유부남도 있고, 이혼한 남자와 홀아비, 총각도 있다. 나보다 세상을 훨씬 많이 산 아버지 나이의 노인이 있는가 하면 막냇동생 나이의 어린 남자도 있다. 통계로 따지자면 불륜으로 일컬어지는 아내 있는 남자들이 대부분이나 그들과도 오래 관계를 끌어가지 않았으므로 들키는 위험은 별로 없었다.

내가 제일 길게 만났던 사람은 아내와 헤어지기 직전까지 갔던 한심한 남자였다. 작은 무역업을 하던 그는 내게 미쳐서 사업에 관심이 없었다. 나는 사업을 정상 궤도로 올려놓고 그를 정리하느라 무려 6개월을 소모했다. 수입은 별로 없고, 그를 떼어 내는데 심하게 머리를 써야 했던 그 기간은 정말 죽을 맛이었다. 그로 인해 골치를 앓았던 나는 다음부터 남자를 만나는 일에 신중을 기했다. 무모한 남자를 만나지 않으려면 안목을 키워 잘 골라야 했다.

나는 실수를 교훈으로 한두 달이 지나면 즉시 헤어졌다. 만날 때부터 그들에게서 금전적인 도움을 받지만 도를 넘기기 전에 그만두었다. 나와 만났다 헤어진 남자들은 다시 나를 만나게 되더라도 반가워한다. 그들은 언제나 내게 사랑의 아픈 상처만 남기고 떠난 사람들이다. 나는 그들에게 헤어진 사랑의 상대로 남기 위해 노력했고, 그들은 대부분 나를 발로 차는데 성공했다. 안타깝고, 이루지 못한 사랑의 상대로 나라는 존재가 자리한다는 것은 내가 꽃뱀으로 살아남은 비결이다.

만나는 사람의 종류만큼이나 내가 갖는 직업의 종류도 다양하다. 하지만 내 진짜 직업은 꽃뱀이다. 남자들은 아무도 내게서 꽃뱀의 냄새를 맡지 못하고, 표면화된 직업인으로 나를 믿는다. 나는 외면적으로 여러 직업을 명함에 새기며 접근하지만 명함으로 내민 직업에서 수익을 올린 적이 없다. 내 수익의 대부분은 남자들의 주머니에서 채워진다.

"나는 힘들게 살았어. 세월은 언제나 내 편이 아니었지. 어머니는 내게 팔자치레 한다고 하셔. 전생에 지은 업보가 많아 갚느라고 그렇다는 거야."

나는 말한다. 지나간 이야기를 한숨처럼 뱉어 내는 소리를 들으면서도 그는 대꾸가 없다.

"나는 팔자를 고치겠다고 생각하지 않았어. 닥치는 대로 살았던 거 같아. 인생은 스스로 극복한다는 말을 믿지 못했기 때문이지."

만나지 말자는 말을 단숨에 내뱉지 못하고 뜸을 들이는 내 버릇은 여전하다.

"이제야 말하지만 너를 만나서 참 편안했어. 사는 것도 그랬고. 이미 내 편에 설 수 없는 사람이지만."

나는 '이미'라는 단어로 관계를 규정한다. 현실의 그는 내 곁에 있지만 머릿속에 있는 그는 이미 정리되어진 남자다.

"네 편에 서지 못하다니? 그게 무슨 말이야?"

그가 놀란 어투로 덤비듯 묻는다. 그는 내 말의 행간에서 올 것이 왔다는 사실을 깨닫게 된 것에 반발하는 눈치다.

"이별을 이야기하는 거지. 언제까지 이런 관계를 지속할 수는 없는 거잖아."

"내가 첫사랑인 너를 얼마나 힘들게 찾았는지 모르니? 이별의 말을 스스럼없이 할 줄은 짐작도 못했어. 첫사랑의 깊이를 알고 있다고 믿었는데."

첫사랑을 강조하는 그는 과거에 목매달며 사는 듯이 여겨진다. 지나친 과거의 무게가 그로부터 내게 옮겨 올까 봐 두렵다. 첫사랑이란 단어가 점점 짜증난다. 그러나 짜증난다는 말을 함부로 내뱉을 수는 없다. 꽃뱀의 철칙이다. 중년의 나이에 이르러서도 첫사랑 타령에서 벗어나지 못하는 그는 이상한 종족이다.

"알아."

"알면서 내게 이런 식으로 아픔을 주는 것은 정당하지 않아. 나는 이제야 간신히 너를 찾았어. 내 행복한 첫사랑을 이루어 가고 있다는 느낌인데 느닷없이 이별을 통보하다니, 너무 잔인하다. 네 이야기는 듣지 않은 것으로 하고 싶어."

"이별이 아픈 것은 네가 아니라 나야. 네 아내 영숙 씨가 우리 사이를 알게 되었어. 그래도 계속 이렇게 지낼 수 있겠어?"

그의 표정이 변한다. 아무리 부정해도 어쩔 수 없이 이별의 사실을 인정하는 눈치다. 나는 그에게 그의 아내의 등장이 필수가 되었다는 사실만 약간 들춘다. 말을 아끼는 것은 내 속셈을 보이기 싫어서다. 그녀는 내게 이별에 필요한 달콤한 낚싯밥을 던졌다.

"정당한 것, 옳은 것, 중요한 것, 그런 것이 무엇인지 나는 잘 몰라. 첫사랑은 이 정도면 넉넉해. 아직도 무엇이 더 부족한 거야? 우린 너무 멀게 왔어. 이젠 가정으로 돌아가야 할 시간이지. 아내를 오래 기다리게 만드는 것도 죄야. 우리의 관계를 알면서도 지켜본 네 아내가 참 대단하다. 괜찮은 사람이야. 기다리고 있을 때에 돌아가. 그게 현명하지."

나는 내가 만났던 남자들의 얼굴을 대부분 기억하지 못한다. 나는 그 남자들의 아내를 만난 일이 없고, 설령 만났더라도 기억은 더욱 어렵다. 하지만 그의 아내는 내 평생 잊지 못할 것이다. 쉽게 헤어질 수 없을 것 같았던 그와 헤어지기로 결심한 이면에는 그의 아내가 있다. 그의 아내가 등장하여 내 목줄을 조이면서 미끼를 던졌다고 알리면 그는 어떤 표정일까. 소심한 그는 파랗게 질려서 기겁할 것이다.

"아내 이야기로 나를 더 이상 기죽이지 마. 쪽을 못 펴게 과분해서 힘들게 하는 여자니까. 자신의 역량을 충분히 인식하고 있을 정도로 내게는 흘러넘치거든. 내 삶의 풍요도 모두 아내의 덕택이야. 네게 베푼 친절도 아내가 제공한 풍요의 떡고물이었지. 나도 정말 한심한 작자란 거 알아."

그의 목소리엔 힘이 없다. 내 호사가 그의 아내의 힘이었다는 사실은 나도 이미 알고 있던 일이다. 칼자루는 어차피 그의 아내가 쥐고 있다.

내겐 결정할 권한이 없다. 그녀 역시도 그가 나타난 것처럼 내게 홀연히 모습을 드러내어 내게 그 사실을 일깨웠다. 상실의 느낌은 아들 진수가 죽고, 남편의 곁을 뛰쳐나온 후에도 내게서 늘 떨어져 나가지 않는 얼룩이다. 꼭두각시처럼 움직이는 인생은 재미없지만 살아야 한다면 어쩔 수 없다는 게 내 지론이다. 그게 내 인생이라면 수용해야 한다. 반항하면 인생의 무대에서 퇴출된다. 퇴장을 원하지 않는다면 순응이 마땅하다.

그의 아내는 얼마 전에 내게 불쑥 전화를 걸어왔다. 그가 내게 전화를 걸어왔던 것처럼 그녀도 내 이름 석 자를 똑똑하게 발음했다.

"장해원 씨죠? 저는 윤시영의 아내 되는 사람입니다."

그녀는 내게 만나고 싶다고 말하면서 거부할 수 없는 키워드를 사용했다. 그녀가 나를 만나자고 한 이유는 뻔했지만 거절할 수 없는 상황이었다. 그와 첫 만남이던 호텔의 커피숍에서 나는 그녀와 만나기로 약속했다.

사람을 만나는 일에 나는 두려움을 가지지 않지만 그녀를 만나는 일은 어쩐지 캥겼다. 만나자마자 사람들 앞에서 쪽팔리게 망신을 주지 않을까 하는 걱정보다도 그녀에게서 듣게 될 말들이 더 염려가 되었다. 만나기로 약속하고 나가지 않을 수도 없는 일이었다. 나는 치사한 짓은 못하는 성질이다.

그녀는 미리 와서 나를 기다리고 있었다. 커피숍에 홀로 앉아 있던 그녀의 당당한 모습만으로도 내가 만날 사람임을 확실하게 알았다. 그를 만날 때처럼 커피 향은 은은했고, 음악은 감미롭고 부드러웠다. 음악이 흐르는 실내에서 그녀의 표정은 아주 심각하지만 꿀릴 것이 없어 보였다.

그녀는 화장하지 않은 얼굴이었다. 날카로운 콧날과 좁은 이마가 품위는 없어 보였지만 허투루 행동할 인상은 아니었다. 머리채를 잡혀 동댕이쳐질 염려는 없었다. 처음 본 얼굴인데도 어디선가 만난 듯 낯이 익은 모습이지만 기억나지 않았다. 나는 조심조심 그녀에게 다가갔고, 그에게 그랬던 것처럼 아주 환하게 웃어 주었다.

"앉으세요. 웃음이 참 아름답군요. 남편이 해원 씨에게 미련을 버리지 못하는 이유를 이제야 알겠어요."

음성은 의외로 나긋나긋했다. 남편이 저지른 불륜 상대의 여자를 칭찬하는 아내란 드물다. 남편의 연인에게 보이는 인내는 쉽지 않은 여유였다. 그녀의 부드러움이 날카로운 칼이 되어 내 가슴을 세차게 찔렀다.

"처음엔 그냥 지나치려고 했어요. 입버릇처럼 되뇌던 첫사랑을 만났으니 그도 회포를 풀고 나면 정리할 것이라고 생각해서지요. 은지 씨의 성향으로 얼마간의 시간이 지나면 끝낼 것이라는 생각도 했고요. 그런데 그게 아니더군요. 상당한 시기가 흘렀는데도 계속 이어지고 있더라고요. 은지 씨가 시기를 넘기고, 그이가 끈을 놓지 않는 사실을 보고, 내 판단이 틀렸다는 결론을 내리게 되었지요. 도를 넘기면 곤란하겠구나 싶어서 만나자고 연락한 거예요."

그녀는 은밀할 정도로 조용하게 말했지만 내용은 내 전적을 모조리 알고 있다는 낌새였다. 해원이란 이름 대신에 은지란 가명을 들먹이는 것이 그랬다. 그녀의 단수는 보통을 넘었다. 내 정체가 들통난 마당에 구태여 변명할 필요는 없었다. 나 역시도 그녀가 보이는 만큼은 침착할 수 있었다.

"아신다니 이야기가 한결 수월하겠군요. 시영이는 지금으로선 내 삶의 한 부분을 감당하지요. 그리고 시영이는 아직도 내 인생에 등장인물이 되고 싶은 모양이고요. 그를 붙잡고 있는 것이 사랑인지 아닌지는 논외이고, 살아남을 이유는 되죠, 나는 돈이 필요해요. 사람은 서로 상부상조하면서 사는 거 아닌가요. 감정은 내가 간섭하지 않는 영역이지요."

"계속 사기 치고 싶다는 뜻으로 들리네요. 역겹고, 구차한 삶을 포장하지 마세요."

그녀는 야릇하게 웃으며 말 속에 뼈를 넣었다. 입에 올리기 고약한 단어를 사용하면서도 말투는 여전히 나긋나긋했다. 남편을 이용하고 있다는 내용에도 화내지 않는 그녀는 내게 휘두를 무기를 지니고 있다는 증거였다. 아직도 얼마나 많이 가지고 있는지는 알 수 없었다. 나는 절대적으로 불리한 상황에서 그녀와 대결하고 있는 셈이었다. 나는 가진 카드를 다 보여 주기로 작심했다. 제어할 수 없는 감정만 아니면 내겐 잃을 것이 거의 없었다.

"그런 의미는 아닙니다. 시간을 조금 더 달란 뜻이지요. 아시겠지만 아직 다른 대상을 물색하지 못한 상태거든요."

나는 정공법으로 나가기로 했다.

"그런 뜻이라면 제가 그 대상을 추천해도 될까요? 영원히 놓지 않아도 될 만만한 대상이 있거든요. 어차피 대안이 필요할 테니까."

그녀는 뜻밖의 제안을 내놓으며 회심의 미소를 지었다. 미래까지 준비해서 잽싸게 펼쳐 보이는 콘셉트에 나는 아찔한 현기증이 솟았다. 그를 놓아주고 옮겨 갈 대상이 있다는 소식은 반가웠지만 영원히 놓아주지 않아도 된다는 사항은 썩 입맛이 당기는 일은 아니었다. 나는 소속하기를 원하지 않았고, 한 곳에 매어서 인생을 꾸며 갈 자신이 없었다. 몸서리치게 지긋지긋한 경험으로 끝낸 남편의 소속만으로 충분했다.

"나는 영원이라는 단어에 매력을 느끼지 못해요. 신뢰하지도 않고요."

"알아요. 하지만 해원 씨도 인생을 함부로 동댕이치지 않았으면 싶군요. 그동안 너무나 잘못 살아왔지요. 그 말은 앞으로도 계속 같은 삶의 방식을 고수한다면 누군가에게 다시 상처를 줄 수 있다는 뜻이기도 하죠. 속죄란 말이 거부감을 일으키겠지만 잘못을 사죄하는 차원에서 내 제의는 구미가 꽤 당길 듯싶은데."

그녀는 은지란 이름 대신에 이젠 해원으로 불렀다. 나는 그녀가 내민 구미가 당기는 제의가 무엇인지 호기심이 일었다.

"혹 이영현이란 사람을 기억하나요? 무역업을 했는데. 좀 한심한 남자죠."

그녀가 이영현이란 이름을 발음하자 등에 식은땀이 흘렀다. 나는 정확하게 그를 기억했다. 그는 심성이 곱고, 소심한 편이었지만 그녀의 말대로 한심한 남자였다. 내게 남편과 같은 편집증적인 애정을 보이며 아내와 당장 헤어지겠다고 난리를 폈다. 나와 결혼하겠다고 부득불 우겼던 그는 내 인생의 약도를 엉망으로 만들며 한때 나를 곤경에 빠뜨렸었다. 그를 떼어 내느라 얼마나 학을 떼었는지 생각하기조차 끔찍한 노릇이다.

"내가 해원 씨를 깔아뭉개지 않고 인격적으로 대우하는 것은 이영현 씨 때문이죠. 그가 바로 내 오빠거든요."

그러고 보니 어디서 본 것 같았던 인상은 그와 연관이 있었던 모양이었다. 그가 잘 살고 있는지 묻고 싶었지만 나는 묻지 않았다.

"오빠는 남편을 빼고, 해원 씨가 제일 오래 만났던 사람이었겠죠. 물론 오빠가 팽개쳐서 바닥으로 주저앉은 사업을 정상에 올리려고 그랬다는 거 압니다. 다른 여자들이라면 그냥 뺑소니칠 상황인데 꽤 애를 썼지요. 그런 점에서 저는 해원 씨의 프로의식에 경의를 표합니다. 그게 제 이야기의 핵심이지요."

"칭찬인가요? 그 기간이 내게는 정말 죽을 맛이었다는 거, 알고서 하는 소리인지."

"물론이지죠. 제게 올케가 되어 주지 않겠어요?"

그녀의 단도직입적인 제의는 내게 명령어로 들렸다. 나는 더듬거리며 되물었다.

"무슨… 소리죠?"

"액면 그대로 받아들이면 됩니다. 해원 씨가 예전에 만나서 알고 있는 제 오빠가 지금 부인이 필요하다는 뜻이죠."

그녀는 담아 온 속내를 털어놓으며 오빠의 근황을 간략하게 이야기했다. 이영현은 아직도 나를 잊지 못한다는 전언이었다. 이 년 전에 혼자가 되었고, 미국에 건너가서 이젠 기반을 잡은 상태인데 내 이야기를 꺼내면서 찾아줄 것을 요구했다는 말도 덧붙였다.

"그래서 해원 씨를 찾기 시작했지요. 내가 찾던 해원 씨가 그이와 수상하게 지낸다는 것을 알고, 약간은 충격이었어요. 대부분의 아내들이 느끼는 그런 충격이었죠. 이성적인 저는 시간이 되면 헤어질 것이라고 기다렸는데 끝내지 않더군요. 계속 진행형이어서 어쩔 수 없이 개입하게 된 겁니다. 헤어진 올케는 해원 씨처럼 현명하지 못했어요. 해원 씨의 관계를 알고, 먼저 치고 나왔거든요. 오빠는 해원 씨에게 준 것보다 더 많은 위자료를 올케에게 지불해야 했어요. 꽃뱀보다도 더 저질이었죠."

올케에 대해서 욕할 때도 그녀의 말투는 내게 사용하던 그대로였다.

나를 만나기 전부터 이미 다른 남자를 만나던 이영현의 아내는 꽤 많은 재산을 울궈 간 모양이었다. 다른 남자와 깊은 관계로 지내고도 남편과 헤어지면서 제몫을 챙기다니 꽃뱀의 기질을 나보다도 더 많이 지닌 똑똑한 여자였다. 그녀는 오빠와 올케 사이에는 개입하지 않았다고 했다. 오빠가 나를 잡을 수 있기를 바랐지만 당시엔 내가 꽃뱀인 사실은 꿈에도 몰랐다고 털어놓았다. 모든 것을 숨기지 않는 이유는 내가 현명하게 판단할 것이라고 믿기 때문이라는 말도 첨가했다.

살다 보면 누구나 질곡을 겪고, 기회를 맞기도 한다. 질곡을 헤쳐 나가는 방법은 여러 가지가 있고, 기회를 활용하는 방법도 다양하다. 그녀는 이번이 내게 절호의 기회가 될 수 있다고 설득했다.

"즉시 답을 요구하는 것은 아니에요. 해원 씨가 마음만 정하면 이곳과 지루한 생활을 거뜬히 벗어날 수 있어요. 스스로 쓰레기라고 말하는 과거를 묻어 두고 떠날 수 있다는 거죠. 홀가분한 제의가 솔깃하지 않나요? 결정되면 제게 전화하세요."

그녀가 계획한 하이라이트였다. 오케이라고 응답하면 즉시 오빠에게 전하겠다고 그녀는 속삭였다. 오빠가 귀국하면 만나서 함께 이야기해 보고, 싫으면 어쩔 수 없는 일이라고 하면서 남편과의 관계에도 아량을 내보였다. 아직 끝낼 마음이 없다면 기다릴 수밖에 없는 게 아니냐는 식이었다. 마지막 말을 마친 그녀는 대단원의 막을 내리고 조용히 일어섰다.

그녀의 제의는 기다릴 것이 없을 정도로 경쾌했다. 구미에 딱 맞는 떡밥이란 그리 쉽지 않다. 그녀의 말마따나 내겐 운명을 확 뒤바꿀 절호의 기회였다.

"영숙 씨에게 오빠가 있어? 이름이 이영현이라던가."

그의 아내로부터 올케가 되어 달라는 제의를 받았다는 말은 하지 않는다. 그에게 알려서 좋을 것은 없다.

"응, 이혼하고, 바로 미국으로 떠났어. 나는 처남하고 한번도 통화하지 못했어. 아내는 가끔 통화하는 모양인데 내게는 전화번호도 가르쳐 주지 않더라고. 거기서 꽤 성공했다는 말은 들었어. 처남이 이혼하기 전에 사귀던 여자가 있었던 모양인데 아내에게 그 여자를 찾아 달라고 했다던가. 그 말도 얼핏 들은 거 같아."

"찾았대?"

묻지 않아도 나는 안다. 그게 나였으니까. 그러나 그 말은 목 안으로 삼킨다. 그에게 아직 첫사랑의 여자로 아름답게 남고 싶은 마음일까. 꼭 그렇다고 단정하기는 어렵다. 말하지 못하는 배경에는 복합적인 여러 요소들이 도사리고 있다.

"모르겠어. 찾았다는 말은 아직 못 들었어. 아내의 능력과 집요함이라면 찾는 것은 식은 죽 먹기일 거야."

그의 말은 틀림없다. 그의 아내는 즉시 나를 찾았고, 그 집요함으로 내 지저분한 행적들도 낱낱이 찾아냈다. 그리고 이젠 내게 그와의 단절을 주문한다.

"그래. 우리의 관계를 알아냈으니 알 만하다."

"내 아내가 무서운 거야?"

무서운 것은 아니다. 이별을 결심한 바탕엔 그의 아내가 있다. 관계를 끊도록 요구하며 내게 푸짐한 떡을 내민 그녀는 세상에서 성공한 자다. 그녀의 의견을 참고하는 게 내게 이익이 된다는 점은 계산할 필요가 없다. 그와 이별을 결심한 배경에 그의 아내가 버티고 있고, 내가 원하는 목적이 어떤 것인가는 그에게 알리지 않는다. 잠재된 사연은 내게 꿀처럼 달지만 그에게는 익모초보다도 쓸 것이다.

"당연하지. 만나는 남자의 아내를 무서워하지 않는다면 뻔뻔한 여자 아냐? 그런 정도로 배짱이 두둑한 철가면이 있을지 모르겠다. 나는 심장까지 떨려."

나로 인해 방치된 가정의 안주인을 무서워하지 않는다면 양심도 없는 인간이다. 천하의 몹쓸 인간이란 뜻을 나는 그에게 납득시킨다.

"너를 끝까지 지켜 주지 못해서 미안하다."

그는 이제야 정말 미안해 죽겠다는 얼굴이다. 그의 표정을 보니 목숨보다 나를 더 사랑했다고 여긴 것은 내 착각이었다는 사실에 피식 웃음이 난다.

아내가 알게 되면 대부분의 남자들은 관계를 청산한다. 딴짓을 하더라도 애초부터 가정을 버릴 생각이 없다는 말이다. 사랑을 입에 달고 사는 치들도 사랑이란 삶의 부속품에 불과하다. 가구나 옷, 음식 따위의 기호처럼 삶의 과정에서 맛을 더하는 양념일 뿐이다. 예외인 남자들도 있지만 거의 그렇다. 그는 예외가 아닌가 생각했지만 그도 별다르지 않다는 사실을 나는 정확하게 깨닫는다. 첫사랑이라고 떠벌리는 남자에게도 사랑을 지키라고 맹세를 시키지 말라. 그건 바보짓이다. 사랑에 목숨을 거는 것은 골빈 인간이나 할 일이지, 남자라는 족속은 아니다.

그와 헤어져 집으로 돌아온 나는 그의 아내에게 전화를 건다.

"쿨하게 헤어졌어요. 영숙 씨의 제의를 받아들일 결심이에요. 운명의 노를 다시 젓는 일도 괜찮을 것 같아요. 열심히 노력해 보지요."

나는 남편과 헤어지고 만난 정길이라는 남자 이외에 결혼할 생각은 추호도 없었다. 결혼을 꿈꾸거나 결혼에 미련을 두지 않았던 것은 그럴 만한 사람도 없지만 일부러 외면하는 쪽이다. 남편에게 당한 수모가 다시는 결혼이라는 견고한 성에 발 딛지 못하도록 내게 금지선언을 내렸던 탓이다. 이번의 기회는 놓치기 아깝다. 내 흔적을 버리고 낯선 곳으로 떠날 수 있다는 말은 달콤한 유혹이다. 그래서 나는 기꺼이 유혹에 넘어가기로 결정했다.

"오빠가 귀국했어요. 집에 곧 도착한다고 하네요. 두 시까지 저희 집으로 오셨으면 좋겠는데."

그의 아내가 나를 초대했다. 나를 보고 싶어 한다는 이영현은 너무 떨려서 직접 전화를 걸지 못한다고 한다. 이상한 생각이 들지만 나는 가볍게 넘긴다.

시간을 맞추기 위해 나는 외출을 서두른다. 조신한 여자처럼 차려입고 나는 그의 아내가 사는 보금자리를 향한다. 경쾌한 휘파람을 불며 달려가는 내 발길에 신의 가호가 있기를.

아파트에 도착하여 그의 아내가 알려 준 304동을 두리번거린다. 택시에서 내린 나는 4라인으로 들어간다. 엘리베이터를 타고 11층에서 멈춘다. 현관의 벨을 누르기도 전에 문이 열려 있다는 사실이 감지된다.

안으로 들어선다. 손님이 오면 북적거려야 마땅할 안의 분위기가 어쩐지 수상쩍다. 조용하고 섬뜩한 기운마저 느껴진다. 의아하다는 시선을 의식한 듯 원두커피를 내리고 있던 그녀가 설명한다.

"사무실에 나간 그이는 좀 늦겠다고 연락이 왔어요. 오빠는 방금 슈퍼에 다녀오겠다고 나갔고요. 해원 씨를 만나기가 쑥스러운 모양이에요."

그녀는 나를 보며 웃는다. 미묘한 웃음이다. 입가에 서린 웃음이 마음에 걸린다.

"한 잔 하실래요? 날씨도 추운데."

나는 그녀가 내민 커피를 마신다. 커피 향이 상큼하다.

뜨거운 액체가 위를 통과하기 직전에 심장이 조여드는 기분이다. 가시로 엮은 망으로 심장을 쥐어 싸는 느낌도 찾아온다. 그녀의 이름을 부르고 싶지만 목소리가 목 안에서 머문다. 고통이 극심해서 말할 겨를조차 없다.

나는 헉헉거린다. 급기야 두 손으로 심장을 움켜쥐고 앞으로 고꾸라진다. 그녀가 쓰러진 내게 천천히 걸어온다. 놀라서 빠르게 뛰어와야 하는데 걸음이 너무 느리다. 조금 전에 보았던 미묘한 웃음이 여전히 입가에 떠 있다. 그녀가 느릿느릿 걸어온다는 사실에 조바심이 난다. 그녀는 내가 손을 내밀어도 닿지 않을 거리에 멈추어 선다.

"고통스럽지?"

그녀가 나직하고 무겁게 묻는다. 나를 일으켜 세우고 병원으로 연락해야 하는데 그녀는 그렇게 하지 않는다. 살릴 생각이 없는가. 나는 잠깐 생각한다.

"너도 당해 봐야 뼈저린 맛을 알 거야. 이제 너는 고통으로 서서히 죽게 된다고."

그녀는 내가 죽는다고 말한다. 죽이겠다는 의사를 또렷하게 드러낸 그녀에게서 고통스럽게 죽이고 싶어 안달하는 기색을 느낀다. 순간, 나는 함정에 빠졌다는 것을 깨닫는다. 그리고 곧 죽게 될 것이라는 것도.

"오빠가 미국에 있다는 것은 뻥이었어. 너를 설득하려는 수단이었지. 하긴 모두 거짓으로 지어낸 것은 아니야. 오빠가 이영현이고, 네가 거덜낸 것은 사실이거든. 이제 복수할 기회를 잡은 거야. 그동안 내가 얼마나 너를 찾았는지 알아? 하긴 네까짓 게 뭘 알겠어. 멍청한 년. 그래 가지고 어떻게 꽃뱀 노릇을 했는지 모르겠다. 그러니까 아직도 그 꼴이었겠지."

그녀는 오빠를 대신하여 내게 벌을 내리는 모양이다. 그렇다면 달게 받아야지. 애걸하여 살고 싶은 마음은 조금도 없다. 목숨을 구걸하는 구차한 일은 싫다. 하지만 이렇게 죽을 것이라는 생각은 하지 못했다.

억울한 것은 아니다. 언젠가 한번은 죽게 될 목숨이니까. 인간은 때가 되면 가야 한다. 시기가 조금 앞당겨졌다고 무슨 상관이랴. 그녀라도 곁에 있을 때 갈 수 있어서 차라리 잘된 일이다. 그녀는 이런 내 생각을 알까.

"너처럼 윤시영이도 오빠에 대해서 잘 몰라. 내가 사실을 제대로 알리지 않았거든. 나도 어떤 게 진실인지 헷갈릴 때가 있어서 겁이 났기도 했으니까. 오빠는 지금도 정신병원에 있어. 실의에 빠져 지내다가 폐인이 된 거야. 네 천한 피가 오빠를 망쳤어. 올케에게 깡그리 빼앗기고 거덜 난 오빠의 사업을 내가 물려받아서 이만큼 키운 거라고. 윤시영이도 인정하는 뛰어난 능력이지."

내 심장은 멈추기 직전이다. 하지만 청각은 또렷하다. 사람은 죽어도 청각이 제일 늦게까지 남아 있다는 글을 어디선가 읽은 게 기억난다. 그녀의 말은 모두 맞다. 나는 억지로 고개를 끄덕인다. 대단하다 이영숙, 말하고 싶은데 말이 나오지 않는다.

"너를 찾고 보니 환장하겠더라고. 세상에, 윤시영의 그 잘난 첫사랑이었으니. 아직도 그 바보는 네가 꽃뱀인 거 몰라. 너 같은 버러지를 천사로 알고 있다는 거지. 정말 딱하고 멍청한 인간이야. 몰라도 그렇게 모를까."

나는 그녀가 나를 죽이기 위해 철저하게 계획했다는 사실을 깨닫지만 너무 늦다. 나는 그녀의 성품을 과대평가하는 잘못을 저질렀다.

"커피에 약을 탔어. 심장을 멈추게 하는 성분이지. 나는 커피 잔을 씻고, 다시 새 커피를 부을 거야. 네 지문을 묻힌 다음 슈퍼에 물건을 사러 가야 해. 내가 짠 콘티거든."

내가 먹다가 놓아 둔 커피를 가져다 그녀는 싱크대에 쏟는다. 그리고 깨끗이 씻은 잔에 새 커피를 반쯤 따른다. 그녀는 움켜쥔 내 손을 억지로 펴고 손잡이를 들게 했다. 회심의 미소를 지으면서 식탁 위에 컵을 얌전히 다시 올려놓은 그녀는 이제 다 끝났다는 표정이다.

"슈퍼에서 돌아온 나는 네 시체를 발견하게 되는 거야. 깜짝 놀라서 나는 119에 전화를 걸어서 다급하게 상황을 설명하지. 너는 내가 없는 사이에 죽어 있어. 너는 그냥 심장 발작을 일으킨 거야. 나는 네 심장 발작이 있었다는 것도 몰라. 부검을 기대할 생각은 하지 마. 그건 부검해도 알 수 없는 성분이거든. 타살 흔적이 전혀 없다는 거, 미리 알고 실행한 거니까. 내가 이 일을 위해서 얼마나 치밀하게 진행시켰는지 알까 모르겠군. 어때, 기막히지 않아? 나도 내가 왜 이렇게 머리가 잘 돌아가는지 모르겠어."

그녀는 소설을 읽는 것처럼 차분하게 줄거리를 이야기한다. 잘 짜여진 각본은 언제나 감동적이다. 그녀는 빈틈을 없애기 위해 피나게 노력했을 것이다. 인터넷을 뒤지고, 시간을 점검하고, 표정과 말투를 연습했을지도 모른다.

"나는 윤시영에게도 전화를 걸어. 그가 돌아오면 나는 울어서 퉁퉁 부은 눈으로 그의 품에 안길 거야. 그에게는 어이없고 놀란 표정만 보이는 거지. 나는 그에게 네가 찾아왔다고 말해. 찾아온 이유? 물론 돈이지."

그녀는 음흉하게 웃는다. 미저리의 공포가 생각나지만 내게 죽음의 공포는 해당사항이 아니다. 공포를 느끼지 못한다면 그녀는 어떤 표정일까. 화들짝 놀랄까. 모르겠다. 죽고 싶었던 시간들이 내겐 너무 많았다. 삶을 연장했지만 유혹은 버리지 못했다. 그녀로 인해 미련 없이 죽음의 예식을 치를 수 있다는 것은 행운이다. 헛된 일에 매달렸다는 사실을 그녀에게 알려 주지 못한 것이 유감이다. 그녀도 나를 잘못 평가했다. 하잘것없는 나를 처치하느라고 죄를 짓게 된 그녀가 불쌍하다. 벌을 감당하기 위해 고통스럽게 살아야 할 그녀가 참 안 되었다는 생각도 든다.

"아, 윤시영의 걱정은 하지 않아도 괜찮아. 네가 죽으면 꽃뱀의 전적이 모두 드러날 것이고, 그 바보는 기절할 정도로 놀랄 테니까. 나는 네가 얼마나 많은 돈을 갈취해 갔는지 밝힐 셈이거든. 너를 떼어 내는 미끼로 돈이 흘러간 것을 그가 알도록 하는 거지. 그 인간은 믿었던 첫사랑이 내게 손 내민 사실은 까마득하게 몰랐다는 거지. 너의 죽음으로 모조리 알게 되어 놀라기야 하겠지만 심각하게 충격 받지는 않을 거야. 어쩌면 크게 실망해서 네 시체에 침을 뱉을지도 몰라. 너무 속상하게 생각할 필요는 없어."

그녀의 말소리가 점점 희미하게 들린다. 윙윙거리는 모기 소리처럼 작아진다. 사물들이 점차 흐릿하다. 그녀의 얼굴인지 윤시영의 얼굴인지도 구별이 힘들다.

"그렇다고 내가 모든 것들을 용서했다는 말은 아니야. 빠른 시일에 그 멍청이도 너처럼 죽음을 맞게 될 테니까. 잇달아 같은 방법을 쓸 수는 없지. 들통이 나면 내가 고달프지 않겠어? 그래서 적당한 방법을 지금 모색하는 중이야. 어쩌나. 크게 기대해도 좋을 엄청난 광경을 볼 수도 없게 되었으니. 한줌의 가루로 바람에 흔적 없이 사라질 시간이 점점 가깝게 다가오네. 윤시영이 죽으면 만나서 서로 사이좋게 지내. 거기까지 따라가서 훼방을 놓을 생각은 추호도 없으니까. 난 그렇게 속 좁은 여자는 아니거든."

그녀가 문을 열고 나간다. 몸을 움직이고 싶지만 나는 이제 그럴 수 없다.

그의 잔은 그에게 족하다

아내가 돌아누웠다. 쌓인 불만이나 원망을 아내는 등을 내보이는 것으로 항변했다. 등은 그와 아내 사이의 단절을 의미했고, 서로가 느끼고 있는 그만큼의 경계선이었다. 너무 마른 아내의 등은 팔을 두르면 보이지 않을 정도로 작았지만 그는 거대한 벽을 마주하는 막막함에 속이 답답했다. 벽은 지나치게 견고해서 부서지지 않을 것이고, 거북의 등껍질처럼 단단해 뚫고 들어갈 빈틈조차 보이지 않았다. 웅크린 아내는 그의 심장을 짓누르며 뒷골을 사납게 잡아당겼다. 뇌세포가 출렁이며 욱신거리기 시작했다.

손을 내밀어 아내의 몸을 더듬었다. 어떤 반응을 보이는지 확인하고 싶은 짓궂은 마음이 일었다. 새삼 왜 아내의 예민한 감정을 들춰 보고 싶었던 것인지 그로서도 알 수 없는 일이었다.

"신경 쓰여. 피곤하니까 건드리지 마."

아내는 짧지만 단호하게 거절했다. 낮게 날아든 짜증이 섞인 언어는 비수처럼 그의 가슴을 찔렀다. 피곤하다는 말에는 귀찮다는 함축적 의미가 담겨 있었으며 접근 금지의 경고도 포함되어 있었다. 아내의 입을 통해 밖으로 튕겨져 나온 무거운 날말들은 오랫동안 아내가 갈고 벼린 날선 비수였다.

명백한 거절의 언어는 장난기가 가미된 행동에 급격하게 제동을 걸었다. 아내의 선택은 그가 지니고 있던 막연한 기대 심리와 동지적 유대감을 순식간에 날려 버렸다. 아내가 보인 사소한 행동들이 이제까지 억제해 왔던 그의 의식들에 파문을 일으켰다. 아내가 달아나고 싶었다는 걸 믿고 싶지 않은 것은 자만이었다. 아내는 그로부터 벗어나고 싶으면서도 그러지 못할 뿐이었다.

상대의 마음을 확인하고도 그대로 진행하면 경을 칠 수 있었다. 아내는 고슴도치처럼 최대한 몸을 웅크리고 있다가 날카로운 가시를 세워 덤빌지도 몰랐다. 다가서다간 피만 흘리게 될 것이니 포기하는 게 나았다. 그는 내밀었던 손을 잽싸게 거두었다.

아내의 그런 행동에 그는 꽤 익숙해져 있었다. 그런데도 가끔은 그 익숙함에 저항하고 싶은 생각이 들었다. 잠자리를 같이했던 날이 까마득하지만 사실을 일깨우는 짓은 치사했다. 살을 부비며 서로의 애정을 확인하지 않는 부부의 삶에 대해서 아내는 별다른 불만을 갖지 않았다. 아내가 성적 욕구를 어떻게 해결하는지에 대해 그는 아는 바가 없었다. 가끔 궁금증이 솟았지만 물을 수도 없었다. 겉으로 드러나는 형식에 아내는 최대의 예의를 갖추었다. 따라서 법적인 고리로 얽혀진 것에 더 의미를 부여하였고, 그게 그와 헤어지지 않는 이유 중의 하나였으므로 선을 넘지 않는 게 중요했다.

"차라리 이혼하자. 그게 너를 위해서도 좋지 않겠어?"

아내의 성향을 알면서도 슬쩍 떠보았다.

"지금까지 잘 살아왔는데 이제 와서 그럴 수는 없지. 수민이 장래도 생각해야 하잖아? 당신 때문에 소중한 아이의 인생을 망칠 수는 없으니까."

"하긴 우리 딸을 불행하게 만드는 일을 절대 해선 안 되지."

"헛소리하지 마. 수민이가 왜 당신 딸이야? 그 앤 내 딸이야. 그리고 답을 뻔히 알면서 느닷없이 쓸데없는 이야기는 왜 꺼내는지 모르겠네. 우리 그냥 이렇게 살아. 한 세상 사는 게 별거야? 생각하면 그다지 나쁠 것도 없는데 새삼스럽게 뭘 어쩌자고."

아내는 아이를 그의 자식으로 인정하고 싶지 않은 눈치였다. 수민은 아내 혼자만의 아이였다. 아내의 시선으로 그는 사랑이 결여된 상태에서 정자를 제공한 상대일 뿐이었다. 상징적인 의미로 존재하는 박제된 아버지란 이름, 그 이상은 아니었다.

딸아이 수민은 아내가 구상했던 세계에서 유일하게 신뢰하는 인물이었다. 가문의 대를 이을 사내아이를 생산하지 못한다는 이유로 집안의 시린 눈총을 받으면서 굳세게 버티고 있는 것도 오직 수민이 때문이었다. 심지가 깊은 아내가 수없이 많은 말을 속에 담은 채 힘겨운 시집살이를 견디는 이유가 딸에 대한 각별한 애정인 것을 그는 너무나 잘 알았다. 아이에게 감사할 부분이었다.

불행의 늪에서 허우적대는 아내가 측은해서 억장이 무너질 때가 많았지만 이런 순간은 아니었다. 그래도 어김없이 되돌아온 핀잔을 들으며 안심했다. 한 치도 어긋나지 않는 아내의 단호한 음성에서 법적인 올가미를 풀지 않을 결심을 재차 확인한 셈이니 다행스러운 일이었다. 태풍이 사납게 몰아쳐도 꿈쩍하지 않을 고집에 가슴이 시큰거렸다. 단단하게 고여 있는 아내의 의지가 생각할수록 새삼 고마웠다.

두툼한 옷에 모자까지 꺼내어 썼다. 집을 나서는 그에게 아내는 언제나처럼 행선지를 묻지 않았다. 밤에 어딜 가느냐고 잔소리라도 해 주기를 기대했지만 끝내 묻지 않았다. 그가 야심한 밤에 외출해도, 며칠을 술에 취해 떡이 되어 들어와도 아내는 무관심했다. 그가 어떻게 행동하건 보지 않은 척 지나쳤고, 이제는 그도 마찬가지였다. 그렇게 서로 신경을 끄고 산 지 이미 오래였다. 그가 말없이 외박하더라도 아내는 아무것도 묻지 않고, 그냥 지나칠 사람이었다. 그 역시 아내가 누구를 만나건 무슨 짓을 하건 모른 척 눈감아야만 했다.

차를 몰고 아파트를 빠져나왔다. 개봉관이 있는 건물은 건축한 지 얼마 되지 않았다. 그는 인터넷에서 미리 건물의 위치를 확인했고, 덕분에 비교적 쉽게 찾았다. 전국적인 체인망을 갖춘 영화관은 9관까지 있었다. 그가 보려는 영화의 상영은 1관이었고, 1관은 7층에 위치했다. 매점과 매표소도 같은 층에 있었다. 그는 사람들에게 들키지 않도록 모자를 깊숙이 눌러 쓰고 고개를 숙인 채 엘리베이터에 올랐다. 매표소에서 예매를 확인한 후에 티켓을 받았다.

시간에 맞춰서 왔는데도 영화는 아직 끝나지 않았다. 속이 탔고, 가슴이 후끈거렸으므로 매점에서 얼음을 채운 음료와 포테이토칩을 샀다. 주위를 둘러보니 늦은 시간인데도 불구하고 생각했던 것보다 관람객이 꽤 있었다. 매스컴에서 떠들어 대는 효과를 무시할 수 없는 모양이었다. 그는 사람들이 모여 있는 곳에서 최대한 멀리 떨어져 불빛이 흐린 후미진 구석에 숨듯이 서 있었다. 극장에서 안면이 있는 사람과 마주치고 싶지 않았다. 혼자 영화를 보러왔다는 사실을 누구에게도 들키고 싶지 않아 몸을 사렸다. 들키고 싶지 않은 것들은 그것 외에도 많았다.

한참을 기다리자 문이 열리고 사람들이 나오기 시작했다. 뒷줄에 서 있다가 사람들이 들어간 다음 재빠르게 안으로 들어갔다. 실내는 어두웠다. 다행스럽게 H열 4번 좌석인 옆자리는 비어 있었다. 개봉하기 전부터 화제를 몰고 온 영화는 개봉 이후 연일 매진이었지만 한 달을 넘어서인지 빈자리가 드문드문 보였다. 그는 영화가 시작될 때까지 아무도 오지 않기를 바랐다. 영화를 보는 동안이라도 깊숙이 묻어 온 감정을 타인에게 방해받고 싶지 않았다. 그가 보려는 영화의 제목은 '왕의 남자'였다.

그동안 그는 언론과 인터넷에서 영화에 관해 쓴 논평들을 찾아 읽었다. 사람들은 작가나 연출가의 의도가 아닌 이유들을 행간에서 유추해낸다. 그도 원하는 문구들을 찾았다. 남자가 남자를 사랑하는 이야기들, 그런 논제들이 나올 때면 가끔씩 정체성에 회의를 느꼈지만 눈을 뗄 수는 없었다. 그가 사춘기 이후로 줄곧 갈등해 온 문제였고 아직도 이것과 저것의 경계를 명료하게 구분하지 못한 상황이었다.

이성에 눈뜰 나이에 이르렀을 때 그는 내부에서 일어나는 감정에 당황했다. 그의 리비도는 비정상적이었다. 남자로 태어났으니 여자에게 끌려야 당연했는데 어떻게 된 일인지 그는 이성에게보다 동성에게 마음이 쏠렸다. 남자가 더 매력적으로 보였으며 멋진 남자의 앞에 선 가슴이 설레었다. 그는 자신이 지닌 성의 정체성이 의심스러웠다. 그는 자신을 흥분시키고, 떨리게 만드는 동성에 대한 감정이 불편했다. 미묘한 울림을 주는 남자들이 밑바닥에 깔린 그의 욕망을 강하게 자극한다는 의문점은 리비도가 대다수의 사회적 구성원과 다르다는 문제점을 부각시켰다. 사실을 깨닫는 순간 그는 경악했고, 정체를 알 수 없는 모든 감정들을 강하게 부정했다. 그럴수록 감정을 인정할 수밖에 없는 정황들이 자주 발생했다.

해부생리학적 구조와 본능적 욕구가 일치하지 않는 반응은 삶의 위기였다. 그는 자신의 모순된 성적 취향을 수없이 부정하고 어떻게든 피하고 싶었다. 합당하지 않은 일이라고 스스로를 세뇌하며 할 수만 있다면 그에게 주어진 쓴잔을 피할 수 있게 해 달라고 신에게 울부짖으며 간절히 기도했다. 고통스러우리만큼 부단한 노력에도 불구하고 나아질 기미는 전혀 보이지 않았다. 그는 더 이상 기도하는 짓을 멈추었다. 대신 깊게 신을 저주했으며 용서하지 않을 다짐을 쌓았다.

심리적 요소에도 불구하고 실제로 유혹에 빠진 경우는 드물었다. 그는 누구보다 자제력이 강한 편이었고, 매사에 조심했다. 감정을 다스리지 못하는 건 나약한 의지 탓이라고 날마다 자신을 채찍질하며 엄격하게 생활했다. 욕망을 관리하지 못하면 지뢰밭을 걷는 것과 같았다. 그는 눈을 뜰 때부터 잠자리에 들 때까지 스스로에게 경고하며 긴장의 나날을 보냈다. 젊은 시절은 그런 자신과의 치열한 싸움이 항상 먼저였다. 바닥으로 추락시킬 위험한 요소를 누군가 알게 될까 봐 그는 두려웠다. 신의 형벌을 아무에게도 들키지 않게 조심했으므로 친하게 지내던 주위의 사람들조차 그의 동성애적 성향을 짐작하지 못했다.

그는 진즉부터 영화를 보고 싶은 강렬한 욕구에 휘말렸다. 광고에 실린 사진에서 더욱 마음이 설레었다. 눈에 띄는 배우의 사진이 있었는데 그 한 장의 사진이 그를 들뜨게 만들었다. 알려진 이름은 아니었으나 사진 속의 배우가 보고 싶었다. 그 배우를 보기 위해 필히 영화를 보러 가야 했다.

한참 주가가 치솟은 영화는 관객이 넘쳐나서 연일 매진이었다. 그는 인파에 휩쓸리는 일이 힘들 것이라고 스스로를 다스렸다. 매진 사태가 끝나고 좌석이 생긴 다음에도 시간이 없다든가 재미가 없으면 돈이 아까울 거라는 이런저런 이유를 들어 관람을 미루었다. 인터넷으로 예매하려다가 확인 버튼을 누르지 않고 나오기도 했다. 욕구를 억제하는 인내심이 급기야 한계에 이르렀다. 거센 욕구가 그를 견디기 힘들게 몰아갔다. 참을 수 없을 지경에 이르렀고 극심한 스트레스 상태로 치달았다. 더 이상 망설일 수 없게 되자 그는, 결국 심야 프로의 티켓을 예매했다.

영화가 상영되기 전부터 가슴이 두근거리기 시작했다. 도둑질하려는 사람처럼 얼굴이 심하게 후끈거렸다. 잘못된 일이 아닌데도 훔쳐보는 영화처럼 가슴이 뛰었다. 은밀하게 또 다른 광재와 만나기 위한 시간이어서 그럴 수 있다는 것 빼고는 다른 이유가 없었다. 그는 심장 박동 소리를 진정시키기 위해 여러 번 길게 호흡을 내뿜었다.

첫 화면부터 인상적인 장면이 펼쳐졌다. 놀이패의 장단이 어우러지면서 빙글빙글 상모가 돌아갔다. 그는 현기증이 솟았다. 어깨춤이 절로 날 듯싶은 장단이 오래전의 시간을 물고 늘어졌다. 공길이 역을 맡은 배우는 광재를 많이 닮았다. 하마터면 광재야! 하고 그는 가슴 깊숙이 묻었던 이름을 크게 소리쳐 부를 뻔했다. 영화 속의 공길은 매력적이었고, 타고난 외모로 인해 시달림을 겪고 있었는데 모든 면이 광재와 비슷했다. 광재를 닮은 그가 요염하게 미소 지으며 추억을 되살려 내었다. 광재는 화면과 함께 아득한 골짜기에서 슬픈 얼굴로 떠올랐다. 광재는 그의 생에서 결코 잊을 수 없는 이름이었다. 알싸한 아픔으로 다가온 그 이름을 그는 몇 번이고 지웠다. 깨끗이 지웠지만 결코 지워지지 않는, 아무리 지우려 해도 지울 수 없었던 이름이었다.

광재는 그가 대학 시절에 만난 아름다운 젊은이였다. 곱고, 섬세했으며 여린 심성을 지녔음에도 불구하고 감정에 충실했던 여성적 성향이 두드러진 남자였다. 매력적이고 특이하게 예쁜 광재의 외모는 동아리에서도 유난히 눈이 띄었다. 그의 눈에 자주 띄었던 것은 사람들과 섞여 있어도 돋보이는 외모 탓이겠지만 어쩌면 주위에서 자주 서성이고 있어서였을지도 몰랐다. 그는 광재의 고백을 들은 나중에야 그런 사실들을 알았다. 눈을 들면 언제나 시선이 닿는 곳에 있던 광재 역시 이미 그의 내부에서 꿈틀대는 억제된 욕망을 느꼈던 걸 수도 있었다. 동물적 감각이 텔레파시로 숨겨진 본능을 자극했는지도 몰랐다. 숙명적으로 엮이게 된 광재의 기억들은 버리려 노력해도 결코 사라지지 않았다. 헤어진 이후에도 끝까지 남아 기억의 창고에 수북하게 쌓였다.

영화가 진행되는 중에도 그의 눈에는 공길이만 보였다. 공길이는 바로 광재였으며 공길의 눈빛과 말투, 그리고 손짓으로 그에게 다가왔다. 광재는 영화 속에서 공길이로 살아나 예전처럼 다시 그를 사로잡았다. 화면의 장면들은 억눌러 온 아픈 과거를 일깨우며 숨이 막히게 설레던 시간들을 되살렸다. 광재가 보고 싶었다. 미칠 듯 보고 싶어 온몸에 소름이 돋았다. 절실한 그리움이 파도처럼 솟구치면서 공길의 눈에 서린 아련함이 가슴을 할퀴었다. 안에서만 삼키던 울음이 목울대로 조금씩 넘어오기 시작했다.

광재는 그에게 노골적으로 좋아한다고 말했다. 같은 마음이라고 그는 말하지 않았다. 공유할 수 있지만 표현하기 힘든 감정이었다. 가까스로 억눌러 온 감정을 무너뜨리면 자신을 제어할 힘마저 잃게 될 것이었다. 그건 사소한 게 아니라 감당하기 버겁고 힘든 과제였다. 어려운 과제는 덮는 게 옳았다.

친구니까 당연히 좋지, 그는 미련이 묻어나지 않도록 광재의 말을 잘랐다. 어떤 의도로 고백하는지 꿰뚫고 있었지만 거기까지였다. 더 이상 허용할 수 없었다. 감내할 여력이 없었던 그는 광재의 감정만이 아니라 자신의 감정도 과감히 외면해야 했다. 가문의 대를 이어야 할 장남인 그는 강씨 가문의 3대 독자 외아들이었다. 절대적 사랑을 받는 아들이 감히 부모님을 실망시킬 수가 없었다. 가족과 부모님, 친척들의 얼굴이 눈앞에서 어른거렸다. 광재가 온전히 마음을 뒤흔드는 매력이 있어도 평생을 남자와 함께 살아가기는 힘든 노릇이었다. 광재는 그가 정한 경계선을 넘어 칙칙하고 어두운 세상에 기거할 사람이었다. 사랑 때문에 혈연까지 외면할 배짱이 당시엔 솔직히 없었다. 하긴 지금의 처지에서도 마찬가지 선택을 할 수밖에 없긴 했다.

친구라는 이름 말고, 좀 솔직해질 수 없느냐고 광재가 말끝을 흐렸을 때 솔직함이 스스로를 구원해 주지 않는다고 답변했다. 그는 불가능하고 힘든 삶을 살기 싫었다. 사회적 규칙에 반하는 행동에는 용단이 필요한데 그럴만한 용기가 없었다. 비겁한 사람이므로 어쩔 수 없다고 진심으로 속내를 털어놓았다. 보다 더 큰 이유는 타인이 그의 성향을 알게 될 때 경멸이 담긴 시선을 감당할 자신이 없었다. 그는 그런 것들이 더 큰 고민이며 과제라고 단호하게 답했다.

그의 말에 광재는 흐뭇하게 웃었다. 처음엔 다 그렇다고, 이해한다고도 말했다. 광재 역시도 아직 갈등 상태라며 고개를 끄덕여 공감했지만 예전보다 과감해졌다. 사랑은 어떤 장애라도 초월한다고 속삭이며 노골적으로 접근하기 시작한 광재는 그가 생각했던 이상으로 끈질겼다. 달콤하면서도 끈적끈적한 시선을 수시로 던지며 애정의 표현에 적극적이었다. 어느새 그는 광재의 삶에 깊이 개입되어 있었다. 생의 동반자로 살자고 되뇌며 그에게 몰입하는 광재의 사랑은 어딘지 편집증적인 냄새를 풍겼다.

광재는 학창 시절 내내 그의 곁에 바싹 붙어 있었다. 타인의 눈총에도 상관없이 그를 끌어안고 몸을 더듬었다. 광재의 야릇한 시선을 받을 때면 그는 짜릿한 전율이 느껴졌다. 광재의 손이 닿을 때마다 흥분되었으며 황홀했다. 때론 같이 뒹굴고 싶어 몸이 뜨겁게 달아오르기도 했다. 그는 선을 넘는 상황에 몹시 당황했다. 감정을 통제하기가 매우 어려웠는데 그가 정한 규칙은 광재의 손길을 따라 허공으로 증발했다. 까딱하다간 두 사람이 함께 휩쓸려 나락으로 추락할 위험성이 다분했다.

많은 여자들이 광재의 곁을 맴돌았다. 여자들은 광재의 빼어난 외모에 반할 뿐이어서 다른 것에는 관심 없었다. 그에게 엉켜 있는 광재를 떼어내지 않는 그가 싫었던 여자들은 그를 심하게 질투했다. 그녀들은 광재가 그에게 보이는 눈꼴사나운 행동들을 못 견뎌 했으므로 거리를 두라고 충고하기 시작했다. 광재의 추종자들에게 경쟁자로 보였던 그는 시기로 눈먼 여자들로 인해 자칫 정체성이 드러날까 걱정이었다.

광재의 사랑은 언제나 용광로처럼 끓어올랐다. 불나방 같은 열정은 그에게 시한폭탄이나 다름없었다. 광재는 자칫 그의 생을 파괴할 수도 있었다. 아무리 위대한 사랑이라도 진흙탕 속으로 끌려가 함께 처박힐 수는 없었다. 광재에게 그는 연인이었으나 그는 아직 아니었다. 그림자처럼 살아도 좋다는 과잉된 애정을 허락할 수 없는 게 그의 한계였다. 만약 광재를 용납하게 된다면 영원히 놓지 못할 것 같았다. 소신도 눈물겹게 쌓은 인내심도 빛을 바랠 것이었다. 다시 말하지만 광재에게 얽매어 세상의 숱한 이목을 감당하며 살아갈 용기가 없었다. 그는 세상을 거스르며 사는 게 두려웠고, 광재처럼 세상과 맞서 싸울 각오도 되어 있지 않았다. 과감한 행동을 저지르거나 고수해 온 룰을 깨트리는 짓은 그의 몫이 아니었다. 그는 스스로를 너무나 잘 알았다. 통제 불능상태가 되기 전에, 자신을 지키지 못할 것 같은 불안에 떨기 전에 제자리를 찾는 것이 우선이었다. 아쉽더라도 그가 정한 영역을 광재가 침범하도록 내버려 둘 수는 없었다. 절박한 위기의식이 광재를 차단해야 한다고 충동질했다. 광재를 벗어나기 위해선 확실한 이유가 필요했다.

아내를 만난 것은 그 시절이었다. 아내는 그의 부모가 다니던 교회의 착실한 신도였다. 신앙심이 깊은 부모 밑에서 어렵지 않게 자란 아내는 무난하고 평범한 학창 시절을 보냈다. 아내의 나이가 결혼 적령기에 접어들었으므로 적당한 남편감을 고르는 중이었다. 처가에서는 아내를 호적에서 떼어 낼 절호의 시기로 여겼다. 결혼은 그에게 흥미로운 거래였다. 광재와 헤어지는 기회가 될 수도 있었다. 아내는 광재를 대신하기에 충분한 인물은 아니었으나 사회적인 시선을 피할 적격의 상대였다. 피난처로 가능한 괜찮은 조건도 갖추고 있었다.

중매로 만난 낯선 여자에게 그는 조급하게 청혼했다. 여자는 말없이 한참 동안 그의 얼굴을 쳐다보았다. 그는 결혼이란 형식 외에는 관심이 없었으므로 여자의 존재에 대해 별다르게 생각하지 않았다. 따라서 아내의 반응에 대해 숙고할 여유가 없었다. 광재에게 모든 촉각을 곤두세우고 있어서 다른 누구에게 관심이 없었을 수도 있었다. 누군가를 떼어 내는 고육지책이 누군가를 받아들이는 결혼이라니 아이러니했지만 틈을 보일 시간이 없었다.

결혼하기 위해 여자라는 외에 특별히 필요한 사항은 없었다. 덧붙여 결혼과 함께 수상한 감정들도 통제할 수 있기를 간절히 원했다. 덤으로 아이를 얻어 새로운 삶을 추구할 수 있을지 모른다는 막연한 희망도 품었다. 아내에게는 그런 복잡한 마음을 숨겼다. 누구라도 부부로 연을 맺을 사람에게서 이상한 이야기는 듣고 싶지 않을 것이었다. 하지만 아내가 그에 대해 새로운 시각을 갖게 된 시점부터 그는 자신의 우매한 판단을 후회했다. 그가 택한 올바르지 못한 수단과 방법에 수치심을 느꼈다. 지옥을 경험하고 있는 아내에게 정말 미안했지만 그가 아내의 생각을 짐작하기는 어려웠다.

결혼식 날에 그는 광재의 얼굴을 보지 못했다. 광재는 교회에서 치러진 그의 결혼식에 참석하지 않았으며 이후로 종적을 감추었다. 연락이 닿을 수 있기를 바랐으나 몇 년이 흐른 지금까지도 소식을 전혀 듣지 못했다. 때때로 어디 사는지, 어떻게 살고 있는지 무엇을 하며 지내는지 궁금해서 미칠 것 같기도 했다. 하지만 비겁한 과거를 떠올리며 이를 악물고 참았다. 찾을 수 있기를 간절히 원하면서도 한편으론 어디서든 평화롭게 살기를 기도하는 게 전부였다. 하긴 찾는다고 해도 그가 할 수 있는 일은 아무것도 없었다. 다시 만나 예전처럼 되돌아가거나 그럴 입장도 아니었다. 그냥 보고 싶을 뿐이었다.

아내는 결혼 후에도 한동안 그의 성적 취향을 눈치채지 못했다. 그가 살아가야 할 세계가 그걸 강요했기 때문에 철저하게 숨겼다. 그러나 계속 숨기고 살 수는 없는 일이었다. 숨기고, 속이는 것에는 한계가 있었다.

아내가 잠이 든 밤에 여느 때처럼 '메종 드 히미꼬'의 DVD를 감상하고 있었다. 그는 주인공 오다기리 조를 좋아했다. 그의 용기, 그의 삶, 그의 솔직함은 자신이 갖지 못한 것이었으므로 자신과 닮은 고통을 안고 있는 영화 속의 인물을 보면서 스스로를 위로하고 싶었는지도 몰랐다. 영화를 보는 중에 아내가 방으로 들어왔다. 아내는 혼자서 몰래 영화를 보는 그의 행동을 수상한 표정으로 쳐다보았다. 눈치가 빠른 아내는 아마도 그때 그에게서 느껴지는 기이하고 미묘한 감정들을 처음 알아차렸던 것 같다. 하지만 아내는 자신이 느낀 수상한 기운들을 그에게 숨겼다. 아내는 허투루 행동하는 경박한 여자가 아니었으므로 확실한 증거가 필요했는지도 몰랐다.

그는 영화를 보거나 책을 읽은 후엔 메모하는 버릇이 있었다. 감정을 주체하지 못하는 자신에게 위안을 주는 나름의 방법이었다. 그날도 그랬다. 영화를 보고, 생각했던 것들을 적었다. 광재의 이야기와 추억을 떠올리는 몇 가지들을 썼다. 그는 그런 것들을 세심하게 잘 간직했어야 했다. 하긴 감추는 게 쉬운 건 아니지만 아무리 꼼꼼하게 숨겨도 찾기 위한 노력이 끈질기면 뭐든 어렵지 않다. 아내는 그의 무심함에 지쳐 가던 상태였다. 그가 어떤 인간인지를 알고 싶어 안달하던 차에 기회를 포착한 셈이었다. 비밀스럽고 은밀한 게 무엇인지 단서를 발견한 아내는 그가 왜 적극적이 아닌지, 왜 한번도 사랑한다고 느끼지 못했는지 그 이유를 알아 버렸다. 그렇다고 울고불고 난리를 피우진 않았다. 아내는 결코 그럴 타입이 아니었다. 그를 붙들고 따지기엔 자존심이 너무 세고, 오만했다.

그는 아내에 대해서 과소평가했다. 아내는 그가 생각했던 것처럼 평범하지도 무난한 생을 살게 해 주지도 않을 인물이었다. 지극히 평범해서 평생을 무난하게 버텨 낼 것이라고 생각했던 그는 의외의 강적을 만난 셈이었다. 아내는 자존심이 대단했고 자존심을 다치지 않기 위해서라면 어떤 굴욕도 감내할 배짱을 지니고 있었다. 아들을 낳지 못한다는 이유로 시집에서 당하는 눈총에 끄떡없는 것도 그런 이유였다. 자존심이 꺾이면 어떤 끔찍한 일이 벌어질지 상상할 수 없었다.

아내는 그 후에 아무 내색도 하지 않고 행동으로 보여 줬다. 가족이나 친지들 중 누구에게도 발설하지 않았지만 잠자리는 거부했다. 그를 남편으로 인정하지 않았으며 아예 남자로 취급하지도 않았다. 아내는 그와 같은 부류가 역겹고 극히 혐오한다는 사실을 수시로 그에게 일깨웠다. 그나마 다행인 것은 아내가 냉정하고 이성적이어서 가정이란 울타리를 망가뜨릴 생각이 없다는 점이었다.

돈독한 신앙을 가졌던 아내가 동성애적 성향을 조금이라도 이해하기 바라는 것은 무리였다. 소수성애자에 대한 왜곡된 지식과 편견으로 무장한 아내는 자연의 섭리에 어긋나는 성향을 극복하기 위해 그가 얼마나 뼈아프게 노력했는지 이해하려는 마음조차 없었다. 아내에게는 그와의 결혼이 발등을 찍을 정도로 믿음에 대한 상실과 배반이었다. 남편과 아내의 위치가 확실한 가문의 전통을 중히 여겼던 아내가 청혼에 순순히 응한 것은 그의 배경과 흔들리지 않을 가정의 삶이었다. 높은 점수를 주었던 안정된 가정에서 성장한 그의 행동들이 아내로서는 이해할 수 없는 짓일 수도 있었다. '미친놈'은 아내가 그에게 붙여 준 호칭이었고 '짐승보다 못한 작자' 역시 그를 칭하는 또 다른 명칭이었다. 아내의 말대로 어쩌면 그는 짐승보다 못한 미친 작자일지도 몰랐다. 그가 죽일 놈이었다.

영화를 보고 집으로 돌아가는 차 안에서 한 통의 전화를 받았다. 낯선 번호였다. 상대는 신원을 확인한 후에 광재의 소식을 전해 주었다. 낮고 음울한 톤으로 광재가 어젯밤에 죽었다고 말했으며 빈소가 차려진 장례식장을 알려 주었다. 잠시 환청을 들은 것이 아닌가 생각했다. 장례식장까지 말해 준 것을 보면, 장난 전화는 아니었다. 그는 비상등을 켜고 한쪽으로 차를 댄 후에 방금 걸려 온 전화의 통화 버튼을 눌렀다

광재의 죽음은 확실했다. 사실이 아닌 잘못된 전화이기를 빌었지만 전화 내용은 틀림없었다. 영화의 장면들이 머릿속에서 채 사라지지 않았는

데 무슨 일이 벌어진 것인지 알 수 없었다. 순간 망치로 머리를 세게 얻어맞은 듯 둔탁한 충격이 정수리에서 발끝으로 알싸하게 퍼져 내려갔다. 영화관에서 내내 골이 시끄러웠고 광재가 보고 싶어 죽을 것 같았는데 이게 무슨 해괴한 상황인지 가늠되지 않았다. 광재는 그렇게 쉽게 죽을 나이가 아니었다. 젊고 팔팔해서 세상을 뒤집을 수도 있는 나이, 기껏해야 서른다섯이었다. 죽기엔 너무 억울하고 분해서 전화가 농담이거나 거짓말이었으면 싶었다.

전화를 끊고 차 안에 앉아 있는 동안 서서히 광재의 죽음이 느껴졌다. 예리한 단도로 심장을 저미는 극심한 통증이 느껴졌다. 제대로 숨을 쉴 수가 없어 두 팔로 가슴을 끌어안고 눈을 감았다. 볼을 타고 주룩 눈물이 흘렀다. 광재를 위해 울 자격도 없는 그였지만 나오는 울음을 그칠 수가 없었다. 왜, 하필 오늘…… 그는 머리를 쥐어뜯으며 소리 없이 한참을 울었다.

마음을 진정한 후에 전화로 알게 된 장례식장을 내비게이션에 입력시켰다. 장례식장은 의외로 그가 사는 아파트 단지와 가까운 거리였다. 그는 조심스럽게 광재가 누워 있는 장소로 차를 몰았다.

장례식장에는 사람들이 많지 않았다. 가족들은 눈에 띄지 않았다. 오래전에 가족들로부터 버림받고 죽은 자식 취급이었지만 세상을 떠난 마당에 얼굴조차 보이지 않는 건 산 자의 도리가 아니었다. 그걸 아는지 모르는지 광재는 검은 테두리 안에서 환하게 웃고 있었다.

"여전히 아름답지요?"

저음의 허스키한 목소리였다. 그의 곁으로 다가와 말을 걸어온 주인공은 깡마른 모습에 키가 상당히 컸다.

"어디선가 우연히 광재를 만날 수 있지 않을까 생각했습니다. 그때가 언제일지 기대도 했고요. 하지만 절대 이런 방식은 아니었습니다. 잘못됐어요."

그는 물음과 동떨어진 대답으로 속내를 드러냈다.

"저도 한번쯤은 당신을 보고 싶었지요. 광재를 대신해서."

상대의 말투엔 가시가 돋아 있었다. 그는 상대에게 풍겨져 오는 싸늘한 시선에서 적의를 느꼈다.

광재를 대신하여 그를 보고 싶어 했다는 상대와 음식이 차려진 식탁을 마주하고 앉았다. 그리고 많은 이야기를 나누면서 상대가 왜 그에게 적의를 품게 되었는지 알게 되었다. 상대는 광재가 운영했던 클럽에서 일하고 있는 광재의 룸메이트였다고 자신을 소개했다. 상대의 설명으로 광재는 그와 다르게 살았다는 것을 알았다. 커밍아웃을 하고 꿋꿋하게 사회의 시선을 견디며 지낸 모양이었다. 가족의 외면은 당연한 절차였고, 상상할 수 없는 수모도 여러 번 겪었지만 당당한 삶을 산 것 같았다. 광재처럼 살고 싶은 꿈을 가진 이들의 우상이었다니 성공적으로 산 셈이었다.

외견상으로 그는 상대가 여자인 줄 알았다. 하지만 뒷자리가 1로 시작되는 주민번호를 갖고 있으며 여자가 되고 싶은 남자임을 뒤늦은 고백으로 알았다. 완벽한 여자가 되기 위해 준비 중이라고 말한 상대는, 성전환 수술을 받았으며 이제 곧 주민등록증을 발급받게 될 것이라고 털어놓았다. 장례식장임에도 불구하고 상기된 얼굴에 약간 흥분된 어조였다. 그는 상대를 피해 사진 속의 광재에게 시선을 돌렸다. 남자인 광재는 그가 아는 어떤 여자보다도 출중하게 아름다웠다.

광재가 그를 완전히 포기하고 떠났다고 판단한 것은 오해였다. 그에 대한 광재의 감정은 단순한 게 아니었다. 광재의 휴대전화 단축키 1번이 그의 전화번호라는 것부터가 그러했다. 마음만 먹으면 언제든지 그에게 연락하거나 단걸음에 달려갈 수 있는 거리에 줄곧 살면서 광재는 그에 관한 모든 걸 수집했다. 광재의 룸메이트가 알려 준 정보에 따르면 아이가 어느 유치원에 다니는지, 심지어 그의 아내가 다니는 헤어숍에도 자주 드나들었다고 했다. 어쩌면 미장원에서 만난 그의 아내와 나란히 앉아 수다를 떨었을지도 모를 일이었다. 그가 어디서 누굴 만나는지 꿰뚫을 정도로 소상히 알고 있으면서 끝까지 냉담하게 선을 그었던 이유를 그는 알 수가 없었다.

"나에 대해 관심을 끄지 않았다고 했는데 왜 연락하지 않았는지 모르겠군요. 가까운 거리에 살고 있었으면서 왜 만날 생각을 하지 않았답니까? 죽기 전인데 너무 심했던 거 아닌가요? 그렇게 잘 살았으면서 왜 자살을 감행했는지 궁금하네요."

스토커 수준으로 세세한 것을 파악했다던 광재였다. 그런데 왜 죽을 때까지 연락하지 않았는지 그는 그 이유가 뭔지 궁금했다. 마음만 먹으면 언제라도 연락이 가능했는데 그지없이 독하게 굴었던 속셈이 뭐였는지 의아했다. 차갑게 뿌리친 그에게 정말 화가 나서 그랬던 것인지 정말 알고 싶었다.

"아팠습니다. 위암 말기였어요. 판정을 받고 모든 것을 정리했지요."

"이렇게 되기까진 많이 힘들었을 텐데."

"부담을 주고 싶진 않았을 겁니다. 그게 사랑이겠죠. 광재에겐 당신이 늘 우선순위였으니까요. 하지만 난 솔직히 당신에게 연락하고 싶지 않았어요. 당신이 오래오래 아파하길 바랐거든요."

광재는 죽을 때까지 그만을 사랑했다. 그에게 터트리지 못하고 혼자 앓은 열병이었다. 그 이외의 누군가를 다시 사랑할 수 없었던 광재가 외골수였다는 사실은 그도 짐작하고 있었다. 병적인 집착이 부담스러워 벗어나려고 그 역시 결혼을 서둘렀었다. 빠르게 광재를 밀어내고 싶었던 이유가 뭐든 그는 죽은 광재 앞에선 변명할 자격이 없었다.

그는 또 다른 광재가 나오지 않기를 속으로 빌며 자리에서 일어섰다. 광재의 시선을 감당할 수가 없었다. 그를 보며 웃고 있는 사진 속 광재의 슬픈 눈빛을 견디기 힘들었다.

"한번 오세요. 하늘에서 광재가 좋아할 거예요."

나오는 길에 광재의 룸메이트가 명함을 건네주었다. 광재가 운영했다던 클럽의 명함이었다. 광재의 이야기가 듣고 싶으면 언제든지 찾아오라고 여자가 되고 싶은 남자가 속삭였다.

이제 광재는 죽었고, 그가 벼랑 끝으로 몰았다고 말할 수도 있었다. 소수성애자가 감당해야 할 아픔을 간직하고 살다가 택한 죽음, 스트레스로 인한 암 발병률을 계산하면 그가 짊어져야 할 몫은 꽤 많을 것이었다. 강하다고 치부했으나 죽음 앞에서 광재 역시 그렇지 못함을 입증한 셈이어서 씁쓸했다. 자신과 다르다는 것을 대다수의 사람들이 인정하지 않는 편협한 사회에서 앞으로 어찌 행동해야 할지 안개 속을 헤매는 기분이었다.

클럽에 들렀다. 얼마 전까지 광재가 운영했다던 곳이었다. 거기엔 그가 생각했던 것보다 훨씬 많은 사람들이 있었다. 그들은 쭈뼛거리는 그를 친근한 눈빛으로 맞았다. 감정을 공유할 장소를 찾기까지 망설인 시간은 광재의 삶이 대신했다. 광재가 떠난 지금 그는 광야에 버려진 길 잃은 양이 된 기분이었다. 광재를 대신할 누군가를 찾기 위해 그곳에 발을 들인 것은 아니었다. 광재가 아닌 누구도 그 역시 지금은 필요하지 않았다.

처음 들렀지만 거기엔 다르게 사는 이들의 삶이 보였다. 그곳에서는 누구도 왜 남자가 남자를 사랑하는지에 대해 묻지 않았다. 모두 동질의 아픔을 지닌 채 살고 있으므로 눈빛을 마주하는 것만으로도 족했다. 아내에게서 느낄 수 없었던 안정과 평온이 그를 맞았다. 평생을 살아도 아내는 결코 그를 이해할 수 없을 것이었다. 추하고 구역질이 난다고 비웃을 아내에게서 그도 이해를 구할 마음이 없었다. 사랑했던 사람이 죽었는데도 세상은 달라지지 않았다. 변함없이 내일은 올 것이고 그의 삶 또한 다르지 않을 것이 분명했다. 아내와 그는 앞으로도 끝나지 않을 게임을 계속할 수밖에 없었다.

마흔의 여자

사십 년 전 미순이 어머니는 오늘 미역국을 먹었다. 돌아보면 까마득한 시간이고 빼곡한 세월이건만 계산이 너무 빠르게 끝나니 허망하기 이를 데 없다. 잠든 사이에 누군가 벽돌을 쌓듯 나이의 조각을 차곡차곡 쌓아 놓은 것처럼 묵직한 삶의 무게가 사뭇 시리게 가슴을 짓누른다. 젊음을 잃는 게 두렵다고 말했을 때 미순이는 가볍게 웃었다. 때가 되면 당연히 늙고, 그게 자연의 법칙이니 너무 안달하지 말라고 내게 충고도 했다. 편안한 마음으로 숫자를 바라볼 것 같던 그녀는 이제 이곳에 없다. 친구를 잃은 나는 혼자 남아 버젓이 사십 고개에 이르렀다. 뒤늦게야 말의 행간에 숨겨진 뜻을 깨닫고 가슴을 친다. 그녀의 눈 흘김이 사무치게 그리워지는 오늘, 그녀가 몹시 보고 싶다.

거울을 본다. 주름이 숨겨진 얼굴은 뻔뻔하다. 팽팽함은 가셨지만 사람들은 나이를 곧이 듣지 않는다. 실제보다 젊게 보인다고 젊은 것은 아니다. 살아온 날보다 앞으로의 날이 적다는 사실을 생각하며 겉모습에 좋아하지 못하는 것은 시간이 정직하기 때문이다. 흘러간 인생을 되찾을 수 없다. 당당하게 살겠다고 큰소리치던 기개도 한풀 꺾이고 젊음의 특권도 이미 사라졌다.

이렇게 죽음에 한 발 가까워진 나이는 매사가 심각하게 의식된다. 책을 읽거나 영화를 보다가 자주 눈물을 흘리는 게 그 증거다. 서러움이 급격해지면 솔직히 겁이 난다. 정신보다 육체가 먼저 세월을 증명하는 일이 두려워진다는 뜻이다. 나도 모르는 사이에 우울증이 다정한 친구처럼 어깨에 손을 얹고, 절망이 슬며시 손을 내민다. 끔찍하고 무섭다. 그 시기에 당도하면 외로움과 허무가 하수구에 고인 물처럼 썩어서 나를 부패시킬 것만 같다. 그런 감정들을 극복하고 홀가분한 마음으로 이제 내리막길을 달리기 위해 준비하고 있어야 한다.

회전날개처럼 돌아가던 일상에서 모처럼 휴가를 얻었다. 상처를 다스리거나 해결책을 찾기 위해 상담소의 문을 두드리는 목소리에서 하루만이라도 해방되고 싶었다. 정돈되지 않은 문제들과 익숙해지기 위해서는 휴식이 정말 필요하다.

태어날 때 사람들은 맞추어야 할 인생의 퍼즐을 받는다. 살아가면서 하나씩 꿰어 맞추는 조각들을 이제야 나도 점검하려 한다. 남은 삶을 엉망이 되지 않도록 하기 위하여 과거의 기억으로 조심스럽게 접근할 것이다. 상처가 되는 지난 시간을 조심스럽게 쓰다듬고, 모처럼 나를 깊게 들여다볼 생각이다.

나는 시골에서 태어나고 자랐다. 널따란 들판이 펼쳐지고, 산과 개울이 있던 동네였다.

시골의 풍경은 계절에 따라 모습이 아름답게 변했다. 봄이면 가득 자운영 꽃이 피고, 땅속에서 자란 보리와 들풀이 고개를 내밀었다. 모내기로 분주한 어른들의 기지개는 천지를 새파랗게 물들였고, 여름 맞이에 정신을 빼앗겼다가 고개를 들면 어느덧 푸르고, 깊은 하늘이 보였다. 가을에는 고흐의 해바라기처럼 들판이 누렇게 일렁였다. 재재거리며 참새 떼들이 날아드는 풍경도 장관이었고, 깡통을 달고, 허수아비를 세운 모습도 정겨웠다. 그러다가 서서히 추위를 맞았다. 아침에 문을 열면 검은 벌판이 밀가루를 뿌린 것처럼 온통 새하얗게 변해 절로 함성이 터졌으며 처마 끝에 매달린 고드름을 우물거리던 겨울의 기억들은 시리게 맑고, 차가웠다.

몇 걸음만 걸으면 수리조합에서 만든 농로가 있었다. 겨울에는 살얼음이 얼지만 여름이면 넘실대며 물이 흘렀다. 학교에서 돌아온 아이들은 해가 질 때까지 첨벙거리며 더위도 잊었다. 야트막한 산에는 소나무 숲이 빽빽했고, 비가 내리는 날에는 버섯들이 군데군데 돋아났다. 소나무 밑둥치에 숨을 듯 피어난 버섯은 기막히게 향내가 좋았다. 산 너머 뒤쪽으론 외줄 기찻길이 있었고, 깊은 밤이면 기차 지나가는 소리가 아련하게 들렸다. 나는 레일 위를 굴러가는 칙칙폭폭 바퀴 소리를 따라 나지막이 되뇌곤 했다.

잠을 이루지 못하고 밤새 뒤척이던 날엔 귓가에서 날벌레가 울었다. 그때마다 덜컹거리는 기차를 타고 어딘지 모를 머나먼 곳으로 떠나고 싶었다. 나는 환상의 나라를 향해 무작정 떠나는 꿈의 열차를 상상했다. 어두운 차창에 이마를 맞대고 기차 안에서 잠이 드는 그림은 황홀하도록 짜릿했다. 늦은 밤, 공부하다가 엎드려 듣는 규칙적인 기차의 리듬에 나는 자주 가슴을 울렁거렸다.

마을은 가구 수가 많았다. 동갑인 미순이와 주호는 나와 함께 자랐다. 그 외에도 여럿 있었지만 앞뒷집에 살던 셋이서 특히 친하게 어울렸다. 삼각구도로 얽힌 미순이와 주호를 빼면 다른 사람들에 관한 기억은 희미하다. 아마도 별다른 사건이 없는 탓이었을 것이다.

미순네는 가난했다. 집은 오두막이었는데 대각선 아래로 우리 집과 마주 보이는 집이었다. 미순의 옆집엔 주호네 커다란 기와집이 있었다. 주호네 집은 선대로부터 논마지기를 물려받아 근동에서 제일 부자라는 소리를 들었다. 아버지가 제지공장에 다녔고, 공장에서 꽤 높은 직책을 맡았다고 했다.

나 역시 미순이처럼 작고, 초라한 집에서 태어나 자랐다. 넉넉한 형편이 아니어서 살림이 어렵기는 마찬가지였지만 아버지는 뼈대 있는 가문이란 자존심을 가슴에 품은 채 나날을 버티었다. 힘든 노동으로 심신이 지쳤음에도 몰락한 가세를 자식들이 일으켜 세워 주기를 기대했던 아버지는 하루도 쉬지 않고, 일했다. 지치도록 노력해도 살림은 조금도 나아지지 않았다. 아무리 땀 흘려도 가난과 부의 닿을 수 없는 거리는 아버지가 좁힐 수 없는 한계였다.

동네는 협소했다. 사람들은 이웃의 사정을 손금 보듯 낱낱이 꿰뚫었다.

미순이 어머니가 한때 춤바람 났다는 소문이 돌았다. 춤에 정신이 팔려 농사일도 팽개치고, 밖으로 나돈다는 말이 파다하게 퍼졌다. 남편을 발밑의 때처럼 취급한다고도 했다. 소문이 한창이던 시절에 길에서 만난 그녀는 깔끔한 옷차림에 화장을 곱게 해서 얼굴이 박꽃처럼 환했다. 일자무식이었지만 입심이 대단해 동네에서는 말을 받아 낼 사람이 없었다. 힘도 장사였다. 싸움질에서 아무도 당해낼 수 없었던 그녀는 장정과 드잡이에서도 지지 않았다.

두세 사람 몫의 일도 거뜬히 해내고, 억세던 그녀가 곁길로 샌 것은 남편 탓도 컸다. 운송회사에서 화물을 운반하던 미순이 아버지는 술에 젖어 세월을 보냈다. 그는 일꾼들과 어울려 날마다 진탕 마셔 댔다. 그는 대부분 취해서 귀가했고, 취하면 살짝 맛이 갔다. 알코올중독자인 그는 동네 어귀에 들어서자마자 고래고래 고함을 지르며 노래를 불렀다. 구성진 트로트 가락으로 사람들의 애간장을 녹이는 그는 명가수였다. 아무리 노래를 잘 불러도 미순이 어머니는 남편의 노랫가락이 들려오면 마루에 버티고 앉아 사납게 욕설을 퍼부어 댔다.

"썩어 문드러질 인사가 어쩌자고 허구헌날 술 처먹고, 저 지랄인지 모르겠네."

벼르는 아내의 마음을 아는지 모르는지 그는 언제나 덩실덩실 춤추며 마당에 등장했다. 그리고 들어오는 순간 멱살이 잡혔다.

"뼈가 빠지게 번 돈을 그렇게 꼴깍 마셔 대냐? 술이 그렇게 좋아?"

덩치가 좋고 힘이 장사인 아내는 몸도 가누지 못하는 남편을 마당에 예사로 패대기쳤다.

"오살헐 놈, 가솔들은 손가락이나 빨고 살라는 건지 날마다 술타령이여. 퍼마셨으면 곱게 꼬꾸라져 잠이나 잘 일이지, 왜 노래는 허고 지랄이여."

악다구니로 사람들의 잠을 깨운 미순이 어머니는 직성이 풀리지 않는지 바닥에 퍼질러 앉아 신세를 한탄하며 통곡했다.

"아이고, 내 팔자야. 어쩌자고 주정뱅이한테 걸려서 내가 쭈그렁 쪽박 신세가 되었는고."

아내가 고래고래 소리를 지르거나 멱살이 잡혀 나뒹굴어도 그는 허허 웃기만 했다.

"여편네 단속 못 허는 인사나 집 내팽개치고 돌아다니는 여편네나 도찐개찐이여."

체면을 중히 여기는 내 어머니는 미순네 집에서 난리가 일어날 때마다 냉소를 지으며 눈을 찌푸렸다. 반박할 여지가 없게 미순네 집은 한시도 조용한 날이 없었다. 목숨을 잃을 때까지 술버릇을 고치지 못한 남편과 아내의 바람기가 계속된 탓이었다.

결국 엉망으로 취해 귀가하던 미순이 아버지는 기차에 치어 즉사했다. 바람이 쌀쌀하게 불던 초겨울의 어느 날이었다. 기찻길에 누워 일부러 일어나지 않았다거나 달리는 차를 향해 정신없이 뛰어들더라는 말도 들렸다. 추측성 소문들이 무성했지만 밝혀지지 않은 죽음이었다. 사고 이후로 사람들은 미순네를 도마에 올려 이야기꽃을 피웠고, 세상을 하직한 사람에게도 호의적인 말은 없었다.

미순네 집은 난도질하기에 적당했다. 고등학교를 간신히 졸업한 미순이 오빠는 사업한답시고 깝죽대다가 많지도 않은 전답을 팔아 홀랑 날렸다. 그것으로 그치지 않고 여자와 함께 야밤에 줄행랑을 놓았다. 엉덩이를 씰룩거리며 다닌다고 말이 많던 아이 딸린 과부였다. 서울의 변두리 무허가촌에 둥지를 틀었다거나 단칸방에 기거하며 막노동으로 입에 풀칠한다는 뒷소문이 퍼졌다. 사람들이 씹어 대기에 충분한 요소들을 두루 갖춘 집안이었지만 미순이는 뒤숭숭한 속에서 흔들림 없이 성장하였다. 나와 주호도 마찬가지였다.

우리는 나란히 초등학교를 마치고 중학교에 진학했다. 부잣집 아들 주호는 도시로 나가 기차로 통학했다. 미순이와 나는 근처의 중학교에 다녔다. 나는 수업이 끝난 후에도 집에 가지 않고 학교에 남았다. 글씨가 보이지 않을 때까지 숙제를 하거나 도서관에서 책을 읽으며 귀가를 늦췄다. 일찍 집에 가고 싶지 않은 미순이도 곁에서 노닥거렸다. 빨리 돌아가야 좋을 일은 없었다. 해가 저물기를 기다려 되도록 늦게 하교했다. 주호도 기차에서 내리는 시각이어서 우리는 자주 함께 집으로 향했다.

그러다가 들키면 미순이는 어머니에게 배가 터지게 욕을 먹었다.

"학교 파하면 냉큼 올 것이지, 어디서 자빠졌다가 이제야 오는 거여? 일부러 해떨어지기 기다렸다가 오는 거지? 썩을 년."

집안으로 들어서는 순간 미순이 어머니는 딸에게 째지게 눈을 흘겼다.

"배배 꼬인 니년 심보 훤히 보인다. 죽은 애비나 산 새끼들이나 하나같이 오장을 쑤시는 엠병헐 종자들이지. 이년아, 까질러 나갈 궁리 말고 냉큼 벗어부치고 퍼뜩 움직여. 공부가 대수여? 니깐 년이 공부는 혀서 뭐 헐라고. 싸게 부엌으로 와. 이놈의 집구석 불을 확 싸질러 버리든지 해야지. 징헌 놈의 시상."

그녀는 질펀하게 욕설을 퍼붓고 미순이의 책가방을 뺏어 소리 나게 마루에 던졌다.

"니들도 빨리 집에 가라. 쓸데없이 씨부렁대지 말고."

미순이 어머니는 우리에게도 곱지 않은 눈길을 던졌다. 독을 품은 뱀처럼 사납게 혀를 굴리는데도 미순이는 어머니에게 한마디 대꾸도 못했다.

"빨리 가. 망할 놈의 여편네가 또 욕설을 퍼붓기 전에."

미순이는 얼굴만 붉히며 식식대다가 부엌으로 사라진 어머니의 등 뒤에서 낮게 욕설을 뱉으며 우리를 재촉했다. 조금만 굼뜨게 행동하면 사납게 날뛰는 성깔을 알기에 미순이는 버티지 않고, 명령을 따랐다. 혀를 날름거리던 미순이가 부엌으로 들어가면 나는 주호와 안쓰러운 눈길을 교환했다. 아무리 심하게 득달을 당해도 집에서 벗어나면 미순이는 자주 고삐가 풀렸다.

"저들은 내 친부모가 아닌 게 틀림없어."

그녀는 책에 파묻힌 내 귓가에 소곤거리며 자신의 부모에 대해 이야기했다. 꾸며서 만든 상상 속에서만 가능한 인물들이었다. 욕설을 퍼붓지 않는 어머니와 술에 취해 밤마다 소리치지 않는 아버지를 원했던 미순이의 간절히 마음을 나는 이해했다.

"내가 닮았니? 전혀 안 닮았잖아."

미순이는 강조했지만 반짝이는 눈을 보면 그녀는 죽은 아버지를 영락없이 빼닮았다. 그래도 사실을 말하지 못했다. 미순이를 출산하고 산후통으로 심하게 고생해서 밑으로 동생을 볼 수 없었다는 말도 차마 꺼낼 수 없었다. 멋진 부모를 기대하는 철석같은 믿음에 찬물을 끼얹을 수 없었으므로 내가 아는 사실을 목 안으로 삼켰다.

주호는 미순이와 판이하게 성장했다. 주호네는 뿌리 깊은 기독교 집안이었다. 할아버지와 증조할아버지는 모두 장로의 직분을 받았고, 부모는 교회에서 중요한 인물이었다. 그의 가족들은 일요일마다 교회에 나갔다. 그들은 특별히 신에게 선택된 사람들이었지만 이웃들과는 보이지 않게 벽을 쌓았다. 선이 그어진 세계에서 괜찮게 어울렸는지 몰라도 동네의 가난한 사람들과 친근히 지내지 못했다. 그들은 동네에서 유일하게 겉도는 집이었다.

미순이 어머니는 그런 주호네를 눈엣가시처럼 여겼다. 일요일마다 교회에 가려고 집 앞을 지나가는 주호네 뒤에서 들으라고 큰소리로 비아냥거렸다.

"밥걱정 없는 누구네는 좋겠다. 한가하니까 예배당도 댕기네. 목구멍에 풀칠하느라 쎄가 빠지는 우리네 겉은 사람들은 어림도 없는디. 뉘 집 새끼는 잘 멕여서 지름기가 번지르르 허고."

의기양양하게 딴지 걸며 소리치는 어머니 뒤에서 미순이는 언제나 울상을 지었다.

그녀의 말마따나 주호는 귀공자였다. 비싼 옷에 메이커 신발이나 가방, 그가 쓰는 소지품들은 싸구려가 아니었다. 고급으로 치장한 그는 공부도 제법 잘했다. 예의 바르고 싹싹한 성품인 그는 학교에서 선생님들의 귀여움까지 독차지했다. 주호는 아이들이 선망하는 유일한 대상이었다.

나는 주호와 사춘기를 지나면서부터 어쩌다 가까워졌다. 성장하는 속도만큼 우리의 관계도 깊어졌다. 그렇게 지내던 우리는 연인의 사이로까지 발전했다. 교육열이 대단했던 아버지 덕분에 나는 어렵사리 대학에 진학했고, 공부에 미련을 두지 않았던 주호는 시험에 떨어졌다. 그는 결국 대학을 포기했다. 그때부터 이해할 수 없는 일이 벌어졌다. 다니던 교회마저 팽개치고 작정한 듯 그는 막가는 인생들과 어울렸다. 다른 세계로 눈을 돌리면서 젊음을 헛되이 보내기 시작한 그는 될 대로 되라는 식이었다.

나는 그를 사랑했다. 그의 허송하는 인생이 안타까웠던 나는 어떻게든 예전의 모습을 되찾기를 바랐다. 그래서 자주 잔소리를 했다.

"니가 내 마누라라도 되냐? 빙빙 돌리지 말고 말해. 솔직히 너도 내가 지겹지? 나도 지겨워서 죽겠는데 너라고 견디겠냐?"

조언하지 않을 때도 그는 자주 깐죽거렸다.

"대학생인 니가 건달인 나와 어울리기나 하냐? 쪽팔려서 같이 다닐 수 없지? 너 만나는 것도 이젠 징글징글하다."

자책이 서린 말로 걸핏하면 심하게 내 심사를 긁었다. 주호는 점점 내게서 멀어졌다

"너랑 잘 어울리는 새끼나 찾아봐. 되도록 빨리 니가 떠나야 나도 마음 편하게 살지."

주호의 말에 가슴이 아팠다. 언젠가 본래의 모습으로 돌아올 것이라고 믿었지만 갈수록 태산이었다. 그에게 가깝게 다가서기 위해 꾸준히 노력하는 내 심경을 읽지 못한 그는 계속 비뚤어졌다. 우리는 최악의 연인이 되었다.

노골적으로 싫은 기색을 보이던 그는 험악하게 인상을 쓰는 일이 잦아졌다. 행동이 거칠어지고 사나워진 말투의 그의 모습에서 나는 자주 미순이 어머니를 떠올렸다.

그러던 어느 날 주호는 작정한 것처럼 나를 찾았다. 그의 얼굴에서 내게 중요한 할 말이 있음을 나는 쉽게 읽었다. 딱딱 요란하게 소리 내며 껌을 씹는 표정엔 지겨움이 넘실댔다.

"요새 미순이 만난다. 우리 서로 트고 지내는 사이야."

어머니의 성화로 돈벌이에 나서야 했던 미순이는 여고를 중퇴하고, 다방에서 일하고 있었다. 학교보다 적성에 맞는다고 했다.

"너보다 내게는 미순이가 더 어울려. 만나면 기분이 좋고 부담스럽지 않거든. 사람은 만날 때 마음이 편해야 하잖아? 그 애가 마음이 좀 넓어야 말이지."

은근히 미순이를 자랑하는 그의 심사가 보였다. 주호는 일부러 나를 자극하려는 것 같았다. 그녀는 얼굴이 예뻐서 집적거리는 남자들이 많았다. 주호도 그런 남자들 중의 한 명이 되었던가, 나는 잠시 생각했다.

"하고 싶은 이야기가 뭐야?"

"걔랑 잤어."

"그래서 어쨌다는 건데?"

"내가 원하면 뭐든지 해 주겠다고 했어. 나를 생각하는 마음이 얼마나 기특하니? 장난삼아 엉겨 봤는데 환장하면서 덤비지 뭐냐."

속이 끓었지만 나는 입술을 깨물고 참았다.

"몸매 하난 끝내주더라. 얼마나 근사한지 네가 봤어야 하는데. 가슴도 빵빵하고 정말 죽여준다니까. 꼬장꼬장한 너하곤 질적으로 달라. 남자 다루는 방법을 너무 잘 알거든. 그 애는 나를 천국으로 보내 줘."

"천국 같은 소리하고 있네. 나쁜 자식."

그가 뱉어 낸 싸구려 문장들에 나는 욕지기가 일었다. 흠집을 만들기 위해 휘두르는 언어들은 상식을 뛰어넘게 끔찍스러웠다. 그는 천하에 몹쓸 연인이었다.

"질투하니? 존심 너무 세우지 말고 조금만 더 들어. 그래서 얘긴데 나는 미순이와 궁합이 잘 맞는 거 같아. 너는 별로였는데. 그건 너도 잘 알잖아?"

허접하게 뱉어 내는 노골적인 야유에 잠시 휘청거렸지만 나는 최대의 인내심을 발휘해서 버텼다.

"나머지도 들어라. 듣는 게 너한테 약이 되니까."

"충고라면 더 이상 듣고 싶지 않아."

"꼴에 참을성도 없구나. 넌 그게 문제야. 남의 이야기는 귓등으로도 안 듣는 거. 너는 너무 잘났어. 여자는 너무 잘나도 재미없지."

그는 건들거리며 단숨에 말을 뱉었다. 나를 깎아내리려고 벼른 모양이었다. 쏟아 내는 언어들은 나를 상처 주기 위해 연습한 것처럼 거침이 없었다. 깐족대는 언어들이 비수가 되어 내 가슴에 날카롭게 꽂혔다. 언어의 마디엔 빼내기 힘든 가시들이 단단하고 촘촘히 박혀 있었다.

"앞으로는 여자 냄새 좀 풍겨라. 안 그러면 평생 남자 구경은 못할 거야. 궁상맞게 너 혼자 폭삭 늙으면 내 속이 얼마나 쓰리겠냐."

위험한 언어는 끝나지 않고 계속적으로 이어졌다.

"우리 그만 이쯤에서 찢어지자."

치명타를 날린 후에 그는 이별을 선언했다. 그는 일방적으로 사랑을 팽개친 것이다.

"헤어지자는 거야?"

"그래. 빚진 게 없으니 피차 잘됐지. 설마 울고불고 난리 피우는 일은 벌이지 않겠지."

"어떻게 그리 쉽게 이별을 말해?"

"헤어지는 마당에 쉽고, 어려울 게 뭐 있어."

"그래도 이건 아니지."

"내가 했던 얘기 지금껏 듣지 않았어? 충고, 귀담아 들으라니까. 목석처럼 뻰대면 누가 좋아하겠냐. 꼬리를 내려야지. 내 앞에서처럼 이러면 사내자식들 지레 기겁하고 내뺄 거야. 병신새끼 아니면 누가 너처럼 잘난 여자에게 배겨나겠냐? 현명하게 살려면 내 말을 가슴에 담고 새겨서 들어. 참고로 다음 남자한테는 잘난 척 적당히 해라. 이건 보너스야."

그는 남은 내 자존심마저 잔인하게 으깨고 짓밟았다.

"아참! 다음에 만날 땐 서로 아는 척하지 말자. 피차 곤란하니까."

예전에 알던 주호가 확실한지 나는 그를 쳐다보았다. 분명히 그였는데 표정도 변하지 않고 상처를 주었다. 대꾸를 잊은 나는 멍한 시선으로 그를 바라볼 수밖에 없었다. 무력하고 한심한 순간이었다.

"이만 갈게. 내가 충고한 것들 명심하고. 마지막으로 잘 먹고, 잘 살아라. 지긋지긋했는데 이쯤에서 끝내니까 시원하다."

그는 날카로운 칼날을 마지막까지 거세게 휘둘렀다. 그동안의 관계가 지긋지긋했다고 매도하고, 나를 흉물스럽게 절단냈다. 그가 떠난 한참 뒤에야 자리에 주저앉아 나는 구역질을 해대며 하염없이 울었다.

주호와 이별한 것은 대학에 입학하고 두 번째 해였다. 나는 그와 그렇게 치졸하게 헤어졌다. 내 지독한 이별은 사랑의 감정이 쓰레기가 될 수도 있음을 깨닫게 해 주었다. 그 후였을 것이다. 그를 생각하면 서슴없이 쏟아 내던 언어들이 그의 얼굴보다 먼저 떠올랐던 것은. 덕분에 그와 쌓았던 사랑에 별다른 미련도 없었다.

주호와 한편에 서서 내 지나간 사랑을 모독했던 미순이는 어땠을까. 그녀는 주호에 대해 군침을 삼키던 마음을 내게 감추었다. 나름의 속셈이 있었지만 속내를 들킬 정도로 어수룩하게 행동하지 않았다. 일찍 사회에 뛰어들어 세상살이에 노련했던 그녀가 주호를 욕심낸 것은 당연했다. 내놓은 자식이고, 비록 환대받지는 않았어도 외아들인 주호를 움켜잡는 일은 미순이게게 행운이었을 것이다. 건달로 지내면서 평판이 나빠졌으나 입장이 비슷한 미순이 또한 아쉬울 이유도 없었다. 주호의 집안이 짱짱해서 신분 상승의 티켓이 되는 실리적인 면도 있었다. 남자를 요리하는데 도가 튼 상황에서 이익을 위한 유혹은 쉽고 간단했을 것이다. 철저하게 계산하여 면밀하게 진행시킨 각본이라는 심증은 있어도 증명할 수는 없다.

"새로운 여자가 생겼대. 주호가 떠났어."

주호가 떠난 사실을 알렸을 때 미순이는 말이 없었다. 그녀를 핑계했다는 사실을 내가 아는지 궁금했을 텐데도 침묵했다. 나도 구태여 그녀의 이름을 거론할 필요가 없었다. 그녀도 내겐 주호처럼 오랜 친구였다. 음산하게 도사린 미순의 상처가 내게 옮겨 왔다. 피해와 불신의 감정이 주홍글씨처럼 가슴에 새겨졌지만 친구를 미워할 수는 없었다.

내가 주호와 헤어진 후에 미순이는 아이를 가졌다. 아이의 아버지는 당연히 주호였다. 극심하게 반대했던 주호의 집에서도 미순이를 결국 며

느리로 받아들일 수밖에 없었다. 미순이는 다방을 그만두고, 시집에 들어가 생활했다.

주호는 결혼하고도 여전히 건달이었다. 사업한다고 떠들썩하게 사무실을 낸 적이 여러 번이었지만 번번이 실패했다. 재산을 물려받기도 전에 팔아서 야금야금 없앴다. 못된 짓만 골라 하는 탕자가 돌아오기를 기다리다 지친 그의 모친은 화병으로 먼저 세상을 떴다. 아버지는 새 부인을 얻었고, 계모는 미순이보다 서너 살 위였다. 노련한 미순에게도 만만치 않은 여자였다. 그녀는 늙은 남편에게 아들을 안겨 줄 정도로 요령이 좋았고, 늦둥이에 정신을 빼앗긴 늙은 남편은 아내가 하는 말이라면 팥으로도 메주를 쑤었다. 계모는 집으로 비집고 들어온 즉시 도시에 전셋집을 얻어 주호를 내몰았다. 말이 분가지 내쫓은 거나 다를 바 없었다. 주호가 손을 내밀면 집안에 발도 들이지 못했다.

끈 떨어진 뒤웅박인 주호의 처지에 녹록치 않은 미순이의 계산이 빗나갔다. 미순이는 무능한 남편을 대신하여 돈벌이에 나서야 했다. 나이 들어 이빨 빠진 호랑이 신세로 전락한 미순이 어머니는 어린 자식을 맡아야 했다. 욕쟁이 어머니에게 아이를 맡기고 미순이는 생계를 위해 다방에 일자리를 얻었다. 고달픈 삶의 전쟁이 시작되었다. 주호는 미순이라는 숙주에 기생하여 생존했다. 사지가 멀쩡한데도 빈둥거리며 미순이가 발이 붓도록 배달하여 벌어온 돈을 가져갔다.

돈이 생기면 그는 집에서 탈출했다. 그럴 때마다 이곳저곳에서 빚을 얻었고, 바람처럼 나타났다가 훌쩍 사라진 그의 자리엔 흐트러진 파편처럼 빚들이 널렸다. 그는 떠나면 오랫동안 집에 들어오지 않았다. 그가 돌아올 때는 가져간 돈이 몽땅 떨어진 후였고, 그의 모습이 나타나면 애써 저축한 미순의 피전이 깡그리 날아갔다. 빈털터리 신세가 되면 어김없이 집으로 돌아온 그는 돈이 되는 것들을 모조리 훑어서 다시 사라졌다. 진저리치는 생활의 번복이었다. 뒷감당하느라고 미순이는 고단한 허리를 반듯하게 펼 겨를이 없었다.

힘든 와중에 다섯 살인 아이가 몹쓸 백혈병에 걸렸다. 아이의 목숨은 미순이의 손에 달려 있었다. 죽을 힘쓰며 숨 가쁘게 번 돈을 미순이는 쓰지 않고, 아껴서 근근이 저축했다. 몇 달 만에 집으로 돌아온 주호는 집 안을 온통 뒤져서 아이를 위해 마련한 돈을 들고 튀었다. 돈만 훔쳐서 달아난 게 아니라 예전처럼 주변에 빚까지 남겨 놓고 떠났다. 감쪽같이 사라진 그는 전화 통화에서 짤막한 이별의 말을 지껄였다.

"헤어지자. 다시는 집에 가지 않을 거야."

간단한 한마디가 미순이와 그의 마지막이었다. 나를 떠날 때 다른 여자에게 사랑 비슷한 감정이 생겼다고 변명했으나 아내인 미순이를 떠날 때는 아무 이유도 대지 않았다. 헌신짝 버리듯 가볍게 버렸다.

이별 통고를 받고 나서 미순이는 내가 느꼈던 황당함을 깨달았던 모양이었다. 멀리 사는 나를 수소문하여 일부러 찾아온 미순이는 내게 그와의 이별을 알렸다.

"주호가 떠났어."

"유감스럽네. 그 말 해 주러 일부러 온 거야?"

"너를 찰 때 그 자식이 쓰레기라는 걸 알았어야 했는데. 형편없는 자식."

"네 남편이야."

"지금은 아니지. 더러운 자식. 지 새끼 고치려고 뼈 빠지도록 모아 둔 돈까지 훔쳐서 달아난 사기꾼 자식이니 말하면 뭐하겠어. 금수만도 못한 새끼."

미순이는 거품을 물며 이를 갈았다. 헝클어진 머리칼을 쥐어뜯는 그녀가 측은했다. 신랄하게 욕을 뱉는 모습을 보며 나는 그동안 쌓였던 주호에 대한 미순이의 분노를 헤아렸다.

"어디서 만나기만 해 봐. 대갈통을 부서 놓을 테니까. 밟아 죽여도 시원찮은 새끼."

그녀는 내 앞에서 주호의 배신에 울분을 감추지 않았다. 나는 애써 심각한 표정을 지어 보이는 것으로 주호와 함께한 지난 시간들을 미련 없이 잊었다. 주호를 빼앗아 간 그녀를 미워했으나 그녀의 고단한 삶을 알고, 미움을 삭혔다.

미순이와 이야기를 나누며 그들에 대한 감정의 찌꺼기가 내겐 한 터럭도 남아 있지 않음을 알았다. 바닥에 짓이겨진 성적 모멸감만으로도 나는 이미 주호에 대한 사랑을 기꺼이 내팽개쳤던 터였다. 밤잠을 설치던 날도 그녀가 겪는 불행을 생각하며 이별을 축복으로 받아들였다. 그것은 기막힌 위로였다.

미순이의 아이는 결국 죽었다. 치료를 받을 수 있는 경제적 여력도 없는데 병세마저 심각해졌던 탓이다. 아이를 잃고도 미순이는 쉴 겨를이 없었다. 그가 빌려 간 돈을 갚느라고 고생이 막심했다. 이를 악물고 버틴 미순이는 빚을 모두 청산하고 고향을 떠나 내게로 왔다. 나는 그녀를 다시 친구로 대했다. 이제 주호는 우리의 곁에서 떨어져 나갔다. 본래의 자리로 돌아왔으니 예전의 상태로 복구된 셈이다. 주호는 미순이와 나 사이에 휘몰아쳤던 돌개바람에 지나지 않았다.

젊은 시절에는 감성이 많이 지배한다. 감성은 세상에 대한 두근거림과 아름다움을 갖게 하고, 열정을 일으키기도 한다. 나는 감성이 우리의 삶을 풍요하게 만든다고 믿고 있다. 미순이는 딱딱한 거북의 등처럼 감정에 흔들리지 않고, 각박하게 살았다고 내게 말했다. 나는 미순이의 건조한 삶을 보며 연민을 느꼈다. 지금은 나도 생각들이 많이 변했다. 찢기고 피 흘리는 삶을 보며 살아온 탓일지도 모른다. 상처를 덧내는 경험들을 접할 때마다 감성이 삶의 걸림돌로 작용한다는 사실도 종종 깨닫는다. 비단 나이 탓만이 아닐 수도 있다. 지나친 감정의 통제가 마음을 사막처럼 메마르게 만든다고 느낄 때도 있으니까.

미순이는 생의 마지막을 내 곁에서 보냈다. 주호는 호적에서 가장이었지만 이미 잊혀져 버린 남편이었다.

"심심해서 미칠 지경이다. 일이 끝나면 여기 들려줘."

폐암 말기에 죽음을 눈앞에 둔 미순이는 내게 자주 전화를 걸었다. 보고 싶은 마음을 내색하지 않고, 오로지 지루함을 가장하는 그녀의 음성은 지나치게 경쾌했다. 평온을 유지하려고 애쓰는 모습을 대하는 게 힘들고, 슬펐지만 나는 망설이지 않고, 병원으로 달려갔다.

"귀찮지? 자주 불러서."

"친구끼린데. 격식 차리지 않아도 괜찮은 우리 사이 아니던가."

죽음이 목전인 사람의 요구는 신성하다고 말하고 싶었으나 나는 말을 삼켰다.

"내가 친구였나? 예전에는 누구보다도 널 싫다고 생각했는데."

"알아."

울음이 나올 것 같았지만 나는 퉁명스럽게 대꾸했다.

"어쩌면 쓰러뜨려야 할 적수이고, 넘어야 할 벽이라고 여겼는지도 몰라."

"무슨 전쟁 이야기냐?"

"크크, 정말이야. 너는 너무 거대해서 날 질식시켜."

“이제 보니 부창부수 맞네. 그래, 우린 서로가 대단한 연적이지.”

“농담도.”

내 말에 대꾸하며 미순이는 희미하게 웃었다.

그녀가 일깨우는 것은 사실이 아니었다. 경쟁해서 이기려고 수단을 부렸다는 그녀의 말에도 악의는 담겨 있지 않았다. 이야기를 추려 내는 것은 떠나는 자의 배려였다. 떠나면서 내가 더 이상 상처 입지 않기를 바라는 마음일 것이다. 병석에서조차 삼각구도로 가두는 그 말을 나는 과감하게 끊지 않았다.

혼란스러웠던 내 삶은 미순과 주호에게서 비롯된 것일 수도 있다. 그들이 내게 황야를 헤매게 내몰았다고 주장한다면 가능한 일이다. 날카롭게 쪼아 대는 내 기억의 상당 부분은 그들과 연결되어 있다. 정지된 시절의 화면이 불현듯 의식의 수면으로 떠오르고, 오래된 앨범에 부착된 빛바랜 사진처럼 드러난다. 그들은 때때로 희미한 추억 속에서 불쑥 뛰어나와 모퉁이에서 서성이기도 한다. 사랑하는 이와 공유한 세월은 의미가 있고, 잃어버린 기억은 소중한 삶을 잃는 것과 같다. 어쩌면 그들로 인해 상처 입은 내 삶이 그럴지도 몰랐다. 그러나 다시 생각하면 과거는 그저 지나간 시간일 뿐이다. 기억하려 애쓰지 않아도 드러나던 시절, 추억에 매달린 끈도 이제는 흐릿하다. 주호가 어떻게 생겼는지 기억나지 않을 때도 있다. 몸서리치게 헤어지지 않았다면 무엇이든 아름답게 기억했을 것이다. 함께 경험했던 일이나 사소한 행동까지 되살릴 수 있었을지도 모른다. 그러나 지금은 모든 게 아리송하기만 하다. 기억이라는 것이 묘해서 끈을 놓치면 더러 막막하고, 가물거려서 어쩌다 되살리려면 골치가 아프다. 세월이 지나면 감정도 말라비틀어지는지 그로부터의 상처와 함께 그와의 시간들도 탄력을 잃었다. 고개를 숙이고 추억의 상자에 숨은 정체를 펴 올리려 노력하지만 이것인지 저것인지 분간이 어렵다. 강산이 여러 번 변한 세월에 그가 없어서 유감이다. 미순이라면 나처럼 애매하게 더듬지 않고, 똑똑하게 기억할까. 돌아오지 않았지만 주호는 여전히 그녀의 남편이니까.

나이가 들면 종종 옛일이 생각나는 모양이다. 우리는 어릴 적부터 쌍둥이처럼 자랐으며 발뒤꿈치의 그림자처럼 붙어 다녔다. 상대의 생각을 귀신같이 알아내고, 숨기지 않던 우리의 사이가 변한 정확한 시기는 아마 고등학교 진학 이후였을 것이다. 하교 길에서 주호가 느닷없이 내게 사랑을 고백했던 이후 말이다. 걸음을 멈추고, 나를 바라보던 미순의 표정, 그녀의 눈에 반짝이던 이슬을 나는 보았다. 내가 마른침을 삼켜야만 했던 그날, 그러기까지 미순이는 나를 목숨처럼 아꼈다. 아니, 그렇다고 자신했으나 그녀의 심장에 주호가 못을 박은 이후로 나는 친구의 자리에서 밀려났다. 그 이후로 미순이의 속 깊은 말을 나는 들을 수 없었다. 서먹한 관계로 변한 것에 마음이 괴로웠지만 내색할 수 없었다.

미순이가 죽기 얼마 전이었다.

"그 새끼가 병원에 찾아왔었어."

"누구? 주호?"

"그래. 어디서 내가 죽는다는 소식을 들은 모양이야."

"멱살 잡아 패대기라도 치지."

"귀신해라. 그러고 싶었는데 멱살 잡을 힘이 없어서 그냥 뒀어. 용서해 달라면서 무릎까지 꿇고, 눈물을 줄줄 흘리는데 얼마나 황당하던지."

말하면서 미순이는 깔깔대며 웃었다. 웃는 그녀를 보며 나는 입이 썼다.

"찾아와서 꾸역꾸역 용서해 달라니 무슨 배짱이었을까. 정신을 차렸는지 지옥 갈 일이 끔찍해서 찾아왔는지 감이 안 잡혀. 너 올 거라니까 꽁무니를 빼고, 허겁지겁 도망쳤어. 꼴이 가관이었는데 웃지도 못하고 혼났다."

미순이의 말투는 참으로 씁쓸했다.

"너그럽게 용서해 주지. 돈 드는 일도 아닌데. 인심 쓰면 좋잖아."

"그 인간에게 내가 왜 인심을 써? 인심이 남아돌아도 싫어. 그럴 기분 아니니까."

"아무래도 심사가 꼬였나 보다. 그래도 한때는 열렬하게 사랑하지 않았나."

"얼어 죽을 사랑은 무슨. 죽은 자식 생각하면 분하고 원통해서 찢어 죽이고 싶어. 누구 때문에 내가 이 모양 이 꼴인데."

실제로 욕을 먹어도 싼 그였지만 마음이 착잡했다. 가볍거나 홀가분해야 하는데 오히려 그렇지 못했다. 이유가 뭐였는지 모르지만 어쩌면 한때 그녀의 남편이었던 사실 때문일지도 몰랐다.

"제발 참으세요."

"참으니까 이 정도지. 보아하니 목구멍의 때 벗는 일도 어려워 보이더라. 주제꼴이 말이 아니더라고. 하긴 주제에 뭘 하겠어. 어디서 죄 없는 년 하나 골라서 아작 내고 있는지도 모르지. 죽게 된 처지라 대놓고 악담은 못했지만 자식 버린 새끼가 어디서 잘 살기 바라겠냐."

과거를 상기시키다가 그의 궁색함을 세세하게 묘사했다. 미순이의 이죽거리는 솜씨는 그녀의 어머니를 닮았다. 입은 질펀하게 걸었지만 그녀의 표정은 오래된 녹물을 벗겨 낸 듯 개운했다.

"네게 고백할 게 있어."

"고백이라니까 괜히 무섭네."

"그동안 너무 고마웠다. 네 덕분에 짧은 시간이지만 행복하게 지낼 수 있었어. 남자란 수컷 외엔 아무것도 아니야. 흔들리지 말고, 지금처럼 굳세게 살아."

말을 마친 미순이는 커다랗게 소리 내어 웃었다. 가슴에 얹혔던 게 내려가는 것처럼 시원한 웃음소리였다. 주호와 헤어진 뒤로 나는 남자를 사귄 적이 없다. 미순이는 그걸 생각했을 것이다. 도를 이룬 것처럼 달관한 표정의 미순이는 죽음을 기다리는 사람처럼 보이지 않았다. 지나치게 밝은 표정은 마지막 돌아가는 길목에서 주호를 만났기 때문일지도 몰랐다.

미순이는 죽었다. 불행한 여자들을 돕는데 써 달라는 유언과 함께 내가 일하는 상담소에 많지 않은 재산을 모두 기탁하고 떠났다. 사람이 얼마나 아름답게 생을 마감할 수 있는지 나는 미순이를 통해 배웠다. 홀가분한 표정으로 떠나던 미순이, 진심이 담긴 그녀의 말과 표정을 나는 도장을 찍듯 오래오래 가슴에 새겼다.

미순이를 화장하던 그날, 나는 화장터에서 첫사랑인 주호를 만났다. 귀공자의 빛나던 모습은 온데간데없고, 뭘 하고 살았는지 차림이 형편없었다. 지친 기색이 역력한 그는 나이에 비해 겉늙어 보였으며 귀밑머리칼은 회색이 완연했다. 눈치를 살피며 비굴한 태도로 연신 말을 붙이려는 그에게 나는 한마디도 건네지 않았다. 다가올 낌새가 보이면 재빨리 피했다. 미순이의 떠남으로 그와의 삼각형태는 말끔히 사라졌으므로 끊어진 구도에서 다시 그와 이어질 이유는 없었다. 날름거리는 불의 혀가 시신을 삼키는 동안 나는 일정한 거리를 유지했다. 끝날 때까지 모르는 사람처럼 멀리 피하다가 서둘러 그곳을 벗어났다.

지금도 나는 혼자다. 미순이처럼 몸매를 빵빵하게 가꾸지 못했고, 여자 냄새를 풍기지 못한 잘못도 있다. 일의 성격상 남자를 구경할 기회가 적고, 결혼이라는 단어에 화들짝 놀라는 버릇마저 있다. 하긴 주호를 천당으로 보냈다던 미순이도 주호가 떠나고 다시 남자를 만나지 않았던 사실은 묘하다. 내게 보너스까지 챙겨 준 그가 뭐라고 변명할지 기대되는 부분이다. 어쨌거나 나는 혼자인 내 삶이 축복이라고 여긴다.

죽기 전에 품었던 미순이의 생각은 알 수 없다. 주호에 대한 감정 없이 그냥 죽었거나 잠깐 과거를 추억했을 수도 있다. 죽음 앞에서 사람들은 생애의 중요한 사건들을 떠올린다니까 미순이도 잠깐 그랬을지 모른다. 생전에 개만도 못한 인간이라고 입버릇처럼 욕설을 퍼부었으니 주호를 죽이고 싶었을 수도 있다. 살을 섞고, 아이까지 낳은 부부였으니 극단으로 치달은 내 생각이 틀릴 수도 있고. 죽지 않은 내가 짐작할 수 없는 부분이다.

육체적인 숨을 끊는 것만 살인이 아니다. 정신적인 살해도 삶의 무게에서 시시비비의 논란엔 가차 없다. 사랑이란 착각에서 헤매던 순간에는 남자와 여자로 이루어진 울타리가 내겐 당연한 삶이었으나 사랑이 끝났을 때 그렇지 않았다. 가정이란 형식이 합법을 가장한 교미와 다르지 않다는 인식이 들었다. 충격적인 황당한 이별이 인식을 바꾼 계기였다. 그로인해 나는 영악스럽지 못한 자의식을 깨웠다. 혐오스런 부류의 수컷을 다시 만나지 말란 법이 없으니 그의 덕택으로 기대를 접은 것은 올바른 선택이었다. 나는 암내를 풍기기에 적절치 못한 인간이고, 성격상 수컷의 비위를 맞추는 일도 비위에 거슬린다. 가족이란 집단에 소속되기에도 부적합한 종족이다.

여성문제연구소의 상담직종에 근무하는 나는 하루에도 수많은 여자들을 만난다. 그녀들은 책상 앞에 앉아 눈물을 흘리며 죽지 못해 사는 생을 고발한다. 남자를 잘못 만나 비참한 삶에 붙잡혀 질질 끌려 다니던 미순이와 닮은꼴 인생이다. 막판에 상담소의 문을 두드리는 이들은 대부분 연약하다. 그녀들의 구질구질한 삶을 들여다볼수록 분노가 치솟는다. 주호처럼 말없이 떠나는 남편이라면 남은 인생이라도 행복할 수 있으니 그나마 다행이다. 그러나 나를 찾아오는 여자들은 아직 끝나지 않은 전쟁터에 버려져 있다. 방치된 그녀들은 너절한 상처를 꺼내어 내게 펼쳐 보이고, 가슴 아픈 목소리는 미순이의 삶을 그대로 증명한다. 어두운 표정으로 기로를 헤매는 그녀들의 안내자 노릇에 익숙해진 나도 미순이가 생각나면 가끔씩 곰팡이가 하얗게 피어나는 느낌으로 식은땀이 흐른다. 고달픈 여자들과 만나면 내 선택에 박수를 친다. 자칫 고달프게 살았을 생이 아찔해서다.

오래도록 거실에 앉아 있다. 베란다 창문을 넘어오는 어둠을 미동 없이 소파에서 맞는다. 침입자를 내쫓지 않으려고 전원을 켜지 않았다. 종일 굶었더니 속이 쓰리다. 위에 음식물을 채우지 않으면 배를 움켜잡고 신음해야 할지도 모른다. 이젠 점령군처럼 들어오는 통증으로 자리에서 일어서야 한다. 스위치를 켠다. 혼자서 겪는 아픔은 심각하고, 참는 일은 쉽지 않다. 혼자 먹기 위해 반찬을 만드는 절차도 번거롭다.

전기밥솥에는 아침에 해 놓은 밥이 고스란히 담겨 있다. 미역국을 끓였지만 미순이는 그마저 먹지 못한다. 쟁반에 밥과 식은 미역국을 챙긴다. 살아 있었다면 미순이는 마흔의 첫날을 어떻게 보냈을까. 아마 이렇게 초라하게 보내지는 않았을 것이다. 케이크 앞에서 나이만큼 촛불을 밝히고, 축하의 노래를 불렀을지도 모른다. 미순이와 함께하던 과거와 달리 나는 혼자서 그녀의 생일을 맞는다.

거실의 탁자에 쟁반을 놓고 입안으로 천천히 밀어 넣는다. 텔레비전을 켜자 음악프로가 뜬다. 낯익은 가수가 나와서 노래를 부른다. 목소리가 애잔하다. 구슬픈 음률을 듣고 있으니 미순이의 아버지가 생각난다. 가슴을 후비게 만드는 술이 취해 부르던 그의 노랫가락이 그립다. 미순이도 아버지를 닮아 목소리가 좋았고, 그녀의 노래를 듣다 보면 저절로 눈물이 났다. 과거의 무대 뒤로 사라진 노래들은 생일을 축하하던 지난 시간과 함께 사라졌다. 태어나는 것들, 생명이 있는 이 세상의 모든 사물은 오묘하고 신비하다. 생명체는 아름답지만 생명의 불꽃이 꺼진 사물들을 떠올리면 잿빛의 막막한 어두움뿐이다. 사라져서 저 너머 알 수 없는 세계에 갇힌 존재는 가슴을 더욱 아릿하게 만든다. 내게는 미순이가 그렇다.

하루가 지나치게 길고, 지루하다. 생각할 것들도 접고, 조용히 잠들었으면 좋겠다. 오늘과 기쁘게 작별하기 위해 나는 천천히 잠자리에 눕는다. 눈을 감으면 기차 바퀴의 울림을 들을 수 있을 것이다. 감미로운 소리와 함께 꿈속에서 미순이를 만나고 싶다. 어두운 그림자를 떨쳐 버리고 오늘 밤 그녀는 내게로 올지도 모른다. 나는 눈을 감고 잠이 오기를 기다린다.

붉은 신호등

오늘도 아들은 집에 돌아오지 않았다. 잠적은 의외로 길게 이어질지 모른다. 아들을 기다리며 밥을 짓고, 옷을 정리하고, 국을 따뜻하게 데워 놓는 일상의 일들이 고통스럽다. 뼈를 시리게 하는 공허한 기다림을 그녀는 생각하고 싶지 않다.

눈을 감는다. 예전의 기억들이 환영처럼 떠오른다. 사람들에게 끌려 나가며 울부짖던 아버지, 아버지를 찾으러 나가서 영영 소식 없던 어머니. 홀로 남은 그녀의 양육과 자식들을 기다리며 눈물이 마를 날 없었던 할머니의 삶. 그녀는 이 모든 기억을 지우고 새로운 터전을 일구었다. 그런데 지금 아들이 수배자가 되어 그녀에게 다시 고통의 씨앗을 뿌렸다.

전화가 울렸다. 그녀는 부쩍 경계하며 수화기를 들었다.

"경채네 집이지요? 경채 어머님 되시나요? 저는 우현이 어머니에요."

반가운 기색의 낯선 목소리지만 아들에 관계된 전화는 대부분 좋지 않은 소식이라서 조심스러웠다. 미간을 좁히고 기억을 더듬었으나 누구인지 생각나지 않는다.

"잊으셨을지 모르겠지만 민우현이라고, 경채와 함께 수배된 경제과

학생입니다."

〈독재타도〉라고 쓴 띠를 머리에 동여매고 아들은 대규모 학생 집회를 주도하였다. 주먹을 불끈 쥐고, 힘차게 팔을 내뻗으며 구호를 외쳐 대던 모습을 화면에서 보았을 때, 그녀는 다른 사람을 보는 것 같았다. 어린 시절, 빨간 완장을 두르고 들이닥친 한 무리의 사람들이 다락에 숨어 있던 아버지를 끌어내릴 때의 무서운 얼굴과 겹쳐서 떠올랐다. 눈부시던 태양이 빛을 잃고, 높이 쌓아 올린 탑들이 와르르 굉음을 내며 부서져 내리던 그때, 아들 경채의 이름은 여기저기에서 보였다. 그 뒤에 쓰여 있던 또 하나의 이름이 민우현이었다. 그런데 왜 그의 어머니가 갑작스럽게 전화를 걸었을까.

"경채가 걱정을 많이 하더군요. 어머님을 한번 찾아뵙도록 부탁했는데 약속하고도 일이 바빠서 미처 시간을 못 냈어요."

그럴 수도 있다. 그런데 아들은 왜 직접 연락하지 않는가. 그녀는 아들의 목소리가 듣고 싶었다. 격려하거나 용기 있게 말할 수 없겠지만 목소리를 들을 수 있다면 그것으로 족했다. 울지 않고, 고통도 결코 눈치 못 채게 불편하지 않도록 배려할 텐데 왜 다른 사람을 통해 소식을 전하는지 모르겠다.

"어머님 이야기는 경채에게서 많이 들었지요."

"저는 우현이 어머님을 잘 모르는데."

"피차 그럴 여유가 없었죠. 어쩌면 이번이 계기가 되어 가까워질 수 있을 거예요."

상대에 대해 백치나 다름없는 그녀를 잘 안다는 말투였다. 심사가 꼬인 탓인지 불쾌하고 심히 당혹스럽다.

"심려가 크시죠? 아마 일이 손에 잡히지 않을 거예요."

그녀의 마음은 아랑곳없이 상대는 능숙하게 대화를 끌어갔다. 상대는 아들에 대해서라면 말이 막히는 그녀와 다른 타입이다. 같이 걱정해 주는 사람이 있다는 사실은 마음이 놓이면서도 한편으론 불안하다. 아픔을 함께 나누고 싶었다가 지금처럼 차라리 누구와도 관계 맺지 않는 것이 좋으리라는 생각도 든다.

"한번 찾아뵐 게요. 아이들은 나쁜 일하는 게 아닙니다. 그러니 어머님도 마음을 단단히 가지세요. 그럼, 안녕히 계세요."

공감대를 형성하지 못한 사람들과 교류하다가 모르는 사이에 이상한 음모에 휘말리는 것은 아닐까. 그녀는 두려웠다. 부인에게서 전해 오는 형언할 수 없는 열기에 부쩍 의심이 솟는다.

"주님이 모두를 보호하실 겁니다."

가슴을 쓸어내린다. 단순한 안부 전화인 것을 괜히 철렁했다. 절박한 때에 주님이나 찾는 걸 보면 생각처럼 신통한 사람이 아닐지도 모른다. 부인이 경채에 대해 얼마나 아는지 궁금했지만 물을 수는 없었다. 혼란스럽고, 머릿속이 뒤죽박죽 뒤엉켜 엉망이다.

아들이 떠난 후, 그녀의 생활은 거의 기계적이다. 정확한 시각에 출퇴근했고, 아파트 구간에서 버스를 내려 잰걸음으로 집으로 들어와 방 안의 기류를 살핀다. 달라진 건 없는지, 그녀가 없는 사이에 다녀갔는지 냉장고를 열어 보고, 아들의 방도 들여다본다. 전기밥솥의 밥과 식탁 위의 반찬을 확인하여 아침에 나갈 때와 변화가 있는지를 체크했다. 변화가 없는 그대로인 것을 알게 되면 온몸의 기운이 스르르 빠져 버린다. 반복된 일상은 그녀를 지치게 한다.

맥이 풀린 그녀는 현관이 보이는 거실의 소파에 앉아 시선을 빛내며 현관을 응시한다. 고르게 난 흰 이를 드러내며 환하게 웃는 아들이 지금이라도 문을 열고 들어와 눈앞에 서 있을 것만 같다. 붙잡기 위한 덫이 여기저기에 놓여 있는데 바보가 아닌 다음에야 아들이 허튼짓을 하지는 않을 것이다. 그런데도 쉽게 미련을 버리지 못한다.

언제였는지 희미한 기억이지만 도망자의 절박한 상황을 묘사한 외국영화를 본 적이 있었다. 쫓기는 자의 겁에 질린 얼굴과 이지러진 표정, 숨기 위한 필사의 몸부림에 스릴을 느끼며 방관자의 위치에서 영화를 보았었다. 느긋하게 커피를 마시며 즐겁게 보았던 영화, 주인공의 이름도 기억나지 않는 그때의 화면들이 단편적으로 떠올라 이따금 가슴에 통증을 일으키곤 했다.

—아직도 연락이 없습니까? 빨리 자수 시키세요. 길어지면 더 불리해요.

고수머리에 체격이 우람한 형사는 느닷없이 들이닥쳐 아들의 방을 뒤졌다. 그런 다음이면 언제든 그녀를 협박하는 말을 흘렸다. 추적자의 당당함을 과시하며 그가 거리낌 없이 협박의 말을 내뱉을 때마다 그녀는 수갑을 차고, 포승줄에 묶인 아들을 상상하며 몸을 떨었다. 검거를 완전히 배제할 수는 없는 일이다. 언제 어디서나 검거당할 위험에 처한 아들은 하늘과 땅 어느 곳에서도 마음 놓고 쉴 곳이 없다.

어쩌면 막연한 기다림으로부터 벗어나 적극적으로 아들과 접근하는 일이 필요했는지 모른다. 하지만 그런 시도는 그녀에게 망설임을 준다. 아들은 붉은 신호등 저편에 있고, 그녀는 안전지대에 있다. 아직은 건너갈 준비가 되어 있지 않다. 아들이 떠나 버린 것은 그녀에게 심한 배반이다. 아들이 추구하는 것이 사상인지, 꿈과 이상인지, 아니면 젊은이의 용기인지 그건 모르지만 그녀의 그늘을 과감히 벗어난 것이 그런 기분을 느끼게 한다.

아들은 그녀를 이해했고, 남편과 다르게 그림자처럼 곁에 남아 그녀를 지켜 줄 것이라고 믿었다. 예상을 뒤엎고 아들도 남편처럼 용감하게 울타리를 빠져나갔다. 돌연한 변화를 어떻게 감당해야 할지 처음에는 막막했다. 아들이 원하는 것이 그녀가 아니라는 것에 남편의 배반을 알았던 그때처럼 슬펐다. 남편처럼 아들 역시 알 수 없는 존재다.

사랑했으므로 남편의 기억을 떠올리는 일은 그녀에게 언제나 통증을 일으킨다. 고아로 남겨져 거친 세상에서 온갖 어려움을 극복하고 아름다운 처녀로 성장하여 만났던 그는 호탕한 웃음소리로 단번에 그녀를 사로잡았다. 부드러운 눈짓과 섬세한 손놀림, 그의 감정까지도 그녀는 사랑하였다. 그런 그가 다른 여자와 그렇고 그런 관계에 빠져 버렸다. 부하 여직원과 그런 식의 배반을 모의하다니, 그녀는 치욕으로 입술을 깨물었다. 완벽하게 남편을 소유하려던 것이 잘못일 수도 있었다.

—불장난 같은 것이야. 당신을 배반하려는 생각은 추호도 없었어.

자극하지 않으려는 궁리였겠지만 남편은 무책임하게 말했다. 그 말에 분노를 느꼈다. 바람기를 드러내며 부끄러움을 감추지 않은 말투로 변명을 늘어놓는 남편에 대한 혐오감이 스멀스멀 기어 올라왔다.

—과장님을 사랑했어요.

손님이 드문 찻집에서 여자는 어깨를 들먹이며 울음을 터트렸다. 젊고 아름다웠던 여자는 불륜을 사랑이란 낱말로 감싸서 내밀었다.

—그건 사랑과는 다른 거야. 일종의 충동적인 호기심이지.

남편은 다르게 표현했다.

여자의 순진한 감성을 이용한 남편의 굴절된 도덕심에 비애를 느꼈고, 치졸함 때문에 수치심이 들었다. 솔직한 심정이었을지 모르지만 순수와 눈물을 농락한 남편의 행위를 도무지 용서할 기분이 아니었다. 깨끗하고 양심적인 생을 설계한 그녀는 노여움으로 가슴이 이글거렸으며 아름다운 사랑이 얼룩으로 더럽혀졌다고 여겼다.

그래서 헤어졌다. 남편은 결벽증에 부대끼고 싶지 않았을 것이고, 그녀는 배반의 수모를 결코 잊어버릴 수가 없었다. 치사하고 비열한 남편을 위해 그녀는 용서의 아량과 포용력 따위로 자존심을 구겨 버릴 수도 없었다. 남편도 그랬을지 몰랐다. 언성을 높이지도 않고, 달랑 가방 하나만 들고 떠난 지금까지 돌아오지 않았으니까.

남편이 떠난 뒤에도 그녀는 아들을 훌륭히 키울 수 있으리라 자신했다. 아들이 아무나 들어갈 수 없는 명문대학에 당당히 합격했을 때 하늘은 푸르고 높았으며 주위 사람들도 부러워했다. 고생한 보람이 있다고 모두들 축하해 주었는데, 지금은 다들 달라졌다. 사람들이 얼마나 쉽게 변하고, 잔인한 존재인지 실감한다. 다른 사람들과의 관계에 익숙하지 못해도 특별히 나쁘지는 않았는데 반국가적인 인물이 된 아들로 인해 사람들은 그녀를 냉대하고 시선조차 마주치지 않았다. 이웃들은 노골적으로 적의를 보였고, 법정 전염병 환자라도 되는 듯 그녀를 기피했다.

—모든 게 환경 탓이야. 자식은 정상적인 가정에서 비틀어지지 않도록 길러야 한다니까.

—애 아버지는 지금도 젊은 여자랑 딴 살림하나?

—그렇지는 않은데, 아직 용서를 안 하는 모양이야. 아들이 그런 처지라면 넋이 다 나갔을 텐데, 아무렇지 않은 얼굴로 직장에 다니다니 정말 지독하기도 하지.

—외도 한번에 별거한 것만 봐도 뻔해. 콧날이 저렇게 오뚝하니 팔자가 사나운 거야.

이웃들은 그녀의 상처를 쑤시고 끄집어내었다. 뒤에서 소곤거리며 공공연하게 험담을 늘어놓았다. 정당한 평가가 유보된 아들에 대해 아무런 해명도 할 수가 없어 속이 탔다. 비틀어진 성격으로 치부된 아들의 행위에 바람막이가 되어 주지 못해 가슴이 쓰라렸다.

가슴이 답답해져서 커튼을 젖히고 베란다의 문을 연다. 차갑고, 사나운 바람이 볼을 할퀴며 덤벼들었다. 얼굴을 베란다 밖으로 내밀어 크게 숨 쉬며 얼마 동안 가만히 서 있다. 마음이 조금 평온해지자 아파트 아래의 광장이 시야에 들어왔다. 빈 터의 공사현장이 어림으로 보인다. 그곳에선 이른 아침부터 어둠이 내릴 때까지 중기차들이 윙윙거리는 소리가 끊이지 않았다. 아파트를 짓기 위한 공사가 한창이라 소음이 요란했고, 곤두선 신경을 계속 뚫고 들어온다.

어둠은 이미 안개처럼 소리 없이 퍼져 있다. 밤이 깊어지면 주변 공사장은 조용해지고, 종일 시끄럽던 광장엔 칙칙한 어둠만 짙게 깔린다. 어둠 속 어디선가 그녀를 노려보는 섬뜩한 시선이 느껴진다. 정체를 알 수 없는 음산하고 기분 나쁜 시선은 칼날이 스치는 것처럼 예리하게 그녀를 훑고 지나간다. 황급히 문을 닫고 커튼을 내렸지만 시선은 쉽게 차단되지 않는다. 커튼의 작은 틈새를 비집고 따라온 섬뜩함에 가슴이 쿵쿵 울리기 시작한다. 메스껍고, 토할 것 같다. 현기증과 함께 패일 듯 두통이 올라온다. 발작적인 이 증상은 아들이 집을 나가기 훨씬 전부터 생겼다. 하루에도 여러 번 시달릴 때도 있어 가능한 참지만 힘들면 약으로 고통을 잠재운다. 이제는 약을 의지하지 않고, 참을 수 없을 정도다.

벽의 한쪽에 놓여 있는 장식장을 향해 쓰러질 듯 몸을 가누며 걸어갔다. 쉽게 손이 닿을 수 있는 그곳에는 상비약이 빼곡히 들어차 있었다. 이름을 알 수 없는 약들이 무더기로 있었다. 병을 꺼내어 속에 들어 있는 알약을 입안에 털어 넣는다. 약을 복용할 때면 부작용의 두려움을 걱정하지만 고통을 완화시키기 위해서라고 스스로를 설득한다. 성분을 모르는 다량의 약들은 위를 자극해 그녀를 침식하고 있지만 증상은 쉽게 사라지지 않는다. 마른 침으로 삼킨 연초록빛 정제도 순간적인 효과밖에는 기대할 수 없다.

—도와주세요. 어머니…… 저를 구해 주세요.

경채의 목소리가 들린다. 극심한 고통에 잠겨 간신히 부르짖는 처절한 목소리다. 아무리 둘러보아도 목소리만 들릴 뿐, 아들의 모습은 찾을 수 없다. 주위는 허허벌판인데 안개가 짙게 펴져 있어, 어디가 어디인지 식별할 수조차 없다.

"경채야, 어디에 있니? 기다려라. 내가 그곳으로 갈 거야. 가서 도와주마."

애가 타서 소리를 질렀지만 목에 잠긴 소리는 나오지 않는다. 발마저 땅에 달라붙어 한 발자국도 앞으로 더 내디딜 수가 없다.

—어머니 저를 좀…… 구해 주세요. 어머니.

"경채야!"

목소리가 서서히 사라지다가 아주 들리지 않게 될 때에야 비로소 소리가 터져 나왔다.

소리에 놀라 퍼뜩 깨어났다. 꿈이었다. 몸이 땀으로 축축하게 젖어 있었다. 말을 할 수 있었더라면, 목소리 나는 곳으로 달려가 아들을 만날 수 있었더라면, 꿈에서지만 아들의 모습을 볼 수 없었던 것이 안타깝다. 그녀는 자주 악몽에 시달렸다. 꿈에서도 아들은 목소리만 들렸고, 모습은 거의 보이지 않았다.

행방을 알 수 없게 된 일주일쯤이던가, 딱 한번 아들의 전화를 받은 적이 있다. 장소는 말할 수 없지만 안전한 곳이라고 했다.

—건강은 괜찮으니까 걱정 마세요. 다들 같이 있으니까 든든해요, 붙잡히지 않을 테니 안심하시고요. 하긴 붙잡혀도 별다른 일은 없겠지만요.

아들의 목소리는 절박했고, 초조와 긴장의 느낌도 실려 있었다. 안심하라고 말했지만 어디에 있건 아들이 있는 곳은 이미 안전지대가 아니었다.

아들처럼 행동하는 사람들이 붙잡혀서 어떻게 될지 그녀는 안다. 붙잡히면 유다가 되지 않는다고 장담할 수도 없다. 아들도 그걸 두려워했을지 모른다. 체포되는 것보다 혹독한 고문을 견디지 못해 동지를 팔게 될 수도 있어 걱정스러울 것이다. 아들이 붙잡히지 않아 얼마나 다행인지 그녀는 백기를 들고 싶은 유혹을 아들이 견뎌 내기를 바랐다. 안부가 궁금하지만 무사히 숨어 있다면 상관없었다. 민주주의를 사랑하는 아들에게 북한의 사주나 김일성의 사상, 사회주의 혁명을 연결시키는 것은 트집이지만 혐의는 이미 구체화되었으므로 아들은 가능한 숨어 있어야 했다.

정치에 관심 없던 그녀도 이제는 그럴 수가 없다. 무시무시한 이야기들이 주변을 떠돌았다. 기관에 의한 진절머리 나는 사례는 헤아릴 수 없을 정도다. 정신이 돌아 버린 사람, 병신이 되거나 자살한 사람, 간첩으로 평생을 철창 안에서 늙는 사람, 폐인이 된 사람, 거지처럼 떠돌며 사는 사람. 때때로 의문스런 죽음들도 있었다. 전율을 일으키는 별의별 소문들이 끊임없이 흘러 다녔다. 상상이 빚어낸 유언비어거나 기우이기를 바라는데도 불구하고 소문들은 끌려갔다 나오면 사회에 정상적으로 적응하기는 힘든 모양이다. 따라서 아들은 잘 숨어 있어야 했다. 숨 막히고, 곡예사처럼 아슬아슬한 줄타기를 하는 것 같겠지만 쉽게 모습을 드러내지 말고, 꼭꼭 숨어야 했다. 머리카락 하나도 보이지 않기를, 차라리 투명인간이기를 그녀는 기도했다. 도피는 그다지 길지 못할 것이다. 조직은 곳곳에 거미줄처럼 뻗어 있고, 수배자의 전단지가 곳곳에 붙었다.

불을 켰다. 벽시계는 한 시를 넘었다. 약기운에 옷을 입은 채로 누워 잠깐 잠들었다. 더 이상 잠이 올 것 같지 않다. 불면의 뿌리도 몸 어디엔가 질기게 자리 잡았다.

저녁을 먹지 않았지만 배는 고프지 않다. 대신 극심한 갈증이 생겼다. 혀가 바짝 타올라 소파에서 일어나 식당으로 걸어갔다. 퇴근 시에 샀던 우유가 냉장고 안에 그대로 있다. 우유를 손에 들자 한꺼번에 두 개씩 거뜬하게 비우던 아들이 생각났다. 그렇게 먹어도 아들은 이상하게 살이 찌지 않았다.

아들이 식사나 제대로 했는지 걱정이 된다. 혹시 굶고 있는 것은 아닌지, 반팔의 짧은 옷차림으로 집을 나섰는데 추위를 어찌 견딜지, 여러 생각들이 뒤엉켰다. 저녁은 먹었는지, 야윈 몸무게가 그나마도 더 줄지 않았으면 좋으련만. 아들의 눈물이 팽그르르 돈다.

—용서해다오.

그녀는 입속말로 나직이 중얼거렸다. 아들의 부재가 세심하지 못했던 예전의 관심과 배려를 자꾸만 확대시킨다.

남편의 배반에 아들을 등한시했던 적이 있다. 아들이 남자라서 남편의 분신이라 여겨져 의도적으로 애정을 감추었고, 딸이었으면 좋았을 것이라고 생각했다. 턱없는 욕심이지만 딸이라면 가슴에 응어리진 이야기를 허물없이 나누고, 상처를 위로받을 수 있을 것이라고 기대했다. 그런 아쉬움에 서운했는데 지금 예전의 후회는 다 부질없다.

출근을 서두르는 아침에 남편에게서 전화가 왔다. 오랜만에 듣는 목소리였다.

"나요. 경채 일로 오늘 좀 만납시다. 나눌 말이 있어요. 사무실 앞으로 여섯 시까지 나오도록 해요. 사무실 건너편 이층에 커피숍이 있어요. 거기서 만납시다."

그는 전화에서 여전히 단도직입적이고, 명령 투였다. 지푸라기라도 붙잡고 싶은 마음 탓인지, 아니면 세월이 흘러간 때문인지 그런 말투도 거슬리지 않았다.

아들에게 아무 일이 없었더라면 단호하게 거절하고, 그를 만나지 않았을 것이다. 그녀는 눈감을 때까지 평생 그를 용서하지 않겠다고 작정했었다. 가끔씩 아들이 만나는 것을 알면서도 남편과 관계된 모든 것들을 빛바랜 추억으로만 기억하고, 의식적으로 잊고 살았다. 웬만한 어려움에도 지금껏 도움을 청하지 않았지만 아들을 위해서는 그럴 수 없다.

"알았어요. 수업 끝나고 갈게요."

경채의 일을 함께 상의할 누군가가 있다는 사실이 그녀는 반갑다. 남편의 전화가 그녀를 안심시켰다. 그녀는 다른 날보다 한결 가벼운 마음으로 출근했다.

"이 선생, 몸이 너무 쇠약해졌어요. 아직 아들 소식은 못들은 모양이군요. 너무 걱정하지 마세요. 별일이야 있겠어요?"

키가 작고 살이 통통해서 학생들 사이에 통돼지라고 별명이 붙은 교감이 직원 조회를 끝내고 나오는 그녀를 불러 세우고 말을 건넨다.

"감사합니다."

말과는 상반된 노여움이 속에서 울컥 솟구친다. 아들의 기사가 일간신문에 일제히 게재되던 날, 교감은 득달같이 그녀를 불러서 큰소리쳤다.

—이 선생. 아들 교육을 어떻게 시킨 거요? 아들도 제대로 교육 못한 사람이 어떻게 학생들을 가르칠 수 있겠어요? 사표를 내요. 지금 당장.

그의 말대로 당장 그러고 싶었다. 그러나 교직에 대한 열망으로 아이들과의 이별을 상상하지 못한 그녀는 애써 굴욕을 참았다.

그때 감정에 치우치지 않고 인내한 스스로에게 감사한다. 티 없이 맑은 눈동자들을 보며 가르치는 동안 모든 것들을 잊을 수 있어 굴욕에 대한 충분한 보상이 되었다. 학생들은 또 다른 경채였다. 아들이 생각날 때, 그녀는 학생들의 눈빛에서 아들을 발견한다. 그들이 또 다른 경채라고 단언하기는 힘들다. 집에 소란스럽게 몰려오던 아들의 친구들마저 발길이 멀어진 상태다. 손해 보지 않으려는 마음을 이해하면서도 착잡했다. 잘못 말하고 행동하면 불이익을 당하는 시대에 가까운 사람들마저 꺼리는 것은 당연하다.

"학교도 한바탕 술렁일 모양입니다."

옆자리의 정 선생이 수업을 끝내고 쉬는 시간에 그녀에게 나직한 음성으로 말했다.

"무슨 일이 생겼나요?"

"교사들끼리 단체를 결성한다는 소문이 퍼졌어요. 우리도 잘 몰랐는데 상부에서 벌써 움직임을 알았는지 모임에 가입하지 말라고 공문을 보냈답니다. 거기 가입하면 여러 불이익을 당할 것이라고요. 아마, 직원회의에서 곧 무슨 이야기가 있겠지요."

"단체라니요?"

"참교육을 위한 민주교사들의 모임이라든가, 뭐 그렇대요. 의식 있는 교사들이 결성한 오래전부터 있었던 모임이래요. 학교의 문제를 파악해 좋은 방향으로 이끌려는 거겠죠."

정 선생은 빠르게 주위를 둘러보고 나서 비밀스럽게 말했다. 그의 표정이 무척 진지해 보였다. 정 선생이 그런 이야기를 해 주는 것은 경채로 인해 그녀가 동지적 느낌이 든 때문일 것이었다.

그녀는 '민주'가 흔한 낱말이 되었음을 느꼈다. 그런데도 사람들에게 그 단어는 금기시되었다. 사람들은 '민주'를 위해 높은 곳에서 투신하고, 몸에 신나를 끼얹어 불을 지르고, 죽음을 불사했다. 더러는 기회를 엿보다가 적당할 때 '민주'를 사용했다. '민주교사'도 그중의 하나일 것이다. 빠르게 확산된 민주의 물결이 교정에도 파도처럼 밀려올 조짐이다. 여기에도 붉은 신호등이 켜질 것이다. 건너가지 마시오. 신호등은 사람들에게 위험을 경고한다.

"정 선생도 모임에 찬성하세요?"

"우리야 뭐. 생각해 보긴 해야죠."

놀래어 묻는 그녀에게 정 선생은 싱긋 웃었다. 정 선생은 그런 일에 뛰어들 소인이 충분하다. 그는 교육의 제반여건에 대하여 불만이 많다. 괄목할 만한 경제성장에도 불구하고 여전히 낙후된 교육환경, 19세기 교실에서 20세기 선생들이 21세기 아이들을 가르치고 있던가. 제도적인 문제들이 개선되어야 한다고 한탄하던 그는 역사를 담당하고 있다.

가르치는 것 외에는 상관하지 않는 그녀지만 정 선생에게는 개인적인 고마움을 느끼고 있다. 사표를 강요받고, 교무실을 나오며 남몰래 눈물을 삼킬 때 그의 위로를 받았다.

—이 선생님, 너무 신경 쓰지 마세요. 속상해하지도 말고, 참아야 해요.

그때는 그가 정말 고마웠다. 후에도 그는 아들을 이해한 이웃이었다.

—그런 일은 아무나 할 수 있는 게 아니에요. 용감하고 정의로운 젊은이들의 몫이지요. 아드님은 이 시대의 횃불입니다. 자랑스럽게 생각하시

고, 용기를 가지세요.

그때가 언제일지, 과연 그런 날이 올 수 있을지 그녀는 믿을 수 없었다. 아들의 일에 대하여 확신할 수가 없다.

—역사란 언젠가는 다 밝혀지게 되어 있어요. 언젠가 명백하게 다 드러나거든요. 오류에요. 양심이란 여간 골치 아픈 게 아니라고요.

정 선생은 가끔 가르치는 일에 회의를 드러냈다. 문교부의 방침을 따르는 게 좋다거나 시대의 흐름을 기억하지 말라고 다독일 때면 한숨을 내쉬곤 했다. 교사의 직업에 긍지와 자부심을 지닌 그녀는 정 선생처럼 역사를 담당하지 않아 다행이다. 수학은 양심을 물고 늘어질 일이 없는 과목이다.

수업이 끝나는 종이 울린다. 아이들의 왁자지껄한 웃음소리와 함성이 교정에 가득 울려 퍼졌다. 종례를 간단히 마친 그녀는 책상을 정리하고, 서랍의 열쇠를 잠갔다. 이때 즈음이면 보이지 않는 시선에 불안하고 두렵다. 뒤를 밟고, 행동을 감시하며 집요하게 조여 오는 시선이 느껴져 진저리가 쳐진다. 아들을 향한 추적일지라도 그녀의 생활 또한 올가미에 걸린 것처럼 자유롭지 않다. 남편과의 만남으로 오늘은 그런 느낌을 떨쳐 버릴 수 있어 다행이다.

"퇴근 후에 볼일 있으세요?"

"누굴 만나려고요."

"좋은 현상입니다. 이 선생님, 사람들과 되도록 자주 만나세요. 그래야 혼자 있는 시간이 줄어들고, 나쁜 생각도 떨쳐 버릴 수 있거든요."

바쁘게 교무실을 나서는 그녀에게 정 선생은 미소 지어 보인다. 그녀를 배려하는 따뜻한 마음이 기특하다.

여섯 시에 만나자고 했지만 시간을 제대로 지켜 본 적이 없는 그는 늦게 올 것이다.

정각에 문을 열고 들어갔다. 환기가 잘 되지 않는지 담배 연기가 자욱했다. 매캐해서 엉거주춤 있는데 남편이 그녀 앞으로 다가왔다. 먼저 와 있었던 모양이었다. 약속 장소에 미리 오다니, 예전엔 없었던 일이다.

"공기가 탁해. 밖으로 나가지. 지금도 생선국 좋아하나? 내가 잘 아는 곳이 있는데 거기 가서 저녁 먹으며 이야기합시다."

계산하는 그의 뒤에 서 있다가 따라 나왔다. 뒤통수가 근질거렸다. 같이 살 땐 일방적인 그의 태도가 불만이었는데 명령식 어투에도 불쾌감이 느껴지지 않고 편하다. 옆자리의 문을 열어 주고, 그녀가 차에 오르자 그는 익숙하게 차를 몰았다.

"전화라도 걸어 줄 것이라고 생각했지. 상의할 사람이 아무도 없을 테니까. 그런데도 어찌 그리 단단한 껍질 속에 웅크리고만 있는지 모르겠소. 당신 고집은 정말 대단해."

음식점이 즐비한 골목으로 들어서면서 남편은 핀잔인지 칭찬인지 모를 말을 뱉었다.

아들은 두 사람 사이에 놓인 징검다리다. 조각난 관계더라도 아들 문제에 무관할 수 없고, 법적으로 아직 부부인 상황에서는 더 그렇다. 그런데도 요지부동했던 그녀에 대한 비난이리라. 하려던 말이 어디로 숨었는지 혼란스러워 그녀는 입을 열 수가 없다. 무슨 말이든 해야 했지만 생각나지 않았다. 그러는 사이 고가를 개조해 만든 집 앞에 차가 멈추었다.

실내는 작지만 아담하고 짜임새가 있었다. 깨끗한 도배가 그녀의 취향에 맞았다. 옆에는 가족으로 보이는 사람들이 정담을 주고받으며 식사하고 있다. 행복하게 보이는 그들의 모습이 부럽다. 경채가 자리에 함께 있었더라면 그녀도 행복할 수 있을 터였다.

"자주 오는 곳인가요?"

식사가 빨리 나오지 않아 어색해진 그녀가 침묵을 깨트리고 먼저 입을 열었다.

"가끔 왔었지. 경채랑."

생각에 잠긴 목소리에서 그가 예전과 많이 달라졌음을 감지했다.

만나 보지 못한 사이 완연해진 귀밑의 흰 머리칼과 윤기를 잃어버린 메마른 피부가 보였다. 아들을 잘못 키웠다고 책임을 추궁하면 모든 게 당신 탓이라고 되받아칠 생각이었는데 앞에 앉아 있는 그가 초라하고 늙은 모습이어서 순간 측은했다.

"경채가 그러더군. 기성세대는 비겁하다고. 잘못된 것을 묵인하고, 틀린 것을 왜 바로잡지 못하느냐고. 생계가 걸린 문제에서는 어쩔 수 없다고 했더니 그런 삶은 굴종이라고 날 몰아 부치더란 말이야. 그게 어떤 면에선 죄가 된다면서."

"경채가 그랬어요? 무슨 소식을 들었어요?"

그녀는 다급하게 물었다.

"며칠 전이었지. 공중전화인 것 같았는데 짤막한 통화만 했어. 그 애는 당신 걱정을 많이 해. 당신에게 안부를 좀 전해 달라고."

"그것뿐이었나요?"

"그 애는 내가 당신을 만나 보는 게 좋을 것 같다고 말했어. 아니, 명령이었다고 해야겠지. 그놈 참, 도대체 알 수가 없단 말이야."

경채가 왜 남편에게 그런 말을 했는지 모르겠다. 어쩌면 어렴풋 짐작할 수 있을 것도 같다. 남편을 만나고 돌아온 날이면 아들은 유난히 말이 많았다. 그리고 홀로 있는 남편의 고독을 담아 와 슬쩍슬쩍 흘리곤 했다.

—어머니, 아직도 아버지를 용서할 마음이 없으세요?

—그런 건 묻지 마라. 우리의 일이야.

—어머니의 가장 큰 결점이 뭔지 아세요? 고집이 너무 세다는 거예요. 다른 사람들처럼 마음을 넉넉하게 가져 보세요. 따뜻하고 너그럽게요. 헐렁한 게 엄격한 것보다 사는데 훨씬 유익하거든요. 어머니가 힘들게 사시는 게 안타까워요.

아들은 용서에 인색한 그녀를 안쓰러워했다. 그런 말에는 관심 없는 듯 그녀는 그때마다 무료한 표정을 지었다. 어떤 사람은 그 일을 몇 번이라도 용서할 수 있겠지만 그녀는 그럴 수 없다. 배반은 참을 수 없어 아들에게 불만이었고, 남자라 별수 없다고 여겼다.

"녀석은 대단해. 할 일이 있어서 아직은 붙잡힐 수가 없대."

그의 입가에 엷은 미소가 어렸다.

"늙는다는 것은 비열해진다는 뜻이기도 해. 타협을 생각하는 것 말이야."

그것만이 아니다. 희망이 없다는 것, 아무것도 바라거나 이룰 수 없다는 것, 죽음에 한발 가깝게 다가선다는 것, 그런 게 더 크다. 마흔다섯의 나이가 늙었다고 할 수 없는데도 그는 일흔다섯처럼 늙은 분위기를 자아냈다.

다시 침묵이 흐른다. 같이 살 땐 이런 공백의 시간들이 없었다. 할 이야기와 듣고 싶은 이야기들이 너무 많았다. 가르치는 아이들 이야기, 학교에서 있었던 일들, 책에서 읽었거나, 주위에서 보고 듣고 느낀 모든 것들을 그녀는 털어놓지 않고 배기지 못했다. 뿐만 아니라 그녀는 남편의 하루도 그냥 지나치지 못했다. 남편이 종일 무엇을 했는지 꼬치꼬치 묻고 따졌다. 그런데 지금은 할 이야기가 전혀 없다.

"그 애는 떠났어."

침묵을 참아 내기 어려운 듯 그가 먼저 입을 열었다.

그 여자, 아니 그 애, 그가 그 애를 발음할 때 약간 어색했다. 두 사람을 헤어지게 만들었던 결정적인 그 문제는 그에게나 그녀에게 있어 아킬레스건이다. 그는 노골적으로 예민한 문제를 터트린다. 찜찜한 모양이다. 그는 예전에도 뭐든 확실한 것을 선호했다.

"떠나던 날, 그 애가 당신 얘기를 했던 게 생각나는군."

듣고 싶지 않은 이야기였지만 아무 말도 하지 않았다.

"당신을 만났다고 했어. 당신이 좋은 사람인 것 같다면서 자신이 아니었으면 우리가 행복하게 살았을 것이라고 말했어."

여자의 말을 전하며 남편은 그녀의 눈치를 살폈다. 행복하게라니, 그녀는 희미하게 웃었다. 그를 사랑했던 여자에게서 좋은 사람이라는 소리를 듣는 것도 아이러니했다. 그 애가 아니었어도 남편이 다른 여자와 그런 일을 벌이지 않았으리라고 장담할 수 없다. 그 일이 벌어졌던 사실로 남편은 이미 신뢰를 잃었다.

"그 애는 내가 외로워 보인다고 생각했던 모양이야. 그래서 불행할 것이라고 생각하고, 어쩌면 자신의 도움이 필요할지 모른다고 단정했겠지. 나중에야 그게 섣부른 단정이었다는 것을 깨달았다고 했어."

그의 눈빛엔 후회가 서려 있었다. 건방지게도 그 애는 남편이 불행해 보여서 사랑했다고 말했다. 별 이상한 사랑법도 있다. 작고 참새 같았던 여자애가 사랑한 중년의 고독, 그의 일탈을 눈감아 주고, 정말 용서해야 했을까.

"여자는 젊은이답게 떠났지. 나는 아니었어. 아무것도 아닌 걸 좇다가 소중한 것들을 다 잃었지. 누군가와 새로운 시작을 꿈꾸는 게 허무하다는 사실도 깨닫고."

식사가 들어오자 그가 이야기를 중단했다.

여자는 남편을 대신하여 또래의 젊은 남자를 찾아내었다. 그리고 깨끗하고 흰 웨딩드레스를 나비처럼 걸쳐 입고, 밝게 웃으며 떠났다. 그건 축복할 일이다. 하지만 뒤에 남겨진 남편은 초라한 자신을 어떻게 추슬렀는지가 궁금했다. 젊은 여자와 어울리는 동안 아니꼽게 흘끔거리는 주위의 눈초리들을 어떻게 감당했을지 그것도 궁금했다.

생선국은 맛있게 보였지만 입이 깔깔하여 도무지 맛을 느낄 수 없었다. 그는 우적우적 잘도 먹었다. 식성이 좋은 그는 그녀가 젓가락으로 이것저것 뒤적일 때마다 핀잔했었다.

―아무거나 먹을 수 있어야지, 그렇게 가려 먹으니 살찌지 않는 거야. 남이 보기에도 편안해 보이지 않고.

―누군 먹고 싶지 않아서 그러나요? 다른 사람 보기에 좋으라고. 입에 맞지 않는 것을 어떻게 억지로 먹어요? 그런 거짓은 싫어요.

그녀는 그때마다 까다롭게 굴었다. 먹는 것 하나도 대조적이던 것들이 생생하게 기억되다니 새삼스럽다.

"많이 들어요. 늙어도 입맛은 여전하군."

국물만 뜨다가 수저를 놓는 그녀를 보고 퉁명스럽게 말하던 그가 하다만 이야기를 계속했다.

"경채는 걱정 말아요. 대학생이잖아. 이젠 다 컸어. 어린애가 아니니까 제 일은 제가 알아서 잘 해낼 거야. 이런 당신 모습이 경채에게 더 큰 부담이 될 거요. 투사의 부모가 되었으니 아무쪼록 우린 건강해야지. 그게 바로 경채를 위하는 일 아니겠소? 경채에 대해서 당신도 자긍심을 가져요. 원망하거나 비난하지 말고."

투사란 원색적 표현이 싫다. 화염병과 최루탄이 날아다녀도 경채는 공부나 열심히 했으면 싶다. 그녀는 아들이 데모에 휩쓸려 다니며 흔들리다가 대학 생활을 마감하는 걸 원치 않았다. 무사히 학교를 졸업하여, 좋은 직장을 얻고, 괜찮은 아내를 만나 오순도순 살기를 바랐다. 아들딸 낳고 평범하게 사는 삶, 그것이 행복이라고 생각했다. 정치는 보통 사람들의 책임이 아니다. 정치인들의 책임이다. 아이들을 가르치는 것이 그녀의 임무이듯 각자의 책임이 있다. 경채는 아직 학생이니 본분에 충실해야 한다. 그것이 그녀가 아들에게 희망하는 것이었다. 순하고 어린애 같았던 아들의 어느 구석에 불같은 열정이 숨어 있었는지 그녀는 알 수 없었다. 그녀와 다르게 그는 걱정하지 않는 눈치였다.

"사내자식은 그런 면이 있어야 해. 불의를 과감히 깨트릴 수 있는 용기 말이야. 녀석은 대단해. 죽었다 깨어나도 나는 그놈처럼은 못할 거야."

가슴을 이토록 저미게 만드는데 무엇이 그리 대단한지 그는 연신 아들을 두둔했다. 성질내지 않고 욕하지 않는 것만도 다행인데 인정해 주니 한결 나았다. 그러면서도 아들이 그녀보다 남편에게 더 흉금 없이 굴었다는 게 씁쓸했다.

"오늘 당신을 만나자고 한 이유는 화해를 청하기 위해서야."

식사가 끝나고 담배를 피워 문 그가 직설적으로 말했다. 가라앉은 목소리로 운을 뗀 그는 그녀의 눈을 똑바로 바라보았다. 놀라서 쳐다보자 그가 쑥스러운 표정으로 그녀의 시선을 피해 고개를 돌렸다.

"뭐, 지금 당장 어떻게 하자는 것은 아니고."

그녀는 무릎 위에 놓여 떨고 있는 자신의 손을 보았다. 속일 수 없는 나이, 탄력 없는 피부와 굵은 마디의 손이 지난 세월의 분노와 함께 아픔을 담았다.

"나는 당신의 거부를 순간적인 것으로만 생각했어. 기껏 며칠, 길어야 몇 달일 거라고. 당신은 그게 아니었지. 내가 크게 오산했어. 안 그러면 집을 나오지 않는 건데. 당신의 대단한 고집을 나중에야 확실히 알았지만 그땐 어쩔 수가 없었어."

그녀의 거부는 의외로 질겼다. 그녀의 거부에 적의가 포함되어 있음을 그는 나중에야 알았을 것이다. 그녀에게 입힌 상처를 과소평가했던 것도 그의 실수였다. 그는 어쩌면 자신의 섣부른 행위를 질책했을지도 몰랐다.

"지금이라도 당신이 원하는 그대로 할 거야. 용서해 준다면 뭐든 하겠어. 무릎을 꿇으라면 꿇고, 빌라면 빌고, 당장 당신이 시키는 걸 할 수 있어."

그럴 것이라면 진작 빠르게 돌아올 수도 있었을 것이다. 남편이 집요하게 오기를 부렸던 것인지, 아니면 그녀의 눈치를 살피느라 그랬는지 알 수 없다. 여자와 헤어진 것을 알았고 혼자서 지낸 것도 안다. 그런데도 그는 돌아오지 않았다. 설사 돌아왔더라도 그녀가 받아 주었을까. 어쩌면 완강히 거절했을지도 모른다. 당시엔 거센 바람이 불지 않았고, 어둡고 추운 날이 있으리라고 예감하지 못해 그를 외면했을 수도 있다. 그녀는 홀로 설 수 있다고 자신하였으며 울타리를 견고하게 지킬 수 있다고 장담했다. 그런데 그렇지 못한 날이 너무나 빨리 닥쳤다. 이런 날을 예비했더라면 일찍 화해하고, 쫓기는 아들의 가슴에 넉넉한 사랑을 느낄 수 있게 했을 것이다. 생각할수록 아들에게 미안했다.

식사가 끝나고 나서 아파트 앞까지 그녀를 데려다 주었다. 들어오라고, 들어와서 차를 마시고 가라고 말하고 싶었지만 그녀는 말을 삼켰다.

"조심히 들어가세요."

그래서 아무렇지 않은 듯 감정을 실지 않은 목소리로 말했다. 아직 용서할 마음이 아니면서 그를 집안에 들어오도록 허락할 수는 없다. 그녀의 마음을 알아차린 남편도 말없이 차를 몰고 떠났다.

문을 열고 들어가자 외로움이 그녀를 맞는다. 빈집의 적막이 살벌하고 을씨년스럽게 다가왔다. 온몸에 돋아나는 소름이 견딜 수 없다. 외출복을 벗고, 세면장으로 가서 얼굴을 씻었다. 씻고 또 씻었지만 마른 버짐이 핀 얼굴은 지치고 피로한 모습으로 거울 속에 들어 있었다. 자존심으로 무장할 수 없는 중년의 모습을 바라보며 무슨 바보짓을 했느냐고 묻는다. 그가 용서를 구할 때, 왜 선뜻 용서한다고 말하지 못했는지 화가 났다. 그와 함께라면 이웃들의 냉소를 과감히 무시하거나 당당히 맞설 수 있고 아들이 안심하고 편안하게 숨어 있도록 격려가 될 터였다.

세면장을 나왔다. 참았던 눈물을 왈칵 쏟아 내고 싶다. 소리 내어 울고 싶고, 낄낄 큰소리로 웃고 싶기도 했다. 남편의 어깨에 얼굴을 묻고 그가 비워 놓았던 시간들을 한바탕 투정하고 싶은 기분들이 어처구니없다. 생각을 떨쳐 버리려고 그녀는 세차게 고개를 흔들었다.

이제 곧 겨울이다. 아들은 얇은 옷차림으로 집을 나갔다. 입을 수 없겠지만 아들을 위해 두껍고 따뜻한 옷을 준비할 시기였다. 그때, 현관의 벨소리가 울렸다.

밤에 누구일까, 망설이며 조심스럽게 문을 열었다. 과일 바구니를 든 부인이 현관에 서 있다가 그녀가 어정쩡하게 망설이는 사이 집안으로 들어섰다. 부인은 편안해 보이는 얼굴이지만 어딘가에서 강인함이 품어져 나왔다. 부인이 우현이 어머니임을 직감했다.

"일전에 전화했었죠. 우현이 어머니요. 밤인데 실례가 안 될지 모르겠군요."

직감은 정확했다.

"차를 드릴까요?"

현관의 문을 닫고, 거실로 안내하며 묻는 그녀에게 부인이 고개를 끄덕였다. 연대의식이 있어서인지 거침없는 부인의 말투와 태도에도 거부감이 없다. 화장하지 않은 부인의 얼굴은 정갈하고 기품이 있었다.

"자식이란 늘 애물단지지요. 크거나 작거나 말예요. 경채 때문에 걱정이 많으셨지요?"

그래요, 하고 대꾸하고 싶었으나 부인이 무엇을 말하려는지 알 수 없어 망설였다.

"아이들이 하는 일을 뭐라고 평할 수는 없지만, 경채나 우현이가 하는 일은 옳아요. 그래서 나는 그 애들을 지지합니다."

그녀가 끓여 온 녹차를 마시며 부인이 차분하게 말했다. 확신에 찬 부인에게 선수를 빼앗겼지만 그녀는 반박하고 싶었다. 내 아들이 그러는 걸 나는 원치 않아요. 다른 사람이라면 모르지만 그 애는 그럴 수 없어요. 아들은 내 꿈이고, 희망이고, 나의 모든 것이에요. 아무리 옳은 일이라도 승산 없는 싸움은 포기해야죠. 지금은 때가 아니에요. 하지만 묵묵히 차만 마셨다.

아들이 그런 바보 같은 일에 뛰어들다니, 그녀는 절대로 찬성할 수 없다고 부인에게 말하고 싶어도 여전히 입을 다문다. 부인에게는 보이지 않는 힘이 있고, 그 힘은 처음부터 그녀를 압도했다.

"남편과는……."

초면의 부인이 그런 질문을 하는데도 전혀 무례하게 들리지 않는 것도 이상하다. 며칠 전에 만나서 함께 저녁 식사를 했노라고, 아직 용서할 수 없지만 이해의 가능성을 보았다고 말할 수도 있다. 그녀는 고개를 끄덕였다.

"경채는 아버님 이야기도 가끔 했어요. 그러나 아버님보다 어머님 걱정을 더 많이 하더군요. 사람은 때때로 실수해요. 그게 인간들의 약점이죠. 그래서 불완전한 존재가 아니겠어요? 아버지 일도 있는데 자기로 인해 어머니의 상심이 엄청날 것이라고 걱정하더군요."

"지금도 마찬가지지만 처음엔 견디기가 너무 힘들었어요. 시간이 지나면 좀 나아질지 모르죠. 지금이라도 경채가 문을 열고 현관을 들어설 것 같은데."

"누구나 그럴 거예요. 경채 어머님도 환상을 빨리 버리세요. 그것이 현실을 정확하게 직시할 수 있도록 하니까요."

섣부른 환상이라고 말하지 않고, 부인은 그녀를 다독이면서도 단호하게 자른다. 그녀의 마음을 알고 있다는 듯 여겨지는 부인의 말에도 그녀는 아들이 하는 일을 정말 모르겠다. 나직이 한숨을 쉰다. 환상이란 그녀를 지치게 하지만 아직도 떨쳐 버릴 수가 없다.

"그 애가 왜 그랬는지 이해하지 못하겠어요. 아무 내색도 없다가 갑자기 자신을 보여 주다니. 나는 아들에게 왜 의논할 대상이 되지 못했을까요? 어머니이기 전, 교육자인 내게 숨길 게 무엇이었는지 모르겠어요."

"그런 건 나도 모릅니다. 나 역시도 평범한 어머니였거든요. 나는 아들이 둘인데, 둘 다 그런 일을 해요. 큰애가 처음 운동권에 뛰어들었을 때, 둘째라도 그러지 않게 하려고 내 딴엔 신경을 많이 썼어요. 그런데

우현이도 결국 형을 따라가더군요. 착하고 모범생이어서 공부도 제법 했는데."

화가 나서 내뱉는 그녀에게 부인은 자신의 아이들 이야기를 들려준다.

"이 사회가 우리 아이들을 평범하게 내버려 두지 않는 모양이에요. 하나님께서 주신 달란트려니 생각하고 지금은 아이들을 위해 저도 같이 뛰고 있답니다. 얘들이 고생하는 걸 생각하면 가슴이 터지지만 그게 할 일이라면 어머니로서 도와주어야죠. 그 이외에 무엇이 더 있겠어요? 그래서 저는 무조건 긍정적인 마음을 갖기로 했답니다."

눈물을 보이지 않으려 치켜뜬 눈에 물기가 비쳐 그녀는 숙연했다. 그 모습이 대단해 보였다. 부인의 태도에서 아들이 어디에서 무엇을 하건 전적으로 신뢰하는 흔들이지 않는 확고한 신념이 느껴져 부러웠다.

"실은 그 때문에 온 것이 아니었는데."

부인이 다음 말을 꺼내기 전부터 가슴이 쿵쿵거린다.

"경채에게 무슨 일이……."

"짐작하시겠지만 숨는 것도 한계가 있어요. 내일 보도되면 아시게 될 것이고, 전화로도 말씀드릴 수 있지만 미리 마음의 준비를 하시는 게 좋겠다 싶어서."

불길한 예감이 그녀를 후려쳤다. 밤중에 부인이 찾아온 것은 심상치 않은데 그걸 간과했다. 처음부터 알았어야 했는데 말이다. 그 사실을 전하기 위해 온 부인은 그녀를 안심시키려고 애썼다. 무슨 이야기든 그녀는 빨리 들어야 했다.

"조금 전에 연락을 받았어요. 경채가 붙잡혔답니다, 운이 나빴어요. 조심성이 많은 아이였는데. 경채는 어머님의 마음이 알고 싶었던가 봐요. 아버님 만난 결과가 궁금해서 전화를 걸어 볼 생각이었겠죠. 나왔다가 그렇게 된 건 경솔한 행동이지만 그 애를 이해해요."

어떻게 그럴 수가. 숨이 차오른 그녀는 의자의 등받이에 머리를 대고 조금씩 숨을 들이켰다. 질식할 것 같던 숨이 점차 나아지고, 흐릿했던 부인의 모습도 한결 뚜렷하다. 부인의 표정에 걱정하는 빛이 역력했다. 부인에게 걱정을 끼치고 싶지 않은 마음은 최소한의 자존심이었다.

"미안합니다. 이러지 않아야 하는데."

웃어 보이려고 했지만 얼굴이 일그러졌다.

"경황 중에도 경채는 항상 두 분이 예전처럼 화해하고, 사랑하기를 기도했어요. 그게 경채의 기도 제목이었답니다. 경채를 위해서 이젠 두 분이 서로 힘을 합하세요. 그래야 부정한 것들과 싸울 수 있어요. 우리에겐 가족처럼 돕고, 힘을 합해 싸우는 단체가 있어요. 아마 경채에게도 많은 도움이 될 거예요. 뭉쳐서 함께 일하면 소속감이 생겨 외롭지 않아요. 어려울 땐 큰 힘이 되고요. 이젠 법정에서 싸울 준비가 필요해요. 어머니들은 언제나 강하지요. 힘내세요. 경채도 그걸 바라고 있을 테니 쓰러져선 안 돼요."

부인이 가고 난 뒤에도 가슴이 계속 방망이질했다. 혼자 있기가 두려웠다. 그녀는 핸드백을 뒤졌다. 무슨 일이 생기면 전화하라고 준 남편의 명함을 받아 둔 일은 정말 잘했다. 남편의 전화번호를 찾아 다이얼을 돌렸다.

"여보세요?"

"저예요. 방금 소식 들었는데 경채가 잡혔대요. 무서워요. 겁이 나서 몸이 오싹오싹해요. 좀 와 주었으면 좋겠어요. 도움이 필요해요."

"알았소. 내 곧 가리다. 걱정하지 말아요."

어린아이처럼 투정하는 등쌀에 남편이 달래듯 말했다. 매력적이던 저음의 부드러운 목소리에 안심했다.

전화가 끊어지자 다시 가슴이 답답해진다. 아들을 만날 수 있으리라는 환희와 까칠한 얼굴, 형편없이 초췌해 있을 아들과의 접견에 대한 두려움이 겹쳐 불안했다. 피를 말려 버릴 극심한 통증이 서서히 몰려온다. 그녀는 장식장으로 걸어가 연초록빛 정제를 꺼냈다. 한 알, 두 알…… 병에서 꺼낸 약을 한꺼번에 입속에 털어 넣는다.

희미한 의식 속에 아이의 얼굴이 떠오른다. 어린 시절의 그녀다. 그녀는 남루하고 지저분한 옷차림으로 구석에서 웅크리고 있다. 아이들이 몰려 있는 곳에 섞이지 못하고, 한쪽 모퉁이에서 더럽게 때가 낀 손등으로 눈물을 훔친다. 아이는 술래잡기나 땅뺏기 또는 고무줄놀이를 할 때도 끼지 못했다. 친구들이 뛰어노는 모습을 양지바른 담벼락에 기대어 부러운 눈으로 물끄러미 바라보던 아이, 언제나 외톨이였던 당시의 기억들이 과거의 갈피에서 홀연히 뛰쳐나오다니 알 수 없는 노릇이다.

그녀는 늘 용기가 없었다. 강한 척했지만 부서지기 쉬운 여린 마음을 지녔다. 알량한 자존심에 그걸 들키고 싶지 않았다. 지금도 그때와 마찬가지다. 이제는 변하고 싶다. 깊게 잠들었다가 깨어나면 세상을 다시 살고 싶다. 우현의 어머니처럼 강한 어머니가 되고 싶다. 죄인처럼 웅크리지 않고 당당하게 그렇게 살고 싶다. 꺼져 가는 의식 속에서 그녀는 현관의 벨이 울리고, 붉은 신호등이 푸르게 바뀌는 것을 보았다.

자유의 덫

새벽 4시. 조심스러운 발자국 소리가 들렸다. 발자국 소리는 그녀의 방 앞을 지나 현관으로 사라졌다.

누구일까. 이른 새벽에 나갈 만한 사람이 누구인지 궁금해서 그녀는 고개를 갸우뚱하며 현관으로 향한 창문의 커튼을 젖히고 밖을 보았다. 현관에 서 있는 사람은 뜻밖에도 외삼촌이었다. 그는 부스스한 머리를 한 채 터무니없이 커서 남의 옷을 빌려 입은 것 같은 차림으로 그곳에 서 있었다. 헐렁한 회색 양복은 손질이 잘 되어 있었지만 어쩐지 꼬깃꼬깃한 인상을 주었다. 어머니가 마련해 준 그 옷은 그에게 전혀 어울려 보이지 않았다. 눈대중으로 어림했던 탓에 몸에 맞지 않기도 했겠지만 그런 옷을 입어 본 적이 하도 오래되었기에 어색한 것일지도 몰랐다.

외삼촌이 집에 온 것은 어제의 일이었다. 그는 불청객이나 다름없었다. 외할머니가 살아 계셨더라면 어땠을까. 상황이 조금 달라질 수 있었을지도 모르지만 행복한 방문객이 될 수는 없었을 것이다. 그는 인생이란 밝고 아름다운 것만이 아니라고 느끼게 했으며, 거대한 조직 앞에서 개인의 존재가 얼마나 무력하고 하잘것없는가를 보여 준 실체이기도 했다.

동란이란 민족의 비극이기도 했지만 외삼촌에게 있어서도 비극이었다. 국가가 그를 간첩이란 덫으로 사로잡았을 때부터 드라마처럼 펼쳐진 그의 운명은 시작되었다. 불가항력으로 간첩이 된 순간부터 불행은 경고도 없이 가늠할 수 없는 어둠의 수렁 속으로 외삼촌을 끌고 들어갔다. 간첩이란 죄목은 청천벽력이었으나 그는 결코 간첩이란 누명을 벗을 수가 없었다. 끈질기게 호소하고 탄원하고, 온 힘을 다해 발버둥 쳤음에도 국가는 죄명을 벗겨 주지 않았다. 국가와의 한판 승부에서 개인이 이길 수는 없었다. 계란으로 바위를 치는 격에 불과한 그 상황은 이미 질 수밖에 없도록 정해진 게임이었다. 국가는 그에게 저항의 무모함을 인식시켰고, 죄명을 받아들이는 것이 형량을 가볍게 할 수 있다고 유혹했다. 탈진 상태에 이른 그는 결국 무릎을 꿇었고, 타협이 불가피함을 시인했다.

그랬다. 그 게임은 결코 온당한 게임이 아니었다. 일방적으로 한편을 향해 펀치를 날리는 식이었으니까. 그런데도 국가는 그와의 약속을 지키지 않았다. 패했다는 것을 시인한 순간 국가는 그로부터 모든 것을 빼앗아 버렸다. 자유와 권리와 의무. 그리고 그의 젊음과 웃음소리와 행복, 그 모든 것을 차례로 빼앗았다. 그런 후에 그를 차디차고 음습한 감옥에 처박았다. 그때부터 그의 생은 고통과 절망으로 부서지기 시작했다. 그런 아들을 기다리며 외할머니는 자신의 삶을 연소하였다.

그녀는 그런 노인네와 아들 사이에 있었다. 글씨를 알기 시작했을 때부터 그러했다. '신권아 보아라.'로 시작되는 길고 긴 문장들을 그녀는 문맹인 어머니와 외할머니를 대신하여 쓰기 시작했던 것이다. 한숨과 신세타령과 분노와 슬픔, 때론 그리움과 아픔의 감정을 그녀는 낱말로써 대신하였다. 외삼촌에게서 온 편지들 또한 마찬가지였다. 그녀는 할머니의 울음소리를 들으며 편지 속의 언어들을 크고 우렁찬 목소리로 낭독

해야 했다. 귀가 어두워지기 시작한 할머니를 위하여 몇 번씩 읽고 난 후면 목이 칼칼해서 갈라질 것 같았다. 그런 작업들은 그녀에게 또 다른 고통을 주었다. 가족들에게 감사하며 기도하고 있다는 그의 편지들은 아름다운 수식어로 꾸며져 있었음에도 불구하고 그녀는 글 저부에서 살아 숨 쉬는 피맺힌 통곡의 냄새를 맡아 내었던 때문이었다.

그는 때때로 일 년에 몇 번쯤 환희로 가득 차 있는 글을 배달하였다. 그의 글들은 대체로 지나치게 조심스러웠다. '어머님, 어쩌면 이번엔 특사로 출감될 것 같습니다.' 출감. 이 얼마나 근사하고 달콤한 단어인가. 당치도 않은 그 한 구절 때문에 해소 기침으로 시들어 가던 할머니가 눈물을 흘리며 감격하던 것을 그녀는 좀처럼 잊을 수가 없다. 결국 부도나고야 말 글귀 때문에 오는 후유증을 할머니는 심하게 앓았다. 그러면서도 번번이 출감이란 단어를 신뢰하였고, 희망하였고, 기대치 뒤에 오는 허탈을 감당하지 못해 앓곤 하였다. 출감이란 할머니에겐 오지 않는 행복의 파랑새였다. 돌아가신 지 정확히 십오 년이 지난 후에야 가능한 일이 되었으니 생전엔 망상에 불과한 단어였던 셈이다.

현관에 서서 한참을 망설이던 외삼촌은 그녀가 생각하는 사이에 집밖으로 나간 모양인지 보이지 않았다. 어머니나 동생 해열에게 외삼촌의 외출을 알리고 싶지 않았으므로 그녀는 소리 나지 않게 걸어 나가 현관의 문을 잠갔다.

어디로 간 것일까. 외삼촌이 갈 만한 데라곤 아무 곳도 없을 텐데 이른 새벽에 왜 집을 나갔을까. 그녀는 가벼운 궁금증이 일었다. 한편으로 외삼촌이 어떤 방법으로 어젯밤의 충격을 소화해 내고 있을지 그것도 궁금했다.

출감 일을 통보받고 외삼촌을 맞으러 가야 했을 때, 해열은 외삼촌을 만나는 일이 싫다고 거절했다. 별수 없이 그녀는 어머니와 둘이서 갔다. 끝까지 만남을 피할 수 있다면 해열은 아마 그랬을 것이다. 어머니는 외삼촌과 맞닿아 있는 유일한 피붙이였으며 그를 받아 주어야 할 유일한 가족이었으므로 그건 불가능한 일이었다.

푸짐한 저녁 식사에도 얼굴을 보이지 않던 해열은 밤이 늦은 후에야 취해서 돌아왔다. 취했다기보다 흡사 술에 빠진 사람 같았다. 아예 작정하고 술을 마신 모양이었다. 비틀거리는 걸음으로 모두가 모여 있는 방에 곧장 걸어 들어온 해열은 사납게 얼굴을 일그러뜨렸다. 외삼촌을 향하여 마주 앉은 해열의 표정은 흡사 공격을 감행하려는 맹수 같았다.

"당신이 미워요."

해열은 외삼촌이란 호칭을 사용하지 않고 거칠게 말했다. 그의 말이 그곳에 모인 모두의 가슴에 아프게 박힌다는 걸 염두에 두지 않는 태도였다. 해열이 사용한 언어는 섬뜩하고 예리한 칼날이었다.

"잘난 당신 덕에 난 날개를 잃어버렸어요. 날고 싶어도 그럴 수가 없단 말입니다."

해열은 심한 술 냄새를 풍기고 있었지만 정신은 말짱한 것 같았다. 충혈이 된 눈과 벌겋게 달아오른 얼굴은 금방이라도 분노를 쏟아 낼 것처럼 위태로웠다.

"그게 무슨 못된 말버릇이여. 외삼촌이 그동안 고생을 얼마나 하셨는지 모르는 게여?"

아무것도 모르는 외삼촌은 불의의 일격에 일순 당황한 눈치였다.

"이놈아, 위로는 못할망정 무슨 미친 소리여? 왜 헛소리를 나불대고 그러냔 말이여?"

어머니는 해열을 향해 화를 내었다. 어머니는 아들이 그렇게까지 나오리라고 미처 가늠하지 못한 것 같았다. 설마 해열이 그렇게 행동할 것이라고는 전혀 예상치 못했으므로 그녀도 동생의 돌연한 분노에 난감했다. 가슴이 와르르 무너져 내리는 느낌에 아득했고, 동시에 난처한 상황을 어떻게 무사히 모면해야 좋을지 머리를 굴렸다.

"왜요? 내 말이 틀리기라도 했단 말입니까?"

그랬으면 오죽 좋았겠는가. 아, 엉겁결에 당한 외삼촌의 불쌍한 표정. 외삼촌은 자신을 향해 쏟아 내는 해열의 말을 이해하려 애쓰는 듯 보였다. 그녀는 민망해서 고개를 돌렸다.

해열의 분노는 당연했다. 그렇더라도 가족들이 모처럼 모인 자리에서 할 말은 아니었다. 이제 막 출감해서 세상과 주위에 익숙하지 못한 외삼촌에게 그럴 순 없었다. 가족이라지만 서로가 서먹하여 아직은 낯설 것이었다. 해열의 행위는 바르지 않다고 그녀는 생각했다. 외삼촌에게 기회를 주지 않고 덤비는 것은 못할 짓이었다.

"술을 많이 마셔서 이성을 잃은 모양이다. 넌, 지금 너무 취했어."

머릿속이 하얗게 비워진 그녀는 절망적인 기분이 들었지만 그냥 넘어갈 수는 없었다.

"취하지 않았어요. 그리고 오늘 쏟아 내지 못하면 아무 말도 결코 못할 거라고요."

어떻게라도 수습을 해야 했으므로 그녀는 동생을 바라보며 호소하듯 말했다.

"네 말이 틀렸다는 것은 아니야. 그렇지만 해열아, 지금의 네 태도는 옳지 않아. 당장 외삼촌께 사과해라."

다투어 좋을 게 없었다. 가슴속에 가득 키워 온 증오를 펼쳐 보인다면 해열은 방 안의 기류를 온통 상처로 채울 것이었다. 가난했던 집안에서 수재인 그가 이룰 수 있던 꿈을 어떻게 노략질당했는지, 자신만만하고 도도했던 그의 인생이 어둡게 채색된 건 어째서인지 그녀는 알고 있었다. 그건 모두 외삼촌 때문이었다. 연좌제가 시퍼렇게 살아서 해열의 발목을 붙잡았다.

그녀는 해열이 갖고 있던 사진을 떠올렸다. 검은 사각 틀에 끼워진 사진이 책상 한쪽에 세워져 있었는데 젊은 시절에 찍은 외삼촌의 사진이었다. 누렇게 바랜 사진을 어디서 찾았는지 그녀는 알 수 없었다. 외삼촌은 그 사진 속에서 언제나 환하게 웃고 있었다. 언제부터인가 해열은 화나는 일이 있을 때마다 사진을 향하여 커다랗게 눈을 치켜뜨고 노려보곤 했다. 왜 그러냐고 물으면 그게 자신의 스트레스 해소 방법이라고 대꾸했다.

"나는 아무것도 몰라. 아무 말도 듣지 못해서, 정말 모르고 있으니까. 하고 싶은 말이 있으면 무엇이든지 다 말해라. 전부 다, 하나라도 숨길 생각하지 말고."

외삼촌은 모든 것을 알고 싶은 갈망의 눈으로 그녀를 보았다. 하나도 남김없이 듣고 싶어 하는 눈빛에도 그녀는 입을 열 수가 없었다.

"나는 스물에 감옥에 들어갔어. 종신형을 선고받았고. 그만큼 오랜 기간인 셈이지. 지금 내가 아무것도 모른다고 말해도 누구도 나를 나무랄 수는 없어. 너무 긴 시간이 흘러 버렸단 뜻이기도 하지."

조용하고 그윽한 목소리로 외삼촌이 말하기 시작했다.

"갇혀 있는 내내 나는 모든 걸 그리워했단다. 가족들 역시도 그러했고. 내게 가족이란 여기 모인 게 전부지만 말이야."

외삼촌은 주머니에서 사진을 꺼내었다. 할머니가 살아 계셨을 적에 외삼촌에게 보내기 위해 일부러 찍은 가족사진이었다. 외삼촌은 사진을 물끄러미 바라보았다.

"나는 이 사진을 보며 그리움을 달랬지. 때때로 꿈속에서 너희들을 만나기도 했고. 그러면서 자유를 얼마나 갈망했는지 몰라. 갈망이 이루어지지 않아 정말 고통스러운 시간이 많았는데."

잠깐 말을 멈추고 해열을 바라보는 외삼촌의 눈에 형언할 수 없는 슬픔이 들어 있었다. 외삼촌의 어떤 말도 귀담아 듣지 않겠다는 듯 해열은 여전히 외삼촌을 노려보며 식식대었다.

"나는 모범수였어. 그 속에서 착실하고 성실하게 수감 생활을 했지. 고통스러웠지만 최선을 다해서. 너희들이 보고 싶어 애타하던 내게 자유가 너무 늦게 주어졌다고 생각했다. 그래도 죽기 전에나마 그곳을 벗어나 원하던 사람들을 만날 수 있게 되었으니 감사한 일이라고 여겼어. 그런데……."

외삼촌은 말끝을 흐렸다. 무겁게 가라앉은 목소리는 침착하지만 애잔함이 깃들여 있었다. 무언가 대꾸해야 했지만 그녀는 아무 말도 할 수 없었다. 대신에 해열이 입을 열었다.

"난, 사관학교에 가고 싶었어요. 전투기 조종사가 어릴 적 내 꿈이었거든요."

해열의 목소리에는 아직도 미련이 묻어 나왔다. 해열은 원하는 학교에 거뜬히 합격했다. 까다롭고 어렵다는 신체검사도 여유 있게 통과했다. 충분히 들어갈 것이라고 생각했던 학교에서 탈락한 것은 신원조회 때문이었다. 미혼인 외삼촌은 할머니와 함께 그의 호적 속에 들어 있었다. 처가살이를 했던 아버지의 사망신고로 그를 호주가 되게 했으며, 반공을 국시의 제 일로 삼는 나라가 빨갱이 외삼촌을 감옥에 두고 있는 해열의 꿈을 좌절시켰다. 감추었던 사실을 외삼촌이 눈치를 챌까 봐 그녀는 조마조마했다.

"합격을 하고도 난 그 학교에 들어갈 수가 없었어요. 신원조회의 빨간 줄이 내 꿈을 박살냈거든요. 당신 덕택이죠. 붉은 줄 말예요. 그게 뭔지 알기나 하세요?"

해열은 억울하다는 표정으로 소리쳤다. 그녀는 비명을 지를 뻔했다.

"사상범들에게 붙는 일종의 꼬리표 같은 것이지요. 빨갱이 공산주의자, 이 나라에서 그런 위험 표시를 달고는 아무것도 못해요. 앞으로도 내가 어디에서 무엇을 제대로 할 수나 있겠어요? 내가 태어나지도 않았을 때 간첩인 외삼촌이 대체 나하고 무슨 상관이라고."

참았던 분노를 터트리는 해열의 입은 거침이 없었다. 그녀는 가시가 목에 걸린 것처럼 따끔거렸다. 해열이 맛본 슬픔과 좌절의 농도를 알고 있었다. 불모지의 유배나 다름없는 막막함이 동생을 얼마나 망가뜨렸는지, 길고 어두운 절망에서 헤어나기 위해 그가 얼마나 처절하게 뱀 발의 안간힘을 썼는지 다 알고 있었다. 활화산처럼 피어오르던 그때의 아픔을 생각하자 다시 가슴이 쓰라렸다.

"좋은 대학을 나오면 또 뭘 하죠? 어디든 신원조회에 걸릴 텐데요."

외삼촌은 애써 충격을 감추려고 했지만 그녀에게까지 낮은 신음 소리가 들렸다. 해열은 체념과 분노가 섞인 목소리로 내뱉었다.

"난, 아무것도 할 수 없어요. 내 장래는 보나마나 볼 장 다 본 셈이죠."

해열은 외삼촌을 그로기 상태로 몰고 가서 펀치 한 방으로 쓰러뜨릴 심산 같았다. 결정적일 때 강타를 휘갈길 태세였다. 처음엔 외삼촌은 해열의 말을 이해하지 못한 눈치였으나 차츰 알았다는 듯 슬픈 표정으로 변해 갔다. 그녀는 그런 외삼촌이 측은했다.

"그만해…… 해열아. 제발."

말렸지만 해열은 이미 겨냥한 활시위를 멈추지 않았다. 애원하는 그녀의 눈빛은 아랑곳없이 그녀를 한번 힐끗 쳐다보고는 마지막 활시위를 당겼다.

"거지같은 자식이 왜 우리 누나를 차 버렸는지도 당연히 아셔야만 해요. 그래요. 모든 게 다 당신 탓이니까요."

어리둥절한 표정으로 그녀를 쳐다본 외삼촌은 이제 해열의 말뜻이 무엇인지 다 알아 버린 모양이었다. 그녀를 돌아다본 시선에 용서를 구하는 기색이 보여 그녀는 황망히 고개를 떨어뜨렸다. 대신에 그때까지 한쪽에 웅크리고 앉아 있던 어머니가 해열의 등을 후려치며 악다구니를 퍼부었다.

"이놈의 자식이 지금 환장을 했지. 왜 느닷없이 누나 가슴에 못 박는 소리를 꺼내는 거여. 술을 퍼마셨으면 곱게 들어가 잘 일이지. 주정은 무슨 지랄 맞은 주정이냔 말이여."

어머니는 오열을 터트리며 울기 시작했다. 그런 일은 예전에 없던 일이었다. 가난하였지만 그들은 서로를 사랑했고, 서로의 상처를 건드릴까 봐 미리 겁을 내고 조심했는데 그 밤은 달랐다. 아슬아슬하게 지켜 온 배려의 감정들은 균열을 일으켰으며 서러움의 둑들이 터졌다. 축하의 밤은 엉망이 되었다. 외삼촌의 출감을 위해 아름다운 저녁을 기대했던 그녀의 꿈은 슬프게도 박살났다. 그녀의 심장이 무겁게 두근거리기 시작했다. 목을 조여 오는 새로운 증상과 함께 심한 어지럼증을 느꼈다.

남편 윤수가 그녀를 버린 것은 아주 단순한 이유였다. 그녀 외에 다른 여자가 있었으며 그 여자에게는 사내아이가 있었다. 또한 그 여자의 집은 그녀의 집에 비해 여유가 있어 윤수에게 뒷돈을 대줄 수도 있었다. 그녀는 아무에게도 그런 사실들은 말하지 않았다. 식구들은 윤수가 다섯 번째 취직 시험에서 실패한 뒤 찾아와서 했던 한마디 말로 그가 그녀를 버린 건 외삼촌 때문이라고 믿게 되었다.

'또 떨어졌어요. 처외삼촌 때문이래요.' 윤수가 강하게 강조했다. 식구들은 그녀가 친정으로 되돌아왔을 때 순전히 외삼촌 탓이라고 믿어 버렸다. 출가외인인 그녀에게 외삼촌이 무슨 이유가 되었겠는가. 그런데도 식구들은 그녀에게 아무것도 묻지 않았다. 그녀 또한 윤수에게 자신을 버린 이유를 캐묻지 않았다. 말하지 않아도 이미 짐작하고 있었으니까.

윤수는 그녀를 두려워하였다. 어쩌면 그녀에게 묻어 있는 우울함, 어둠과 슬픔 따위의 아름답지 못한 것들을 두려워했는지도 모르겠다. 윤수는 또 명석하고 빠른 그녀의 두뇌 때문에도 화를 내었다. '우울해 보이는 네 얼굴이 좋았었지. 그런데 이제는 그 얼굴 때문에 네가 싫어졌어. 좋을 땐 그런 게 환상적이고 아름다웠는데 싫어지니까 모든 게 청승맞고 궁상스러워. 여자는 좀 모자란 듯 해야지. 똑똑한 여자는 남자를 바보로 만들어 버린단 말이야.'

그녀는 어째서 그러느냐고 묻지 않았다. 결혼이 그랬던 것처럼 일방적으로 윤수가 하자는 대로 했다. 절차는 간단했다. 합의이혼 서류에 도장을 찍었고, 같이 법원에 갔고, 가지고 갔던 물건들을 싣고 되돌아왔다. 결혼 전과 달라진 것은 아무것도 없었다.

"들으신 소감이 어때요? 당연히 무슨 말씀이 있으셔야죠."

해열이 야유하듯 물었다. 모질고 야멸스런 재촉에 숨 막힐 듯 무거운 침묵이 흘렀다. 영원히 침묵이 계속될 것 같았다. 외삼촌은 한순간 황량한 표정을 지은 채 해열을 오래토록 바라보았다. 그러다가 이윽고 입을 열었다.

"일이 터졌을 때 난 동네의 이장을 맡고 있었다. 그때, 시골에선 일을 처리할 만한 사람이 드물었어. 그 시절엔 모두들 배우지 못했으니까. 그래서 별수 없이 내가 이장 노릇을 했던 거란다."

아득히 먼 옛날을 거슬러 올라가듯 회한이 서린 말투였다. 오래 참았던 한(恨)이 말 한마디, 목소리에 마저 섞여 있었다. 그녀는 눈물이 나올 것 같았지만 입술을 지그시 깨물었다.

시대가 시끄러울 땐 병신처럼, 바보처럼 그렇게 살아야 하는 거란다. 그러나 어디 전쟁이란 게, 똑똑하고 잘난 사람이라고 해서 좌지우지할 수 있는 거더냐. 할머니는 외삼촌의 이야기를 꺼낼 때면 늘 그런 식으로 말문을 열었다. 사람들은 외삼촌을 믿었던 모양이었다. 전쟁의 어려움 속에서도 그들을 외삼촌이 무사히 지켜 줄 것이라고 기대했다고 했다. 할머니는 검버섯 핀 손등으로 눈물을 닦으며 외삼촌이 휘말린 사건들을 필름 돌리듯 기억해 내었다. 외삼촌이 이장으로 있는 동안 산으로 둘러싸인 동네엔 유난히 전쟁의 바람이 심했고 동네의 많은 사람이 죽었다던 할머니의 말을 그녀는 기억했다.

"전쟁이 일어나자 사람들은 서로가 서로를 죽였어. 그 사람들은 내가 그들을 지켜 줄 수 있을 것이라고 생각했을 거다. 그러나 내 힘으로 죽는 사람들을 지켜 낼 수는 없었어. 내 목숨도 아슬아슬한 시절이었으니까, 죽음이 내 책임이라고 말할 수는 없지. 서로를 향한 미움이 지나친 탓이었으니까."

외삼촌도 할머니처럼 그렇게 말했다. 죽은 자들의 가족은 할머니나 외삼촌의 말과 다르게 그들의 죽음을 모두 외삼촌 탓으로 돌렸다. 잘못이 있다면 외삼촌이 죽지 않고, 살아 있다는 것뿐이었다. 그 사실 하나로 사람들은 죽은 사람들의 목숨을 외삼촌이 훔쳤다고 믿었다. 죽은 이들이 외삼촌을 대신했다고 오해했다. 할머니의 넋두리에서 그녀는 이미 그런 상황들을 알고 있었다. 당시를 생각하듯 외삼촌이 진저리를 쳤다.

"그런데도 사람들은 사실을 인정하고 싶지 않았던 모양이야. 그들은 나도 죽이고 싶어 안달했단다. 그래서 도망쳤어. 두려웠으니까. 아무에게도 말하지 못하고 살고 싶어서 몰래 도망했어. 정신없이."

전쟁이 끝난 이후 모두가 제정신이 아닌 상태였다. 외삼촌은 그들이 두려웠다고 말했다. 비겁하게 현장에서 도망친 사실은 실수였다. 그러나 가족을 잃은 사람들의 번뜩이는 살기(殺氣)를 피해 어떻게 하겠는가. 도망은 살기 위한 어쩔 수 없는 외삼촌의 선택이었을 것이다. 그녀는 경황도 없었을 외삼촌의 행위를 이해했다. '도망친 건 잘한 일이었어. 괜찮을 것이라고 그냥 동네에 남아 있다가 여럿 죽었웅게. 죽은 사람들도 니 외삼촌처럼 도망쳤더라면 살었을 틴디. 그때 신권이도 잡혔으면 영락없이 총살 당혔어.'

할머니도 말씀하셨다.

"아무에게 알리지 않고 숨었어. 내가 함구했던 것은 만일을 위해서였다. 식구들이 내가 어디에 있는지 알면 위험할지도 모른다고 생각했거든."

어머니는 눈시울을 적셨다.

"그 시기가 얼마나 오래였는지 몰라. 나는 제대로 기억하지 못했는데 삼 년이나 지났더구나. 그 세월 동안 나에 대한 온갖 억측이 나돌았는데 나는 그것도 몰랐지."

소문들이 무수하게 나돌았다. 모두 외삼촌에게는 불리한 소문이었다. 행방이 묘연한 정황이 소문들을 더욱 부추겼다. 이북으로 넘어갔을 것이라거나 죽었다는 둥, 동네에서는 의견이 분분했다. 외삼촌은 산속의 동굴에서 숨어 살았다. 산에서 지낸 혼자의 생활은 자신과의 싸움이나 진배없었다. 힘들고 고통스러웠다. 여름은 그런대로 지낼 만했지만 겨울엔 먹을 것도 없었고, 추위를 견디기가 너무나 어려웠다. 그런 어려움은 죽음에 대한 공포에 비하면 아무것도 아니었다. 죽음은 추위나 배고픔보다 더 끔찍한 두려움이었으므로 얼마든지 견딜 수 있었다. 외삼촌은 살아 있다는 사실 만으로 감사하며 온갖 어려움을 극복할 수 있었다고 했다.

"아주 오랜 시간이 흐른 듯 생각이 들었어. 그때야 비로소 산에서 나올 결심을 했지. 전쟁의 흔적이 얼마간 가셨을 것이고 죽은 사람들의 가족들도 상처를 치유했을 만큼 시간이 흘렀으리라고 짐작했고."

외삼촌은 오래된 기억들을 회상하여 조심스럽게 퍼즐을 맞추어 말을 이었다.

"짐작이 틀렸나 보군요."

냉소를 가득 담은 해열이 힐난조로 말했다.

"그래. 네 말이 맞았어. 내 생각이 짧았던 게지. 오랜만에 고향에 돌아왔는데도 사람들은 나에게 여전히 살의를 품고 있었거든. 그리고 누군가가 나를 지서에 신고했어. 행방불명되었다가 갑자기 나타나거나 수상한 사람을 신고하면 포상금을 주겠다는 포스터가 여기저기 붙어 있던 때라서 곧바로 붙잡혀 들어갔단다."

예전에 살던 곳, 아는 사람들이 있는 장소로 돌아온 것은 실책이었다. 차라리 아무도 모르는 낯선 곳에 거처를 정하거나, 아예 잠적했어야 했다. 못마땅하게 여기고 미워하는 사람들 속에 섞이고 싶었던 마음은 외삼촌의 잘못된 판단이었다. 멀쩡하게 살아 있는 외삼촌을 보자 사람들은 분개하였고, 어떻게든 벌하고 싶었을 것이다. 그들은 죄를 씌워서라도 화를 풀려고 별렀다. '나쁜 사람들이여. 그 사람들 모두 천벌을 받고 말 거다.' 할머니는 돌아가시기 전까지도 아들에게 간첩 누명을 씌운 고향 사람들을 결코 용서하지 않았다.

"붙잡히고 나서 나는 다 말했어. 그동안 내가 어떻게 살았는지. 산속 동굴에서의 삶, 외롭고 힘들었던 생활과 도망쳤던 이유도 숨김없이 모두. 그런데 아무도 내 말을 믿지 않았다. 인정하려는 기색조차 없었어. 지서에 있는 사람들도 더러는 날 미워했는데 가족 중에 죽은 사람들이 있었거든."

"신뢰를 얻지 못한 건 행위 자체에 문제가 있었겠죠."

해열이 항변했다. 그건 다른 문제였지만 해열은 여전히 비판적이었다. 외삼촌에게 드러낸 반감을 멈추지 않고, 태클을 걸었다.

"그럴지도 모르지. 피의 현장을 도망친 건 잘못된 행위니까. 그때 당시에는 어려서 그랬는지 몰라도 죽는 게 너무 무서웠어. 갑자기 많은 죽음을 겪자 내 정신이 아니었지. 두렵고 겁이 났어. 정말 죽고 싶지 않았거든. 삶에 대한 애착이 커지니까 아무것도 생각할 수가 없더라. 살고 싶다는 간절한 마음뿐이어서 비겁하게 도망갔었어. 나는 간첩이 아니야. 간첩이 무엇인지도 그땐 정말 몰랐어."

외삼촌이 절박하게 변명했다. 믿어 달라는 눈빛으로 방 안의 식구들을 하나하나 쳐다보며 애원이 가득한 목소리였다. 가족들에게나마 진실을 밝히고 싶은 외로운 몸부림이었다.

"알아요. 오빠가 무슨 간첩이에요. 말하지 않아도 나도, 우리 애들도 다 그렇게 믿고 있고요. 오빠가 누명을 쓰고 억울하게 감옥살이했다는 것도 다 알고 있고요."

어머니가 드디어 울음을 터트렸다. 식구들이 아니라고 아무리 말한들 무슨 소용이랴. 그때도 식구들 말고는 아무도 그의 말을 믿지 않았는데. 그래서 그렇게 오랜 세월 갇혀서 지내야만 했는데. 그녀는 할머니의 한숨 소리가 들리는 것만 같았다.

"내가 생각하는 것과 세상은 너무나 다르더라. 그때 나는 너무 어렸고, 어리석었어. 철부지였던 거지. 한낱 겁쟁이에 불과했던 내가 재판을 거듭하다 보니 거창한 인물이 되어 있더구나. 보잘것없었던 내가 말이야."

행방불명된 동안 외삼촌의 행적을 증언할 사람은 아무도 없었다. 누구든 간첩을 잡으면 승진의 기회가 보장되던 때 나타난 외삼촌은 좋은 먹잇감이었다. 당사자가 아무리 부정해도 틀에 갇히면 빠져나오기 힘들었다. 외삼촌 역시 그러했다. 굵고 튼튼한 올가미로 얽어매고, 빠져나올 수 없도록 단단히 엮었다. 악랄한 죄들은 외삼촌의 호소를 허공으로 사라지게 만들었다. 아무리 항변해도 그건 혼자서 떠드는 독백이 되었고, 누구도 귀를 기울이지 않았다.

"살고 싶어서 숨었을 뿐이었는데 간첩이 되었어. 각본에 의해 정해진 간첩이란 배역으로 지금까지 살아온 셈이지. 내게 주어진 배역에 나는 최대한 충실했는데도 운명은 내게 너무 잔혹하고 냉담하구나."

외삼촌은 씁쓸하게 웃었다. 그녀는 가슴에 다시 통증이 이는 걸 느꼈다.

"수감 생활을 하면서 나는 더 많은 걸 깨닫게 되었단다. 너무 길지만 않았다면 좋은 경험이라고 말할 수도 있었을 텐데. 감옥은 내게 생각할 기회를 얻게 해 주었다. 정신적인 성장의 계기였다고 할까. 운명은 때론 자신이 계획했던 것과 다른 판이한 방면으로 사람들을 이끌고 가지. 하지만 거기에도 분명 신의 오묘한 섭리가 있을 거야."

외삼촌은 길게 한숨을 내쉬었다. 그녀는 편지에서 읽었던 하나님에 대한 구절들을 생각해 보며 외삼촌이 어쩌면 종교를 가지게 된 것은 아닐까 막연히 생각해 보았다.

"나는 그곳에서 국가가 요구하는 모든 것을 따랐어. 철저하게 순종하며 하루하루를 지냈지. 내 감정이나 생각은 모두 버리고 마치 다른 사람처럼. 그렇게라도 해서 하루 빨리 철창 밖의 하늘을 보고 싶었으니까."

공허한 목소리였다. 또렷하고 진지하게 표정의 외삼촌은 너무나 슬퍼 보였다. 그녀는 영화 속에서 보던 수감자의 생활을 떠올리며 짓누르며 살았을 외삼촌의 감정을 어림했다.

"그런데, 왜 이렇게 늦게 나온 거죠?"

해열은 그제야 호기심이 솟았는지 궁금한 표정으로 질문했다.

"모르겠다. 그들의 요구에 맞춰 모범수로 생활했는데도 번번이 출감이 미뤄졌지. 희망이 송두리째 꺾이고, 열망이 물거품처럼 스러지는 시간들을 너무 많이 경험하면서 극심하게 좌절하기도 했어. 그럴 때마다 스스로를 다독이며 다음에 기대를 걸었다. 그리고 이제야 간신히 자유를 얻었단다. 인생을 다 소모해서 아무것도 할 수 없게 된 지금에야 겨우."

해열은 아무 말을 하지 않았다.

"그래도 이렇게 나오게 되어 얼마나 기뻤는지 몰라. 소중하고 그리운 것들을 다시 볼 수 있어서. 원하던 자유를 얻고, 너희들을 볼 수가 있어서 가슴이 벅찼다. 나는 이제 자유롭다고 고함을 치고 싶을 정도로 좋았어."

앙금처럼 남아 있던 고통이 외삼촌의 얼굴에 다시 피어올랐다. 해열의 눈엔 연민과 증오가 눈물과 함께 젖어 있었다.

"그런데, 꼭 그런 것만도 아닌 것 같은 느낌이 들어. 오랫동안 기대했던 자유가 너무 황홀해서 내가 잠시 철부지가 되었던 모양이다. 세상의 다른 것들은 생각하고 싶지 않았으니까. 모든 게 참 부질없는 것인데도 말이다. 더 이상 내가 무슨 말을 할 수 있겠니?"

말을 마친 외삼촌은 방을 나갔다.

외삼촌에게는 정말 황홀하고 아름다운 세상이었을 것이다. 하늘에 떠 있는 구름, 해와 달과 비와 바람 같은 그런 것들, 산과 들과 꽃과 나무들, 아무런 제약도 받지 않고 그런 것들을 자유롭게 보고 만지고 느낄 수 있다는 것에 얼마나 감동했었을까. 그것들이 얼마나 벅차고 신기하기까지 했었을까. 그랬는데. 토막토막 부서져서 고막에 윙윙거리는 마지막 말의 허망함 때문에 그녀는 밤새 잠을 이룰 수가 없었다. 외삼촌의 방에도 해열의 방에도 밤 동안 내내 불이 켜져 있었다.

"해나야."

잠이 들었다고 생각했던지 어머니가 그녀를 흔들었다. 깨어 있었다는 것을 알릴 필요가 없었으므로 그녀는 잠에서 막 깨어나는 것처럼 눈을 부스스 떴다.

"나 일하러 나갈 시간이다. 밥솥에 쌀 씻어 놓았으니 일어나면 외삼촌 식사 살펴드리고 해열이 학교에 늦지 않도록 깨워라. 싱크대 밑 지갑에 돈 넣어 놓았다. 필요한 게 있을지도 모르니 알아서 준비해 주고. 식사 마치면 어디가 어디인지 모르실 테니 외삼촌 모시고 한 바퀴 돌던지. 내가 해야 할 일인데 미루어서 미안하다."

어머니는 언제나 자상했다. 말하는 걸 보니 외삼촌이 새벽에 밖으로 나간 일을 모르는 모양이었다. 구태여 말하고 싶지 않았으므로 그녀는 고개만 끄덕였다.

"그리고 깜박 잊을 뻔했는데 해열이 좀 잘 챙겨라. 제발 데모하지 못하도록 단속하고. 요즘 그 애 눈치가 이상해. 알아듣도록 말해도 내 말은 귓전으로 흘리는 것 같더라."

"알았어요."

"잘 살펴보고 데모꾼들하고 어울리지 않게 꼭 다짐을 받어. 무시하는 건지 어미 말은 귓전으로도 안 들으니 원. 내 말은 안 들어도 누나 말은 듣는 애니까 잘 타일러 봐. 그런데는 얼씬도 못하게."

해열에 대해 다짐하는 마지막 말에 그녀는 대꾸하지 않았다. 항상 그런 식이었다. 자신의 고통스런 삶을 드러내지는 않지만 가슴 깊은 곳엔 피 흘리는 상처가 뱀처럼 똬리를 틀고 있었다. 파래처럼 늘어져 밤늦게 돌아오고 새벽에 피곤이 채 가시지 않은 모습으로 나가느라 매사에 담담할 것 같은데도 어느 순간 팔자타령과 함께 도사리고 있던 상처를 슬쩍슬쩍 내보이며 어머니는 서럽게 울곤 했다. 위로한다고 치유될 수도 없는 해묵은 상처였으므로 그런 때마다 그녀는 모른 척했다. 어머니는 젊은 나이에 알코올중독인 남편과 사별하고, 어린 두 남매를 키웠다. 억센 친정어머니의 해소 기침 소리를 들으며 종신형이 선고된 유일한 피붙이의 옥바라지를 감당해야 할 책임마저 떠안았다. 그건 말로 표현할 수 없을 만큼 고통스럽고, 힘겨운 삶이었을 것이다.

어머니가 나간 후면 해열이 차례였다. 그는 차 시간을 맞추어 일어났다. 오전 강의가 없는 날이라고 해서 일찍 일어나 나가거나 집안일을 돕는 법도 없었다. 그는 내내 제 방에 틀어 박혀 잠을 자다가 정확히 시간을 따져 일어나선 부랴부랴 밥을 먹고 허둥대며 달려 나갔다. 그의 허둥댐은 집안의 유일한 활기였는데 오늘은 그마저도 조심스러웠다. 해열은 조용하게 식탁 앞에 앉아 차려 준 밥을 말없이 먹었다. 밥을 먹는 동안 생각에 잠긴 듯 심각한 표정이었다. 그녀는 어머니의 당부를 상기했지만 해열에게 말할 마땅한 시기가 아니라고 판단해서 별다른 말을 하지 않았다.

"다녀올게."

해열은 그녀를 보지 않고 말했다. 그녀도 대답 대신 고개를 끄덕였다.

해열이 나가고 나자 집안은 다른 날처럼 정적에 잠겨 버렸다. 갑작스러운 고요가 일순간에 텅 빈 집안에 차고 넘쳤다. 그녀는 이런 시간들이 못 견디게 싫었다. 먼지 하나가 떨어져도 금방 알아챌 것 같은 천지의 침묵은 그녀를 언제나 혼란 속으로 이끌었다. 그럴 때면 발작적으로 청소를 시작했다. 더 이상 닦을 게 없는 가구들, 그녀와 함께 되돌아온 장롱과 화장대까지 윤이 날 정도로 문질렀다. 가슴속에 산더미처럼 쌓인 응어리들을 쓸어내고 닦아내듯 강박적으로 몇 번씩 닦았다. 갈색의 칙칙했던 티크 가구들은 어느새 유리알처럼 반짝거리지만 가슴에 쌓여 있는 찌꺼기 하나도 청소 따위로는 어찌하지 못한다는 걸 그녀는 알고 있었다.

그녀는 다시 두려움에 젖는다. 숨이 멎는 것 같은 고통을 수반하는 두려움, 언젠가는 정체를 알 수 없는 두려움이 그녀를 삼켜 버릴 것이다. 대체 어디에서부터 기인한 두려움일까. 그녀는 화장대의 거울 앞에 앉아 환부를 살피는 수술실의 집도 의사처럼 심장을 조여 오는 근원을 파헤치려고 날카롭게 눈을 치켜뜬다. 아무리 노려봐도 통 알 수가 없다. 눈가에 잔주름이 자리 잡기 시작하는 스물아홉 살 인생, 무엇이 그토록 그녀를 떨게 하는지 그녀는 알 수가 없다.

그녀는 거울 안에 들어 있는 스스로를 무심히 바라본다. 그녀는 자신이 누구인지 왜 그곳에 무기력한 모습으로 앉아 있는지, 무엇을 하고 있는지 알 수가 없다. 자신에 대한 끊임없는 의문에 휩쓸려 그녀는 수렁 속으로 빠져든다. 허우적거릴수록 더 많은 의문의 소용돌이는 그녀를 더 깊은 수렁으로 몰아가 그만 익사당할 것 같다.

딩동, 초인종 소리가 그녀를 구원했다. 보이지 않는 손에서 도망치듯 그녀는 자리를 박차고 현관으로 달려 나갔다.

"누구세요?"

벨을 누른 건 외삼촌이었다. 외삼촌은 등 뒤로 눈부시게 햇빛을 받고 있어서 얼굴이 그늘져 보였다. 오랜 감금과 격리가 빚어 낸 쓸쓸함이 배인 특유의 표정이 잠시 떠올랐다. 슬픔이 아릿하게 보이는 시선으로 외삼촌은 그녀를 바라보았다. 반가움보다 이유를 알 수 없는 섬뜩함이 느껴지며 식은땀이 흘렀다. 오소소 돋는 소름을 털어내듯 입가에 걸친 그녀의 미소는 어색했다.

"어디, 다녀오세요?"

"일이 좀 있어서."

"식사 차려드릴게요."

"괜찮아. 아침은 먹었다."

더 이상 묻지 않았다. 몸을 돌려 방으로 들어가는 등 뒤로 단절의 칼끝이 보였다. 부담을 줄여 준 대화는 차라리 다행스러웠지만 왠지 씁쓸했다. 그녀는 천천히 방으로 되돌아와 하다만 장롱 닦는 일을 반복했다.

그 후로도 외삼촌의 새벽 나들이는 여전했다. 모두 잠이 든 이른 새벽에 조심스럽게 집을 나섰고, 가족들이 집을 비운 시각에야 도둑고양이처럼 돌아왔다. 외삼촌은 그녀와도 부딪히는 일이 없었다. 집에 있어도 별다른 말이 없었고, 급하게 마련한 방에서 지내는 게 보통이었다. 어머니는 늘 바빴다. 덤으로 얹어진 군식구의 몫까지 감당해야 했으므로 피로를 털어 낼 겨를이 없었다. 해열은 변한 듯 보였는데 그게 뭔지는 알 수는 없었다. 그녀는 새로운 침입자에게 촉수를 곤두세우느라 잠을 설쳤다.

어느 날, 해열은 귀가하지 않았다. 한번도 없던 일이었다. 그녀는 당황했지만 해열에게까지 신경 쓸 여유가 없었다고 스스로를 변명했다. 연락 없이 집에 안 들어온 적이 없었으므로 꼬박 밤을 새우며 기다렸지만 소식이 없었다. 이튿날도 마찬가지였다. 이후로도 계속 아무 연락 없이 집에 오지 않았다. 걱정스러웠고, 불안했다. 여기저기 수소문했으나 해열의 행방은 아리송했다. 어디에서 무엇을 하는지 종적이 묘연했다. 한순간에 어디론가 증발해 버린 것 같았다.

"그러게 내가 뭐랬냐. 잘 살펴보라고 신신당부했지. 그렇게 일렀건만."

어머니는 그녀를 못마땅한 시선으로 쳐다보며 나무랐다. 외삼촌 때문이었다고 대꾸할 수도 없어서 그녀는 입술만 깨물었다.

해열을 찾느라 주변을 살피는 사이 그녀는 동생에 대해 아는 것이 너무 없었음을 뼈아프게 깨달았다. 관심이 많았다고 생각했으나 틀에 갇혀 사는 동안 동생을 방치했었다. 과대표였다는 것과 여러 활동에 다양하게 참여하고 있었다는 사실도 해열이 사라진 후에야 알게 되었다. 동생을 찾는 과정에서 운동권 학생 여러 명과 함께 증발했고, 가깝게 지냈다는 여학생이 있다는 것도 알았다.

동생의 여자 친구는 그때 처음 만났다.

"해열이의 여자 친구입니다."

사귀는 여자가 있으리라는 상상조차 못했던 터라 그녀를 찾아와 인사하는 여학생이 의아했다. 연약해 보이는 외모에 창백하리만큼 하얀 피부, 가는 팔과 다리를 가진 여자는 입버릇처럼 말하던 동생의 이상형과거리가 멀었다. 여자는 동생에 대해 많은 것들을 알고 있었다. 여학생에게서 동생의 근황을 들으며 정말 의외라고 생각했다. 머리에 띠를 두르고 화염병이나 돌멩이를 던지는 무리들의 선두에 동생이 있었다는 사실을 도무지 믿을 수 없었다.

"안정이 되면 연락할 거예요."

여학생은 외모와 달리 차분하고 강인한 목소리였다.

"집에서 기다리고 계세요. 찾게 되면 즉시 연락을 드리도록 할 게요."

그녀는 소식을 기다렸다. 집에 앉아 속절없이 기다리는 외에 따로 할 일은 없었다.

"아마 곧 집으로 연락이 갈 거 같아요. 얼마 전 여럿이 붙잡혔다는데 그 속에 해열이도 섞인 모양이에요. 별일은 없을 거예요. 이번이 처음이니까요."

해열의 여자 친구는 그녀를 위로했다.

여러 날 지난 후에 그녀는 해열의 사건들을 신문에서 확인할 수 있었다. 그녀는 동생이 자신의 목소리를 갖지 못했다고 생각했는데 그것은 일종의 반란이었다.

면회가 허락되었을 때, 그녀는 어머님 대신 외삼촌과 함께 갔다. 면회를 거절하면 어쩌나 걱정했는데 해열은 의외로 반가운 기색이었다.

"이젠 외삼촌을 이해할 수 있겠어요. 용서해 주세요. 잘못 대했던 제 행동들도요."

앉자마자 단도직입적으로 말했다. 철창 너머 얼굴은 예전 같지 않았다. 초췌하고 지친 기색이 역력했으며 어딘가 얼이 빠진 사람 같았다. 말을 하면서 해열은 연신 손을 깍지 끼웠다 풀었다 하는 동작을 반복했다. 초조하거나 침착하지 못할 때에 늘 하던 동생의 버릇이었다. 외삼촌도 그런 그의 모습을 바라보며 착잡한 얼굴이었다. 그녀는 언젠가 동생의 그런 동작들을 외삼촌의 편지에 썼던 기억이 났다.

"개인이 조직과 맞설 수는 없어요. 아무리 단단한 각오로 덤벼도 깨지게 되어 있어요. 개인은 불리해요. 멍청이 바보짓 같아."

"새삼스럽구나. 이제야 그걸 깨닫다니."

"왜곡되고 날조된 문항들로 우리의 목소리를 모조리 삼켜 버렸어요. 저항하면 할수록 더 깊은 수렁에 빠지게 되겠죠. 각오를 다질 겨를도 없이 쉽사리 항복하고."

해열은 백기를 들고 싶은 것일까. 아니면 그 반대일까. 그녀는 동생의 진의가 어떤 것인지 정확히 파악할 수 없었다. 자유가 횡행하는 시대, 무엇이든지 마음대로 할 수 있다고 선전하는 나라. 대한민국은 민주공화국이다. 자유의 나라에서 해열이 견디기 어려웠던 게 무엇인지 헤아리지 못해 그녀는 머리가 지끈거렸다.

시대의 앙금은 외삼촌에게만 있었던 게 아니고 어쩌면 해열에게도 있었는지 모른다. 외삼촌의 어두운 생을 아는 해열이 왜 그런 무모하고 어리석게 행동했는지 의문이었다. 해열이 어떤 짓을 하더라도 외삼촌의 잃어버린 생을 돌려놓을 수는 없었다. 그럴 수 없다는 것을 알면서 왜 현명하지 못한 행동을 했을까. 동생이 괘씸했지만 그녀는 아무 말도 하지 않았다. 외삼촌 또한 입을 다물었다. 뭔가 골똘히 생각하는 눈치였다.

"인간은 왜 시행착오를 할까. 옳은 게 어떤 건지 아직도 혼란스럽구나."

외삼촌은 침묵 끝에 내뱉었다.

"원한다고 다 가질 수는 없는데."

그는 혼잣말처럼 중얼거렸다. 그녀는 외삼촌이 하는 말의 뜻을 깊게 이해하지 못했다. 어쩌면 외삼촌은 비밀의 문 저쪽에서 서성이는 두렵고 낯선 존재로 느끼는 때문일지도 모른다. 외삼촌 스스로 벽을 치고, 접근을 금한 탓이거나 아픔을 객관적으로만 느낄 뿐 그녀는 아직 외삼촌에게서 가족의 친밀감을 느끼지 못해서 그럴 수도 있었다.

동생과 만나 화해한 후에도 외삼촌의 행동은 달라지지 않았다. 특별히 두드러진 부분이 없어 마음을 놓으면서도 외삼촌이 했던 수상한 말들이 그녀는 때때로 마음에 걸렸다. 어쨌거나 어머니나 그녀도 해열이 출감할 날을 기다리며 예전처럼 조용한 일상으로 돌아갔다.

"여기가 윤신권 씨 댁입니까?"

점퍼 차림을 한 건강한 체구의 사람 두 명과 안경을 낀 왜소한 남자가 문밖에서 기웃거리고 있었다.

"확인할 게 있어서 왔습니다."

안경 낀 남자는 덥지도 않은데 땀을 많이 흘리고 있었다. 그의 눈빛은 아무도 없었더라면 금방이라도 풀썩 스러질 듯 진이 빠진 기색이었다.

"윤신권 씨가 죽었습니다. 우린 지금 연고자를 찾고 있어요."

그녀는 그들을 따라 걸었다. 언덕을 올라가자 낡고 초라한 교회당 하나가 부서질 듯이 서 있는 게 보였다. 안경을 쓴 남자는 그 교회의 목사이고, 나머지 사내들은 형사였다.

"윤 선생이 우리 교회에 나오기 시작한 게 서너 달 전일 겁니다."

남자가 입을 열었다.

그 즈음이면 외삼촌의 출소 시기와 맞물렸다. 새벽마다 집을 비운 건 그래서였던가. 외삼촌의 새벽 나들이가 교회 때문이었다는 게 어쩐지 기묘했다. 뒤늦게 그걸 알게 된 그녀의 심사도 착잡했다.

"새벽 예배를 드리려던 참이었는데 못 보던 낯선 얼굴이 뒤쪽에 보였어요."

목사는 다시 이마의 땀을 닦아 내었다.

"그날 그분과 함께 아침 식사를 같이했죠. 그러면서 정말 많은 이야기를 했어요. 그분은 정말 순수한 분이었지요. 마치 어린아이 같았어요. 세상의 때가 전혀 묻지 않은 그런 분이었어요. 그런데 왜……."

죽었을까요. 하고 묻고 싶은 것 같았지만 그는 입을 다물어 버렸다.

그는 외삼촌이 오랜 세월 사상범으로 갇혀 있었던 사실을 몰랐다. 감히 상상조차 하지 못했던 모양이었다. 그래서인지 목사는 외삼촌의 죽음으로 교회가 시끄러워지지나 않을까, 또는 자신이 불순한 사상에 연루되어 당국의 눈총을 받지나 않을까, 그 사실을 더 염려하고 있었다.

교회는 멀리서보다 더 낡아 보였다. 서툴게 만든 교회의 출입문에 손을 대자 비명을 지르듯 끼이익 소리가 났다. 실내로 들어서자 외삼촌을 보았다. 외삼촌은 교회 마룻바닥에 누워 있었다. 출감한 이후 그녀가 한번도 본 적이 없는 평온한 얼굴이었다. 모든 것을 다 용서한 자애로운 표정, 어렵고 힘든 삶에서 완전히 자유로운 그런 얼굴이었다. 시체가 된 그의 얼굴 위로 교회 유리창을 타고 들어온 햇살 한 가닥이 흘러들었다. 착각이었을까. 순간 그녀는 그녀를 향해 환하게 웃는 외삼촌을 보았다.

접목

약국의 철제 새시 문을 연다. 기다렸던 것처럼 자욱하게 퍼져 있던 안개가 눈앞을 가로막는다. 지독한 안개로 인해 그녀를 보지 못할까 봐 조바심이 난다. 그녀가 등장하기엔 이른 시간이지만 유림은 거리에서 시선을 떼지 못한다.

드디어 그녀가 보인다. 안개 속 실루엣만으로도 한눈에 그녀임을 알 수 있다. 그녀가 빠른 걸음으로 가게 앞을 지나칠 때, 조제실 옆에 걸려 있는 시계를 본다. 나무의 거친 질감을 그대로 드러낸 원형의 시계는 정확하게 일곱 시 삼십 분을 가리키고 있다.

그 시간에 가게 앞을 통과하는 그녀는 비누로 씻어 갓 헹구어 낸 것 같은 맑은 얼굴이다. 부드러운 윤기가 흐르는 머리칼을 찰랑이며 걸어가는 그녀에게선 향내가 물씬 풍겨져 나올 것 같다. 짧은 미니스커트에 긴 부츠를 신은 잘 뻗은 다리로 성큼성큼 걷는 발걸음이 경쾌하다. 그녀를 보는 것만으로도 이른 아침의 상쾌한 공기처럼 피돌기에 활력이 생긴다. 유림은 은빛 비늘처럼 싱싱한 그녀를 훔쳐보며 하루의 일과를 시작한다.

관음증 환자가 아닌데도 훔쳐보는 즐거움을 포기할 수 없다. 그녀가 더없이 소중한 존재임에도 변태라는 오해를 받을까 걱정스럽다. 절망의 심연에서 빠져나오기 위해 안간힘 쓸 때 그녀는 유림에게 절대적인 존재였다. 생존의 이유였고 유일한 목표였지만 본인은 그 사실을 모른다. 말한 적이 없으니 알 수 없을 것이다.

이름/이유림, 성별/여자, 나이/45세, 직업/약사

간략하나마 신상을 밝히면 위와 같다. 약학대학을 졸업하고 국가가 실시하는 자격시험에 합격했고, 약사 면허증을 소지했다. 동네의 약국을 경영하는 중년 여자, 대한민국이 발급한 주민등록증이 있는 사람이다. 객관적으로 증명할 수 있는 외형적인 요인 외에 유림은 고아나 다름없고, 결혼했지만 호적이 깨끗한 미혼의 독신녀이다.

유림에게 결혼이란 껄끄러운 단어로 잊고 싶을 정도로 잔인한 과거의 잔해일 뿐이다. 아름다운 한 편의 그림으로 남을 수 있었던 기억이 그렇지 못해 슬프다. 비인간적인 시집의 처사가 가혹한 상처로 남아서 가슴이 아프다. 남편이 살았더라면 어땠을까. 죽지 않았더라면 그가 울타리가 되어 주었을까. 불행하게도 결혼하고 한 달이 채 못 되어 남편은 저세상으로 갔다. 그래서인지 가끔 결혼한 적이 있었는지 의심스럽다. 호적에 아직 미혼으로 남은 때문이기도 하고, 결혼 생활이 너무 짧았던 탓도 있을 것이다.

떠날 것을 미리 예감하여 혼인신고도 하지 않았던 걸까, 무엇이 그리 바빴는지 한 달이 지나도록 미혼으로 남겨 두었다. 그의 늑장이 아무래도 의심스럽다. 혼인신고도 하지 못하고 부부의 연을 끊어 버린 관계라 사진마저 없었다면 누구도 두 사람의 결혼을 인정할 수 없을 것이다. 시집에서조차 완전한 타인으로 취급했으니 말이다.

남편과 함께 사고를 당했다. 그는 유림을 두고 혼자서 떠났다. 그의 죽음을 시집에서는 유림의 드센 팔자 탓으로 몰았다. 남편이 죽은 후 제일 힘들었던 게 그런 시집의 태도였다.

"남편 잡아먹은 년이 무슨 염치가 있어서."

매사 트집을 잡고, 팔자를 들먹이며 윽박질렀다. 죽음은 그의 운명일 텐데 유림은 늘 그렇게 당했다.

"시집온 지, 한 달도 안 지난 새색시가 남편 꼬드겨 팔랑거리며 돌아다니다가 객사까지 시키고. 꼴좋다. 계집 하나 잘못 얻어 집안에 망조가 들었어."

악담을 퍼부을 때는 참을 수가 없었다. 어머니의 병환 때문이었던 친정 방문은 남편을 꼬드겨 돌아다닌 것으로 변질되었다. 굳이 생떼를 부리니 억울하지만 할 말이 없었다. 재수가 없었는지 가는 도중에 교통사고가 발생했다. 졸음운전을 했던 트럭이 중앙선을 넘어 버스를 덮쳐 생긴 연쇄 충돌이었다. 남편만 아니라 많은 사람들이 그 사고로 목숨을 잃었다. 유림이 그런 와중에서 살아난 것은 기적이었다. 하마터면 죽을 뻔했지만 가까스로 목숨을 건졌다. 신이 생명을 부지시켜 준 것은 아직도 세상에 남아서 해야 할 이유가 분명 있을 것이라고 생각한다.

사고가 난 지 거의 네 시간 만에 중환자실에서 깨어났다. 친정어머니가 아픈 몸을 이끌고 찾아와야 할 만큼 중상이어서 깨어나고도 한동안 이승과 저승을 오락가락했다. 혼수상태에 빠져들 때마다 머리를 절개하는 문제로 고민했던 담당 의사는 결국 두고 보는 것으로 합의했지만 안심할 수 없었다. 회복된 것에 의사가 매우 안도했다고 들었다. 잘못되었다면 자신의 판단착오에 죄책감이 들었을 것이다.

남편의 사망 소식을 들은 것은 나중이었다. 어느 정도 회복된 후에야 남편의 죽음을 알았는데 유림이 미웠던 시집에선 그들의 분노를 숨기지 않았다. 그의 죽음은 누구의 책임이 아닌데도 시집 식구들의 생각은 달랐다. 유림이라도 살았으니 기쁘다고 해야 할 텐데 살아 있음 자체를 눈엣가시로 여겼다.

시집과 관계를 청산하기 전까지 온갖 악담을 들었다. 생각하면 지금도 야속하고, 끔찍하다. 슬픔을 가눌 수 없는 마음은 이해하지만 분노의 감정을 유림에게 품어 낸 것은 잘못이었다. 걸핏하면 그들은 유림을 거칠게 몰아세웠다. 아이러니하지만 지나친 분노는 최소한의 예의도 상실한다는 것을 유림은 그들을 통해 절실하게 깨달았다. 유림이 죽고, 남편이 살았다면 어땠을까. 그렇다고 해도 마찬가지였을 것이다. 혼자 된 남편에 연연할 뿐 유림의 죽음을 동정하지는 않았을 것 같다.

시집에서 말한 것처럼 어쩌면 유림은 남편을 잡아먹었을지도 모르겠다. 내용이야 어떻든 팔자 더러운 시련을 결혼 전에 이미 경험하였으니 말이다. 아름다워야 마땅할 나이 열아홉에 어두운 그림자를 만든 운명이 성난 파도처럼 유림을 덮쳐 왔다. 야간 수업을 마치고 집으로 돌아오던 길에 죽음보다 끔찍했던 그 일이 벌어졌다. 모르는 남자들 여럿이 유림을 끌고 가 어둡고 음침한 곳에서 차례차례 유린했다. 혼자의 몸으로 반항할 수도 없는 상태에서 당한 일이었다. 죽음보다도 끔찍하고 더러운 그 사건은 유림에게 지워지지 않는 얼룩이 되었다. 당시의 악몽은 거부할 수 없는 공포를 안겨 주었고, 운명 앞에서 두려움으로 떨게 만들었다. 남편은 그 사실을 알았지만 시집에선 모르는 일이었다. 그런데도 유림을 팔자 더러운 년으로 단죄하고 시집의 울타리에서 쫓아냈다. 그들이 열아홉의 흔적을 뒤적이지 않아서 다행이었다. 그 사실을 알았더라면 쫓아내는 정도가 아니었을 것이다. 멱살을 잡거나 머리채를 거머쥐고 거리를 확보하지 않았을 뿐이지 시집이 취한 행동은 조롱이나 다름없어 곤혹스러웠다.

남편의 기일이 며칠 전에 있었다. 시집의 일에 참석할 수 없었으므로 유림은 혼자서 기일을 보냈다. 시집에선 제사상이라도 올리는지 모르겠다. 궁금한 것은 아니다. 시집에서야 어떻든 유림은 나름대로 기일을 챙긴다. 그가 떠난 십오 년이 지난 지금까지 한번도 거른 적이 없다. 어머니가 생존해 계시던 동안에는 사위를 위해 손수 음식을 장만했다. 혼자인 지금은 유림의 방식대로 간단하게 지낸다. 평소에 그가 좋아했던 소주와 파전을 놓고 향을 피우며 그를 생각한다. 이번에도 파전 만드는 집에다 특별한 파전을 주문했다. 유림은 항상 기일 얼마 전에 파전 잘 만드는 집을 수소문해 놓는다. 그래야 기일에 맞추어 주문할 수 있다. 사소한 절차지만 유림 나름의 마음을 안정하기 위한 방법이다.

약국의 문을 잠근 뒤, 파전을 찾으러 갔다. 유림이 나이 또래의 주인은 늦은 밤에 파전을 사러 오는 게 이상했던지 일손을 놓고 한참 동안 살폈다. 유림은 아무 말도 하지 않았다. 죽은 남편을 위해 파전이 필요하다는 말, 기일이란 말은 더더구나 할 수가 없었다. 정성이 배이지 않은 음식으로 제사를 지낸다면 이상한 여자라고 생각할 것 같았다. 그렇더라도 어쩔 수 없지만 구태여 구차한 변명을 하고 싶지 않았다.

파전 집에서 돌아오는 길에는 편의점에 들러, 소주 한 병을 샀다. 그곳에서 일하는 젊은 남자도 이상하게 생각하는 눈치였다. 계산대에 올려놓은 소주와 유림의 얼굴을 그는 야릇한 시선으로 바라보았다. 늦은 밤에 소주를 사는 나이 든 여자가 궁금한 것인지, 나이 든 여자가 소주를 사는 것이 궁금해서인지는 파악할 수 없었다. 그곳에서도 비닐봉투에 담아 주는 소주값을 계산한 후 물건을 들고, 말없이 나왔다. 혼자 살면서 이상한 시선에 부딪혔던 적이 많았다. 덕분에 이젠 모든 것에 초연해지고 미소도 지을 수 있게 되었다. 여유가 생기기까지 헤아릴 수 없는 시간이 흘렀지만 어찌 되었든 귀하게 터득한 소중한 철학이다.

사들고 온 파전을 사진과 함께 상 위에 올려놓고 소주 한 잔을 따르는 것으로 조촐한 추모의식을 지냈다. 쓸쓸한 제사지만 그가 이해해 줄 것이라고 생각했다. 촛불에 어른거리는 사진 속의 그가 언뜻 웃은 것 같아 눈물이 핑그르르 돌았지만 애써 울음을 삼켰다. 그는 생전에 유림이 울면 지나치게 싫어했으므로 우는 모습을 보일 수가 없었다. 하긴 그가 웃었다고 느낀 것은 착각일지도 모른다. 어떻게 사진 속의 그가 웃었겠는가.

"우루사하고 드링크제 한 병 주세요."

드르륵 문을 열고, 들어온 손님의 주문이다. 컬컬한 목소리가 생각에 골똘히 잠겨 있는 유림을 깨운다.

눈을 들어 진열대 앞에 서 있는 손님을 쳐다본다. 아침마다 약국 앞을 지나는 사람으로 근처의 임대 아파트에 살며 동갑인 아내가 있다는 남자다. 결혼식도 못하고 사는 주제에 술만 퍼마신다고 아내가 바가지를 긁는다고 했다. 어느 땐 사는 게 지겨워 죽을 지경이라고 푸념하며 신세를 한탄했다. 지하철로 출근해 창고에 쑤셔 박혀 제품의 숫자만 종일 맞추다가 퇴근한다는 말도 했다. 약국에 종종 들르는 그는 진열장 앞에 서서 가끔 자신이 사는 이야기를 횡설수설 늘어놓았으므로 유림은 잡다한 사실들을 알게 되었다. 올 때마다 충혈이 된 눈에 얼굴이 누렇게 떠서 우루사와 드링크제를 찾았다. 유림은 그의 회사가 어딘지, 무슨 제품에 코를 박고 하루를 흘려보내는지 모르지만 그가 술을 자주 마신다는 것은 안다.

그는 어젯밤에도 엉망으로 마신 모양이다. 술을 너무 마셔서 간에 이상이 생긴 것이 아닌가 싶다. 술이 그를 삼켜 버리지 않아야 할 텐데 걱정스럽다. 쓰러져 잠들었다가 간신히 깨어난 듯 헝클어진 머리와 구겨진 옷차림을 보니 아침부터 아내와 한바탕 전쟁을 치른 모양이다. 아침밥도 제대로 얻어먹지 못하고 나왔을 그의 몰골에 언뜻 죽은 남편이 생각난다.

남편은 술을 무척 좋아했다. 결혼해서 살았던 한 달 동안에 무려 절반이 넘는 날을 술에 취해 귀가했다. 그것만 봐도 좋아했다고 말하기보다 잡혀 있었다는 표현이 적합할지도 모르겠다. 지금 생각하면 아내인 유림이보다도 술을 더 좋아했던 것 같기도 하다. 손님의 아내와 다르게 유림은 남편의 술버릇에 짜증 내어 본 일이 없다. 취해서 귀가한 다음 날 죄지은 얼굴로 거듭거듭 사과하는 남편을 위해 유림은 서툰 솜씨로 정성껏 해장국을 끓였다. 몸을 염려해서 아는 상식의 약들을 모조리 복용시키기도 했다. 온갖 정성에도 아랑곳없이 미리 가 버렸지만 말이다.

잠깐 다른 생각을 했던 것이 미안해서 손님을 향해 어색하게 웃어 준다. 숙취에 정신이 흐린 표정으로 그도 덩달아 쑥스럽게 웃는다. 유림은 따뜻하게 데워진 드링크제의 병마개를 따서 우루사와 함께 내밀며 아무것도 묻지 않는다. 속은 괜찮으냐고 묻고 싶지만 기계적으로 약만 건넨다. 그는 틀림없이 겸연쩍은 얼굴로 괜찮다고, 아직은 이상 없다고 답변할 것이다. 유림은 그런 상투적인 말을 듣고 싶지 않다. 그래서 아무 말도 하지 않고, 손님이 요구대로 약을 판다.

가격을 묻지도 않고 그는 오백 원짜리 백동전 하나를 판매대 위에 놓고 나간다. 많이 사 먹어 본 탓에 가격도 훤하다. 그가 문을 열고 나가는 것과 동시에 또 남자 손님이 들어온다. 처음 보는 얼굴이지만 같은 것을 찾으리라고 생각한다. 아직도 술기운을 털어 버리지 못하고 이른 아침부터 약국을 찾는 이유는 짐작과 다르지 않다.

"속이 풀리는 약 좀 주세요."

예상은 빗나가지 않는다. 인근의 여관에서 막 빠져나온 행색의 그는 주문 스타일도 똑같다. 방금 샤워한 듯 젖은 머리칼과 쭈뼛거리는 태도가 어딘지 모르게 주춤거리는 기색이다. 잘못된 판단일 수도 있으나 초라한 옷차림으로 미루어 외박할 형편은 아닌 것 같다. 단칸 셋방에서 그를 기다리느라고 눈을 허옇게 뜨고, 밤을 지새운 아내가 있을지 모르고, 학교에 가기 위해 손 벌리는 아이가 있는 가난한 가장일지도 모른다. 가난하고, 힘들어 보이는 그가 안타깝게 느껴지지만 아무 말도 못하고 그가 요구한 것들을 건네준다. 게걸든 사람처럼 정제 한 알과 드링크제를 단숨에 치운 그가 빈 병을 들고, 버릴 곳을 찾는다. 두리번거리는 그에게서 말없이 병을 받아든 유림에게 그는 고맙다고 말한다. 사람 좋아 보이는 얼굴에 다시 손해만 보던 남편의 얼굴이 오버랩된다.

남편은 좋은 사람이었다. 다른 사람들은 어떻게 생각했는지 몰라도 유림의 입장에선 그랬다. 솔직히 얼굴조차 흐릿하지만 지금까지 좋은 느낌으로 남아 있으니 긍정적인 평가는 당연하다. 남편은 밑바닥 깊이 숨어 있는 유림의 상처를 이해하고, 치유해 주려고 애썼다. 아내의 과거에 대해 냉혹한 대부분의 남자들과 달리 그는 상처의 예민한 부분들을 토닥이며 나름대로 최선을 다했다. 겉으로 말하지 않았지만 짧은 그와의 삶 속에서 그걸 느낄 수 있었다. 유림이 겪은 과거에 화내거나 손가락질한 적이 한번도 없던 그에게 고마운 것은 그도 견디기 힘들었을 것임을 알기 때문이다. 일 년에 한번 촛불을 켜고, 그를 위해 향을 피우며 그에 대한 짧은 기억이나마 잊지 않으려는 것은 그런 것들에 대한 보답일 수도 있다.

다시 말하지만 유림은 남편의 얼굴을 제대로 기억하지 못한다. 잊지 않기 위해서 사진을 오랫동안 쳐다보아야 한다. 그렇지 않으면 얼굴이 긴 편인지 아닌지, 동그란 얼굴인지, 네모난 얼굴인지 생각이 안 난다. 눈썹 모양이 어땠는지도 기억나지 않고, 부끄럽지만 눈에 쌍꺼풀이 있었는지조차 모르겠다. 어느 때는 둥글고 눈꼬리가 쳐진 웃는 얼굴인 것도 같고, 어느 날엔 전혀 그 반대인 얼굴이었던 것 같아 헷갈린다. 사랑하거나 좋아해서 결혼했던 게 아니어서 생김새 따위는 그다지 관심이 없었다. 남편이라서 꼭 그랬던 것은 아니고 다른 누구라도 그랬을 것이다.

동료의 소개로 남편을 만났을 때 결혼은 염두에 없었다. 자신과 상관없는 미지의 세계라고 단정하고, 생각해 본 적이 없었던 것은 결혼에 대해 부정적인 생각이 지배적이었던 탓일 것이다. 결혼이란 유림에게 신비한 단어가 아니었다. 타인들이 지나치다고 여길 만큼 고집스럽게 결혼을 기피했던 것은 과거의 기억, 끔찍하고 아픈 폭행이 어둠 속에 숨어서 날카로운 발톱을 숨기고 있다고 생각했던 이유도 있었다. 과거의 기억이 아니더라도 결혼과 불행을 유림은 같은 등식으로 연결했다. 어려서부터 머릿속에 뿌리가 박혀 있던 불행한 결혼은 상처와 평행선에 놓여 있어 매력을 느낄 수가 없었기도 했다.

파탄에 이른 어머니의 결혼은 유전인자로 작용할 것이라고 여겼고, 그런 근심은 결혼의 울안으로 발을 들여놓는 것에 방해가 되었다. 어머니의 결혼 생활은 한마디로 불행했다. 아버지는 소문난 바람둥이였으며 유림이 태어나기 전부터 여자들을 집으로 들였다. 줄곧 바뀌는 그녀들의 뒷바라지에 어머니는 허리를 펼 겨를조차 없었다. 아버지 곁에 거머리처럼 붙어 있던 여자들은 어머니의 온갖 시중을 받았다. 김이 모락모락 피어나는 따뜻한 밥을 짓느라 무더운 여름날 찜통 같은 부엌에서 땀을 흘렸고 여자들이 벗어 놓은 많은 옷가지들을 빨기 위해 추운 겨울에 시린 손을 불어 가며 냇가에 나갔다. 깨끗이 빤 옷들을 구김살 없이 다림질하여 면전에 대령하며 겪었을 어머니의 굴욕을 유림은 시리게 헤아렸다.

부처님도 돌아앉는다는 시앗을 위한 수고는 어머니의 가슴에 얼마나 시커먼 멍을 만들었을까. 속절없이 왜 해 줘야 되느냐고 유림이 다그친 것은 굴욕을 상기시키기 위해서가 아니었다. 불호령이 떨어질 텐데 나 하나 몸 고달프면 그만일 것을 집안 시끄럽게 할 필요가 없다고 어머니는 조용히 대꾸하곤 했다. 하녀처럼 수발을 들며 아버지의 눈치를 살피고, 끓는 화를 내색하지 못한 세월이 어머니의 운명이라면 그대로 전이될 것이라고 생각했던 유림이었다.

어머니가 잡다한 일에 종지부를 찍은 것은 아버지의 가출이 확인된 후였다. 아버지는 인근의 다방 여자와 눈이 맞아 노예처럼 부려먹던 어머니를 떠났다. 아버지가 사라진 일은 다행이었다. 바람기로 거덜이 나기 시작한 살림은 아버지가 빚까지 얻어 여자와 줄행랑을 놓은 후 형편이 더욱 어려워졌다. 기둥뿌리마저 뽑힌 상태에서 철없는 딸과 남겨진 어머니는 고단하게 살아야 했다. 빈손으로 여자 혼자서 아이와 함께 사는 일은 버겁고 힘들었을 것이다. 유림은 죽지 못해 살았을 죽음보다도 고생스럽던 어머니의 삶을 기억한다.

어머니는 오로지 어린 딸을 위해 악착같이 버텼다. 유림이 하나를 바라보고, 험난한 세상을 오기로 살아 내었다. 말처럼 쉬운 노릇은 아니었지만 키우고 뒷바라지하기 위해 고생스럽고 어려운 일도 마다하지 않았다. 다행히 쓰러지지 않고, 말로 형용할 수 없이 고생하면서도 내색하지 않았다. 삶이 얼마나 힘들었는지 지친 어머니의 모습을 옆에서 지켜보며 자랐다. 유림은 어머니가 살아온 고달픔이 머리를 비집고 있어 결혼의 환상에 빠지지 않았다. 그렇게 식식하게 견디며 성장기를 거쳤고, 결혼이란 단어를 기피했다. 서른 살 노처녀로 남아 있던 것에 조급함이 없었던 것은 어리석지 않은 스스로가 환상의 늪에 빠지지 않으려고 노력했던 때문이기도 했다.

유림은 처음부터 바짝 그를 경계하였다. 잔뜩 웅크린 자세로 아무것도 보여 주지 않으려고 조심했는데 만난 지 이틀째였던가, 정확한 기억은 없지만 그가 청혼했다. 늦은 밤이었고, 조명이 낮은 칵테일 바였다. 그는 술에 흠씬 취한 상태였는데 테이블에 엎드린 채 말했다.

"결혼합시다."

느닷없는 말에 그가 취해서 장난하는 것이려니 생각했으므로 시큰둥하게 대꾸했다.

"웃기는 이야기는 하지 말아요. 그런 농담은 함부로 하는 게 아니지요."

"나는 웃기는 이야기를 하는 사람이 아닙니다. 농담하는 것도 아니고요."

그는 꽤 진지한 어조였다. 취한 상태이면서도 그는 유림의 반응에 청혼을 납득시키려고 기를 썼다. 이후로 좀 떨떠름한 관계가 되었다. 일정한 거리를 유지하려 노력했지만 그는 적극적으로 전화를 걸어오고 찾아오곤 했다. 계속 어정쩡한 관계를 유지할 수 없다고 생각한 유림은 과거의 일들과 자신이 결혼을 하지 않으려는 이유를 설명했다.

"그때, 일어난 일은 제겐 잊기 힘든 커다란 상처가 되었지요. 나는 상처로부터 결코 자유롭지 못할 겁니다."

그는 조용히 듣고만 있었다.

"종종 알 수 없는 운명에 끌려가는 기분이 들어요. 뭔가 잘못되어서 그런 일이 벌어진 것은 아닐까 두렵기도 하고요. 나는 운명론자거든요."

이야기 끝에 아직도 악몽에 시달리고 있다는 말도 덧붙였다. 다른 때와 다르게 그의 표정이 진지했다. 유림은 놀라지 않았다. 그도 남자이므로 다른 사람들과 비슷한 반응을 보일 것이라고 생각했다. 미안하다는 말과 함께 떠나는 일만 남았을 것이라고 짐작했다. 시간이 한참 흘렀는데도 그는 입을 열지 않았다. 헤어질 시간이란 말을 꺼내지 않았으므로 당황스러웠다.

"어떻게 위로의 말을 해야 할지 잘 모르겠지만 그게 뭐가 어떻다는 겁니까?"

그가 침묵 끝에 아무렇지 않은 얼굴로 유림을 쳐다보았다. 그의 반응은 의외였다.

"나는 과거에 연연하는 사람이 아닙니다. 전혀 개의치 않아요. 그땐 불가항력적인 상황이었겠지요. 어린 나이였으니까요. 유림 씨가 그 상황에서 무엇을 할 수 있었을까요? 갑작스럽게 벌어진 일에 대처할 방법은 없었을 겁니다."

침착하고 정돈된 목소리로 그는 자신의 생각을 말했다.

"그들이 나쁜 겁니다. 당한 사람은 잘못이 없어요. 무슨 잘못이 있다고 죄의식을 가집니까? 그럴 필요가 전혀 없어요."

과거는 상관이 없다는 말투로 그는 유림을 위로했다. 같은 남자로서 수치스럽고 가슴 아프다고 덧붙이기까지 했다.

"남자인 내가 대신 사과할게요. 그렇다고 청혼을 철회할 수는 없어요. 그런 어처구니없는 일 따위로 청혼을 수락하지 않는다면 유림 씨는 바보예요. 바보가 나는 좋습니다. 나와 결혼하는 것은 보험이나 마찬가지니까 거절하지 마십시오."

그는 웃으면서 강조했다. 안쓰러운 표정으로 유림을 다독이며 되도록 편안하게 해 주려 애를 써 주며 이어진 말에 가슴이 따끔거렸다.

"유림의 인생에 내 자신을 투자하죠. 어떻습니까?"

환심을 사려고 했던 제안이었는지 모른다. 구원투수처럼 등장한 그에게 유림도 마음이 흔들렸던 것일 수도 있다. 그의 말을 진심이라고 믿고 싶었다. 자존심이 많이 상했지만 그런 것들은 던져 버리기로 마음먹었다. 결혼을 결정한 이유에는 보험과 투자라는 말이 제일 크게 약효를 발휘했다.

그가 청혼했다는 사실을 털어놓았을 때, 어머니는 세상을 다 얻은 것처럼 기뻐하였다. 유림은 환하게 웃는 어머니의 얼굴을 그때 처음 보았다. 어머니도 그렇게 웃을 수 있다는 것에 그의 청혼을 기꺼이 받아들였다. 알게 된 지 두 달 만에 전격적으로 이루어진 결혼이었다. 시집에서는 유림이 넝쿨째 들어온 호박이었으므로 열렬히 환영했다.

두 사람의 결혼식은 무사히 치러졌다. 평범한 결혼식이었고, 다른 사람들이 하는 것처럼 축하객들의 박수 소리를 들으며 혼인서약서에 서명하고, 하객들에게 정중하게 인사했다. 비로소 밝히지만 당시에도 유림은 솔직히 결혼에 아무런 감흥이나 긴장감이 없었다. 기간이 너무 짧아 감정적으로 다가설 여유가 부족했기 때문일지도 모른다. 얼굴을 제대로 기억하지 못하는 것도 그래서일 것이다. 익숙해질 시간이 없었던 데다 결혼식을 치루고 한 달도 못되어 그가 죽음의 길로 향했으니 얼굴을 제대로 기억하기엔 무리였다. 하지만 가끔은 그에 대한 애정이 절실하게 없어서 그랬을지 모른다는 생각이 들기도 한다. 어쨌거나 현란한 청혼에도 불구하고 그는 약속을 지키지 않았다. 유림을 돌보지 않고, 험난한 세상에 혼자 남겨 두고 먼저 떠난 것이다. 나중에 다른 세상에서 만나게 되면, 책임지겠다는 약속을 지키지 않은 그에게 꼬치꼬치 따질 생각이다.

남편에 대한 좋은 기억에도 불구하고, 시집에 맺힌 한은 풀어지지 않는다. 남편의 죽음으로 꽤 많은 보상금이 지급되었는데 유림에게는 한 푼도 주지 않았다. 그들이 보상금을 모두 가져간 것에는 합당한 이유가 있었다. 문서로 확인한다면 유림은 남편과 아무런 관계가 없었다. 그렇더라도 이해를 구했더라면 좋았을 것이다. 억지일지 모르지만 유림이 함께 죽었다면 그들은 일부러 결혼을 확인시키려고 했을 것이다. 더 많은 보상금을 탈 수 있는 기회를 놓칠 리가 없다. 돈에 대한 시집의 처사를 안 이후, 유림은 세상이 무섭고 끔찍했다. 그까짓 돈이 대체 무엇이란 말인가. 유림은 당연한 몫의 보상금에도 시집이 욕심을 보였기 때문에 모른 척했다. 혼인신고는 되어 있지 않았지만 사람들의 축복 속에서 그와 결혼했고, 엄연한 아내였으며 증명할 결혼식 사진들과 증인들이 많았지만 시집이 처사대로 내버려 두었다. 그러나 악담을 동원하여 욕하고, 찢고, 씹어 대는 말에는 참을 수가 없었다. 아무리 귀를 막고 듣지 않으려 기를 써도, 여기저기서 들려온 말들이 상처를 주었다. 죽지 않았다는 이유로 적이 될 수는 없었다. 사람의 인연을 냉정하게 잘라 낼 수는 없는데 시집에선 돈과 연관하여 심사를 어지럽히는 일들을 벌였다.

지금은 시집의 아무하고도 상종하지 않지만, 처음에는 그게 무척 힘들었다. 전화기 울리는 소리만 들려도 깜짝 놀랐다. 시집의 누군가가 욕설을 퍼붓기 위해 건 전화인가 싶어 머리칼이 쭈뼛 곤두섰다. 밖에 나가는 일도 두려웠다. 모두가 유림을 향해 남편 죽인 년이라고 손가락질을 해대는 것 같았다. 잠을 자는 일도 힘들었다. 시집 식구들은 꿈속에서까지 유림을 향해 눈을 부릅뜨고, 유림이 죽어 없어져야 한다고 아우성이었다. 어느 때는 신경이 칼날처럼 날카로워져 밤잠을 설치기도 했다. 하루에도 몇 번씩 죽고 싶을 만큼 극심한 우울증과 피해의식에 빠져들었다. 여리고 섬세한 유림은 헌신적인 어머니를 뿌리칠 수 없어 죽음도 마음대로 감행하지 못했다. 용기가 없었던 탓에 스스로의 목숨을 버리지 못한 대신 유림은 무의식 속으로 침잠했다. 그 속으로 숨고, 안주하여 세상과 담을 쌓았다. 무력감에 젖어 하루 종일 인형처럼 앉아 있거나, 망연히 방바닥을 들여다보곤 했다.

유림은 창문을 전부 닫아걸고 지냈다. 죽은 듯 며칠을 잠만 자거나 구석에 웅크린 자세로 밤을 지새우기도 하였다. 표정은 로봇처럼 딱딱하게 굳었고, 예전의 싱싱함을 잃었다. 마지못해 살아 있는, 시체나 다름없는 나날이었다. 유림은 스스로가 황폐해지기를 바랐고, 자연스레 죽음이 덮쳐 오기를 기다렸다. 어머니는 그런 상태를 마주 보면서 무척 힘들어했다. 유림이 마음을 다스리지 못하는 것에 슬퍼했고, 간호하는 일에도 지쳐갔다. 유림의 건강이 나아질 기미가 없자 보살피는 어머니도 점점 힘이 들었던 모양이다. 점점 악화되는 유림의 상황에 의지로 버티던 어머니의 건강도 급속도로 나빠졌다. 폐허나 다름없는 유림의 마음을 다독이며 정상으로 되돌릴 수 있을 때까지 보살피지 못하리라는 생각 때문이었을지도 모른다. 어머니는 죽기 얼마 전에 그동안 지니고 있던 비밀을 털어놓았다.

"유림아, 정신 똑바로 차려라. 네 아이를 찾아야 하니까."

아직도 온전히 정신을 추스르지 못하는 유림에게 어머니는 말했다. 유림이 건강했다면 어머니는 비밀을 무덤까지 안고 갔을 것이다. 아이에 대한 숨겨진 이야기는 유림에게 과거의 상처 속에 또 하나의 어두운 그림자로 도사리고 있다.

아이의 이야기, 이제는 그 이야기를 해야 할 시간이다. 가슴속에 깊이 담아 두었던 비밀을 꺼냈던 것은 어머니에게도 나름의 이유가 있었을 것이다.

"그때 그 아이는 죽지 않았어. 지금도 살아 있다."

얼굴도 모르는 남자들에게 강간을 당했던 일, 거지 같은 그 사건의 후유증으로 유림에겐 아이가 생겼다. 임신했다는 것을 알고 아이를 없애려고 했을 때는 시기가 너무 늦었다. 의사는 아이를 유산시키다가는 자칫 산모의 목숨도 위험하다고 했다. 유림은 할 수 없이 원하지 않는 아이를 몸 안에 키울 수밖에 없었고, 출산할 즈음에 병가를 내어 학교를 쉬었다. 어머니의 배려로 낯선 도시의 변두리 병원에서 몸을 풀었다. 초산이었고 정신적으로 심하게 불안했던 때문인지 아이를 낳은 즉시, 유림은 정신을 잃었다. 아이가 죽었다고, 너무 진통을 오래했던 모양이라고, 유림이 깨어났을 때 어머니는 침통한 목소리로 말했다. 어머니의 목소리를 듣는 순간 조금 슬펐지만 유림은 차라리 잘되었다고 생각했다. 한편으론 홀가분한 느낌이기도 했다. 죄책감은 있었으나 원했던 아이가 아니어서 아이를 위해서도 다행이라고 생각했다. 그 뒤로 유림은 아이가 죽었다는 사실을 한번도 의심하지 않았다. 어머니도 아이에 대해 다시 언급하지 않았으므로 죽은 줄로 믿고 있었다. 그런데 그 아이가 살아 있다고 했다.

"그때 네게 거짓말했어. 아이가 죽었다고. 아이는 틀림없이 살아 있다. 그러니 이렇게 정신을 잃고 있으면 안 돼. 어떻게든 정신을 추스르고 다시 일어나야 네 아이를 찾을 수 있지. 알겠니? 아이를 찾으려면 우선 네가 건강해야지."

눈물이 그렁그렁한 채로 어머니는 몇 번이고 반복해서 들려주었다.

아이가 살아 있었다. 살아 있다니, 놀라운 소리였다. 열아홉 시절에 강제로 키워 왔던 아이, 죽었다던 아이였다. 믿을 수 없지만 어머니가 거짓말을 할 리는 없었다. 어머니도 숨기려던 것은 아니었을 것이다. 과거의 아픈 상처를 덧나지 않게 하려고 아이의 생존을 일부러 말하지 않았을 것이다. 그것이 사랑이고, 딸의 행복을 간절히 원했던 어머니의 배려였다고 유림은 생각한다. 어머니가 아이의 생존을 알릴 결심에는 유림의 절망적 삶에 의지를 주려는 마음이었을 것이다. 아이의 존재가 딸을 채찍질할 것이고, 삶의 벼랑 끝에서 돌아오게 할 것이라고 여겼는지도 모른다. 당신이 자식으로 인해 살았던 것처럼 유림도 그러기를 바랐던 것이리다.

어머니의 생각은 옳았다. 아이는 유림에게 생존의 의지와 소망을 주었다. 아이가 살아 있다는 말을 들은 이후, 유림은 무기력의 늪에서 탈출했다. 자신도 모르게 강한 삶의 의지가 강하게 생겨났고, 계기가 되어 더디기는 했지만 점차 회복의 기미를 보였다. 유림은 꿈에서 가끔 아이를 보았다. 형체가 없는 아이는 홀연히 나타나 손짓하며, 미소 짓고, 유림을 어머니라고 부르기도 했다.

어머니는 건강을 다시 회복하지 못했다. 병환 중에 심신이 무리했던 탓에 건강이 더욱 나빠져서 유림이 완전하게 치유되는 것을 보지 못하고 눈을 감았다. 유림은 혼자 사는 동안 가슴앓이를 지병으로 가지고 있던 어머니를 더욱 쇠약하게 만들었던 셈이다. 생각하면 유림은 천하의 몹쓸 불효녀다. 어머니에 대한 마음은 그래서 지금도 납덩이를 안은 것처럼 무겁다. 아픔이 짓눌러 올수록 유림은 스스로를 강하게 단련하며 그것이 어머니의 뜻일 것이라고 믿는다.

어머니가 돌아가시고 유림은 위기감을 느꼈다. 돌보아 줄 사람이 아무도 없는 세상에서 홀로 서 있지 않으면 쓰러지고 말 처지였다. 딸도 유림이 쓰러지기를 원하지 않으리라는 생각이 들었고, 그 생각은 유림을 일으켜 세우는 원동력이 되었다. 누구도 도울 수가 없었다. 유림을 돌볼 수 있는 사람은 오로지 자신뿐이었으니 스스로 일어나야 했다. 절박한 위기감이 밀려오자 그동안 유림을 사로잡던 무기력하고 안일하던 마음이 사라진 동시에 더딘 회복을 보이던 몸이 호전되기 시작했다. 세상과 격리되어 죽음을 꿈꾸던 의식 속으로 어머니의 죽음과 얼굴도 보지 못한 딸이 생존의 이유에 강하게 작용했다. 일어나지 못하면 아이를 영영 만날 수 없을 것이고, 아이를 만나 어머니의 의무를 가지려면 살아야 했다. 버렸던 아이를 위해 뭔가 해 주려고 생각한다면 우선 살아야 했다. 유림은 그 의식의 끈을 붙잡고, 서서히 자신을 일으켜 세웠다. 추스르고, 일어나 다시 정상적인 삶을 살기까지 어머니의 죽음 이후로도 거의 이 년의 기간이 걸렸다. 오랜 세월을 허비한 후에야 유림은 비로소 본래의 자신으로 되돌아왔다.

세월의 공백은 참으로 컸다. 어머니와 함께 쌓아 올린 삶의 터전들이 그동안 허물어졌고, 모든 것이 엉망으로 흐트러져 있었다. 남아 있는 것은 어머니가 살던 가게뿐이었다. 그거라도 있어 다행이었다. 시집 식구들은 건질 것이 없는 유림에게 여전히 적대적이었으므로 집을 처분하여 연고가 없는 곳을 택했다. 그들과 마주 대하다가 다시 자신을 파괴할지도 몰라 유림은 주변을 정리하고, 이사했다. 본 적도 없는 딸이 그들을 무시하고 살아야 한다고 유림을 부추겼다.

낯선 곳에서 약국을 개업하여 유림은 새로운 삶을 시작했다. 면허가

기틀이 되어 허공중으로 자꾸만 떠돌려는 삶을 뿌리내릴 수 있게도 되었다. 그렇게 되기까지 유림은 무던히 노력했고, 이제 정신적으로 어느 정도 안정이 되었다. 그럴 일도 없겠지만 어쩌다 거리에서 시집 식구의 누군가와 만나더라도 부담이 없다. 무심한 마음의 상태를 유지할 수 있게 되어 거리를 지나다가 시집의 식구들과 우연히 부딪치거나 시선을 마주쳐도 모르는 남남처럼 태연할 수 있다. 그렇게 된 일이 얼마나 다행인지 모른다.

약국은 잘 되었고, 유림은 상당한 재산을 모았다. 혼자서 사는 데 돈은 그리 많이 필요하지 않았다. 버는 돈을 쓸 시간도 없고, 사실 별다르게 쓸 곳도 없었다. 병원에서 벗어난 후로 쉬지 않고 일하느라 아무것도 생각할 겨를이 없었다. 그러다 보니 돈은 자꾸 덩치를 부풀려 통장의 액수를 불려 유림도 깜짝 놀랄 만큼 많아졌다. 자신을 돌아보는 일도, 상처로 남은 아픈 기억도, 그동안은 일부러 잊고 살았다. 티눈처럼 아픈 열아홉 나이의 어두움이 괴물처럼 웅크리고 있었는데도 그것들을 나중으로 미루었다. 그리고 이제야 비로소 유림에겐 쉴 수 있는 생활의 여유가 생겼다.

얼마 전에 유림은 열아홉의 박제된 기억을 떠올렸다. 생활의 여유와 함께 솟구쳐 올라온 기억들이 내내 혹처럼 달라붙어 있었던 것이다. 떨어질 줄 모르는 어두운 기억은 의식의 밑바닥에 똬리를 틀고 있다가 서서히 실체를 드러냈다. 유림은 기억 속의 실체를 찾기 위해 오랜 여정을 했고, 그렇게 시간을 흘려보내다가 드디어 이곳에서 종착지를 찾았다. 그동안 유림은 딸을 찾기 위해 노력했다. 일부러 질질 끌고 있는 게 아닌가, 의심이 들게 소극적이었다. 유림의 조바심에 비례해서 더디고 느렸던 행보는 찾기가 너무 힘들어 그만 포기하는 게 좋겠다고 앙탈까지 부렸다.

진척이 느려터진 그때마다 유림은 애원하다시피 매달렸다. 그들이 아니면 딸의 소식을 영영 듣지 못하게 될까 봐 유림은 두려워서 원하는 요구대로 응해 주며 사정하곤 하였다.

유림은 석 달 전에야 가까스로 딸을 찾았다. 숨은 그림 찾기에서 숨어 있던 그녀를 찾아낸 것이다. 그렇게 찾아낸 딸에게 유림은 집착을 가지게 될까 봐 두렵다. 어쩌면 이미 그 징후를 보이고 있는 것인지도 모르겠다. 숨겨서 무엇 하겠는가. 어느 정도 짐작하겠지만, 아침마다 유림이 기다리며, 훔쳐보는 그녀가 바로 딸이다. 정확한 시간에 유림이 서성이고 있는 약국 앞을 어김없이 지나가는 그녀, 하지은.

죽었다고 생각했던 유림의 딸은 하지은이라는 이름을 가지고 있었다. 그녀는 올해 스물다섯 살이었다. 건강하고 아름다운 처녀로 성장한 그녀를 보면서도 유림은 말조차 걸어 보지 못했다. 그녀 또한 유림이 생모임을 알지 못한다. 어쩌면 생모가 있는지조차도 모를 것이다. 유림이 말하지 않으면 그녀는 끝내 모를 것이다. 그녀가 아무것도 모른다는 사실 새로울 것이 없는데도 가끔 안달이 난다.

'내가 바로 네 엄마다. 너를 배 아파 낳은 사람이야.' 그 말이 하고 싶어서 속이 탄다. 아직은 아무 말도 할 수 없다. 몰래 훔쳐보고 있으면서도 아직 말하지 못했다. 유림에겐 그녀를 훔쳐보는 것이 어느 틈에 유일한 삶의 일과 중 하나이고, 기쁨이다. 숨어서 그녀를 훔쳐볼 수밖에 없는 현실이 불행이지만, 그것만으로도 감사한다.

서두에서 말한 것처럼 그녀는 싱싱하고 상큼한 아가씨다. 유림이 아니더라도 누구나 호감을 느낄 수 있는 괜찮은 아가씨다. 그렇지만 또래의 평범한 아가씨들처럼 아무 걱정 없이 살고 있는 것은 아니다. 전에도 그래 왔지만 앞으로도 그녀에게는 어려움과 고통이 많을 것이다. 그것을 알고 있어 유림은 가슴이 아리다. 딸을 찾아낸 이후로 유림은 그녀의 뒷조사를 해 왔다.

어린 두 동생과 함께 살고 있는 그녀는 가족의 생계를 책임지는 가장이다. 어렵게 살아왔지만 지금까지 별다른 큰 문제점은 없었다. 하지만 얼마 전 체육 시간에 막내가 달리기를 하다 갑자기 쓰러졌다. 병원에서 동생은 심장병 수술을 받지 않으면 위험하다는 진단을 받았다. 심장병이 있다는 것은 그녀도 알고 있었던 모양이지만 그렇게 빨리 수술해야 하게 될 줄은 몰랐던 듯싶다. 그래서인지 최근 그녀의 얼굴에는 근심이 서려 있다. 엎친 데 덮친 격으로 그녀의 직장에서는 구조조정이 있을 예정이다. 그녀도 언제 해고 통지서를 받게 될지 모를 아슬아슬한 상황이어서 더 그럴 것이다. 지금이 그녀에게는 최대의 난관이다. 그녀는 지금 누군가의 도움이 절실하게 필요하지만 유림이 알고 있기로 주위에 도움을 줄 마땅한 사람은 없다. 일찍 부모를 잃은 그녀는 남은 두 동생에 대한 책임을 떠맡았다. 뛰어난 성적에도 불구하고 가정 형편이 어려워 대학을 포기했던 모양이라고 전하던 흥신소의 직원은 유림의 눈치를 살폈다. 야간 여상을 끝으로 생활전선에 뛰어든 그녀는 다행히 학교의 추천으로 은행에 취직되어 동생들을 돌볼 수 있게 되었다. 부모가 돌아가신 이후부터 계속하여 동생들의 뒷바라지로 고생하는 그녀를 생각하면 억장이 무너진다.

유림은 그녀의 소식을 알게 되었을 때, 가슴이 아파 당장 달려가고 싶었다. 힘든 짐을 지고 살아가는 그녀에 대한 애처로움과 연민으로 잠을 이루지 못했다. 조금이라도 일찍 알았더라면 딸의 어깨에 얹어진 짐을 다소 덜어줄 수 있지 않았을까. 그날, 유림은 침대에 얼굴을 묻고 오랜 시간 오열했다. 그녀는 그런 유림의 흐느낌을 아마 짐작도 못할 것이다.

유림은 죽을 때까지 그녀에게 죄인이다. 그녀를 생각하면 죄책감과 함께 깊은 곳으로 침잠해 가는 느낌에 고개를 떨어뜨린다. 돌아가신 어머니를 원망할 수는 없다. 당신의 불행을 딸에게까지 물려주고 싶지 않았던 마음을 알고 있기 때문이다. 어쩌면 어머니도 당신의 핏줄을 버리는 것이 무척이나 가슴이 미어졌으리라. 미혼의 딸보다 행복한 가정에 입양되어 살게 하는 방법이 최선의 선택이라고 생각했을 것이다.

약국의 진열대 뒤에 놓인 의자에 앉아 오래전의 기억들을 떠올린다. 아무것도 할 수 없었으며, 오로지 자살만 생각했던 어두운 기간들이 뇌 속을 온통 뒤헝클어 놓는다. 유림은 진열대 뒤에 앉아 그녀가 아니, 딸이 퇴근하는 그 시간까지 기다림의 시간을 위해 산란한 마음을 평온하게 가다듬어야 한다. 찾아오는 손님에게 약을 팔거나, 거래하는 제약회사 사람들을 맞는 외에 별다른 일은 없다. 친구가 많은 것도 아니고, 챙겨 줄 친척이 있는 것도 아니어서 개인적인 방문객은 거의 없다. 전화가 걸려오는 일도 드문 편이다. 방문객도 없고, 전화도 없을 때면 유림은 테이블에 책을 펴놓고 읽기 시작한다. 그러고도 남는 시간, 유림은 어떻게 그녀에게 접근을 시도해야 할 것인지를 심각하게 궁리한다.

결코 쉽지 않을 것이다. 유림의 삶에 접목하는 상황이 힘들었듯 그녀와의 접목을 시도하는 일 또한 어렵고 힘들 것 같다. 그녀 앞에 나타나 생모임을 밝힌다면 그녀가 유림을 인정해 줄까. 어림도 없다. 아마도 정신이 어떻게 된, 돌아버린 여자로 취급할 것이 뻔하다. 구체적인 설명을 해 주어도 인정하기에는 공백이 너무 크다. 이십오 년의 세월 동안 공유한 시간이 조금이라도 있었다면 모르지만 두 사람에겐 그런 시간이 전혀 없었다. 아무런 공감대도 형성하지 못한 타인의 말을 어떻게 믿겠는

가. 사실을 인정하더라도 받아들이기가 쉽지 않고, 버림받았다는 사실을 용서하지 않을지도 모른다. 유림의 고민은 바로 그것이다.

가슴이 답답해져 온다. 보던 책을 덮어 놓고 의자에서 일어나 문 쪽으로 걸어가 유리를 통해 거리를 본다. 안개가 걷힌 거리는 사람들의 움직임을 훤히 드러내 보인다. 조금 있으면 그녀의 동생들이 등교하기 위해 길을 걸어올 것이다. 큰 동생은 중학생이고, 심장병을 앓고 있는 작은 동생은 초등학생이다. 동생들이 그녀와 나이가 많이 차이 나는 이유는 부모들이 뒤늦게 아이를 가졌기 때문이다. 양부모는 친자식이 생겼어도 그녀를 버리지 않고 키웠다. 그녀 덕에 복을 받아 아이를 얻었다고 여겼으리라. 그런 착한 마음의 그분들이 일찍 죽은 것이 정말 유감이다. 흥신소의 직원은 그분들이 교통사고로 한꺼번에 사망했다고 전했다. 교통사고라는 말만 들어도 진저리가 쳐진다. 사고 소식만으로도 골이 아파 사고 화면이 비추거나, 드라마 중간에라도 그런 장면이 있으면 보지 않으려고 재빨리 화면을 꺼 버린다.

남편의 죽음처럼 그들의 죽음 또한 고의가 아니었음에도 유림은 그들이 밉다. 딸에게 힘겨운 짐을 송두리째 떠맡기고 가 버린 것을 생각하면 그들이 원망스럽다. 동생들도 은근히 미워진다. 그녀도 하고 싶은 것들이 많을 것이다. 동생들만 아니라면 마음대로 살아갈 수 있을 텐데 어린 동생들이 있어 꼼짝 못한다는 생각이 들어서다. 생계를 책임져야 하는 그녀의 입장으로서는 자신을 생각할 겨를이 없을 것이다. 하지만 가족이란 나무와 같아서 뿌리가 튼튼하면 폭풍이 치고, 거센 눈보라가 휘날려도 끄떡없다. 견고한 뿌리를 지닌 나무는 어떤 험한 날씨에도 잘 견딜 수 있을 것이다. 유림은 딸을 위해 그런 든든한 나무가 되고 싶다.

“안녕하세요? 저, 이유림이라고 합니다.”

“반갑습니다. 그럼 결정하셨습니까?”

정 박사에게 전화를 걸자 그는 대뜸 결정했느냐고 물었다. 대학 때의 스승인 정 교수의 동생인 그를 얼마 전에 소개받았다. 그는 심장병 전문의인데 그 방면의 수술로는 이름이 꽤 알려져 있는 사람이다.

“결정했는데 아직 본인에게는 말을 못했어요.”

“그런 좋은 일을 왜 망설이십니까? 당장 내일이라도 환자를 보내십시오. 모든 문제는 제가 알아서 처리하겠습니다.”

그를 만난 자리에서 유림은 그녀의 동생이 앓고 있는 질환에 대해 상의했다. 자세히 들은 정 박사는 되도록 빠른 시간에 환자를 보내라고 말했다. 그는 불쌍한 소녀가장을 위해 부탁하는 것으로 알아서인지 아주 적극적이었다. 딸을 찾기까지의 어려움보다도 유림은 그런 이야기를 해야 하는 일이 더 어렵다. 유림의 도움을 그녀가 어떻게 받아들일지 곤혹스러운 탓이기도 하다. 하지만 오늘은 기필코 정 박사의 말을 전해야 한다. 망설이다가 시기를 놓칠 수가 있으므로 곤혹스러워하고 있을 수만은 없다.

그녀는 호의를 거절할지도 모르지만 결국 받아들이게 될 것이다. 아직 수술비를 마련하지 못했으니 제안을 거절할 여지가 없다. 심장수술 분야에서 권위자인 정 박사의 진료는 행운이다. 그녀로서도 그런 좋은 제안을 쉽게 뿌리칠 수 없을 것이다. 수술을 주선해 준다고 해서 아픈 동생을 미끼로 그녀에게 쉽게 존재를 드러낼 생각은 없다. 아직은 접목이 가능한 시기가 아니다. 유림은 그저 돈 많고 선행을 베푸는 이웃의 약사로 그녀에게 다가설 생각이다. 언제까지 그럴 수 있을지는 자신할 수 없다. 마음의 준비가 된다면 어느 날 아침, 지나가는 그녀를 불러 세울지도 모른다. 어쩌면 퇴근하는 그녀를 붙들어 말할 수도 있다. 마음의 준비를 하지 못하면 오랫동안 입 다물고 그녀에게 도움이 될 것들을 뒤에서 찾기만 할 수도 있을 것이다. 아직은 머릿속이 뒤숭숭해서 그런 어려운 것들을 생각하고 싶지 않다.

지금은 연인을 기다리는 사람처럼 가슴이 설렌다. 심장이 두근거리기도 하고 괜스레 웃음이 실실 나온다. 경쾌한 휘파람이라도 불며 누구에게나 상냥해지고 싶은 기분이다. 그러다가도 땅거미가 지는 저녁까지 어떻게 시간을 보낼 것인가 조바심이 난다. 그녀의 퇴근을 기다리는 유림에게 시간은 길고 지루하다.

퍼즐게임

나는 지금 붉은 벽돌집의 이층 창가에 놓인 침대에 앉아 있다. 창살이 촘촘히 쳐진 유리문을 통해 따사로운 햇살이 스며든다. 잡으려고 손을 꽉 쥐어 보지만 잡히기 싫은지 철창의 긴 그림자 무늬를 손등에 만들어 놓고, 비웃듯 빠져나간다. 옆 침대의 아이가 흐릿한 눈동자로 내 동작을 유심히 살피며, 궁금한 표정을 짓는다. 아무런 설명도 하고 싶지 않아 나는 손등만 뚫어지게 쳐다본다.

이곳은 시골에 있는 한적한 병원이다. 정신감정을 의뢰받았던 담당 의사는 소견서에 내가 정신적으로 황폐한 상태에 있다고 쓴 모양이었다. 바꾸어 말하면 나는 순전히 의사의 소견서 때문에 이곳에 머물게 된 셈이다. 나를 못 잡아먹어 으르렁거리며, 눈에 심지를 켜고 감시하던 형사는 판결에 반기를 들었다고 했다. 하지만 법원은 의사의 말을 더 신용했다. 형사가 과민 반응을 보였던 것은 나에 대해 누구보다도 잘 안다고 착각한 때문이다.

그는 내가 주위와 학교 선생님들을 약삭빠르게 속였던 것처럼 너무나 영리해서 의사도 감쪽같이 속였다고 믿는 눈치다. 나에 대해 잘못 짚는 걸 보면 민완형사라고 자처하는 그도 실수하는 모양이다. 다른 건 몰라도 나는 이번 일에서 어떤 것을 감추거나 누구도 속일 생각이 없다. 믿지 못하겠지만 죄를 벗기 위해 쇼 따위의 치사한 짓을 할 생각은 추호도 없다는 얘기다.

그는 아직도 내 주위를 돌며 감시한다. 악마인 내가 언제라도 다시 일을 저지를 것이란 확신을 갖고 기회를 노리기 때문이다. 나는 전혀 상관하지 않는다. 그가 어떻게 행동하든 나는 그와 게임할 처지도 아니고, 그럴 생각도 없다. 여기에서 나는 육체적으로 완전히 자유를 잃어버린 상태지만 예전에 비하면 한결 마음이 편안하다. 이곳에 오기 전, 아니 사고를 치기 전까지 내 모든 행동은 자유로웠으나 정신적으로는 한 치도 움직일 수 없을 정도였다. 바꾸어 말하면 절박한 상황이었다고 말할 수 있다.

오늘도 어머니가 다녀갔다. 면회가 가능한 건 일주일에 두 번에 불과한데도 어머니는 날마다 출근하다시피 하신다. 면회가 허락되지 않는 날은 방의 창문을 한참 동안 올려다보다가 힘없이 발길을 돌린다. 어머니는 내가 이렇게 된 것을 심하게 자책하신다. 못난 어미 탓이라고 가슴을 치고, 눈물을 떨어뜨린다. 그게 어디 어머니 탓인가. 왜 쓸데없는 자책에 시달리는지 모르겠다. 어머니의 눈물을 보며 나는 혹시, 아버지의 죽음에 속상해서 어머니가 저렇게 서럽게 우는 것은 아닐까 하는 엉뚱한 생각을 해 보기도 한다. 설마 그러기야 할까마는 하도 서럽게 우니 그런 생각마저 든다.

나를 담당한 검사는 나와 비슷한 또래의 자녀들이 있다고 했다. 그래서인지 모르겠지만 실형을 받도록 적극적으로 힘써야 할 그가, 정상참작의 여지가 없는가 여러 가지로 궁리했다는 이야기를 전해 듣고, 좀 의외란 생각이 들었다. 어머니는 그 밖에도 여러 인권단체와 여성을 위한 사회 각 분야에서 나를 위해 애쓰고 있다고 알려 주었다. 변호사를 선임하고, 재판장에게 탄원서를 제출하였으며, 구명을 위한 서명 작업을 벌이는 중이라고 했다.

그게 다 무슨 상관이랴. 그런 것들에 나는 관심이 없다. 내가 궁금하고, 알고 싶은 것은 치료를 받으면 그림자처럼 붙어 있던 폭력의 흔적들을 깨끗이 지울 수 있는가 하는 것이다. 폭력의 망령들을 지워 버리고, 어두움의 그늘에서 벗어날 수 있을까 하는 것뿐이다.

폭력은 어두운 습지에 피어나는 곰팡이 같다. 한번 피어나면 아무리 닦아도 지독한 냄새와 흔적들이 남아 있는 것처럼 폭력의 상처는 내 가슴에 그대로 남겨졌다. 화인처럼. 폭력의 시간들 또한 끈끈하게 달라붙어 폭력이란 단어로부터 아직도 나는 자유롭지 못하다. 그날 이후, 연속적으로 이어진 폭력의 벼랑 끝에 홀로 위태롭게 서 있다.

나는 평범한 나날을 꿈꾸었다. 다른 가정과 똑같이 조용하고 평화로운 삶의 일상. 그런 행복이 주어진다면 나는 무슨 짓이라도 할 수가 있다. 아버지 없는 삶이라고 무엇이 다를 바 있으랴. 그런 아버지는 차라리 없는 것만 못하다. 그날의 기억들 또한 오래전부터 이어진 폭력의 연속선상에 있다. 폭력에 대한 세세한 기억들을 나는 어머니가 지닌 이마의 주름살보다 더 많이 꼽을 수 있다.

미처 정신을 차릴 시간적 여유가 없었다. 눈을 비벼대며 나오던 어머니의 옆구리를 향해 아버지는 쏜살같이 발을 뻗었다. 사정을 두지 않은 발길질과 동시에 가냘픈 몸이 덤불처럼 쓰러졌다. 어머니의 연약한 몸은 축구로 단련된 단단하고 무거운 발길질을 받아 내기엔 무리였다.

"가장이 들어오는 데, 퍼져서 잠만 자? 간이 단단히 부었네. 네 년이 뒈지려고 환장했지."

아버지는 어머니를 사납게 노려보며 등허리 쪽으로 발길질을 시작하며 빈정거렸다. 순간적으로 낮은 비명 소리가 흘러나왔다. 비명은 그만두고, 소리 내는 것마저 안 된다고 생각한 간절한 내 기대를 어머니는 여지없이 배반했다.

"얼씨구! 아프다고 소리치면 어떤 새끼가 달려와서 냉큼 구해 줄 것 같으냐? 어림없는 생각이지. 네깐 년이 뭐라고."

날아오는 발길을 견딜 수 없었던지, 어머니는 기다시피 구석으로 도망갔다. 아버지는 먹이를 향해 달려가는 배고픈 맹수와 흡사한 표정으로 천천히 어머니에게 다가갔다. 아버지는 이미 정상이 아니었다. 번들거리며, 핏발선 눈은 평소와 달랐다. 잔인한 빛을 띄우고 있었고, 당장에 무슨 일이 벌어질 것처럼 아슬아슬했다. 마음이 조여 왔지만 나는 아무 짓도 할 수 없었다. 제발 무사히 이 밤이 지나갔으면 어머니가 무사하기를 간절히 빌어 보는 일 외에, 내가 할 수 있는 일은 없었다.

폭행의 강도가 증가할수록 어머니는 점차 얼빠진 사람이 되어 갔다. 맞을 만큼의 오기와 배짱도 없이 고스란히 당하는 꼴이 형편없이 느껴져 화가 났다. 그렇다고 별 뾰족한 묘안이 있는 것도 아니어서 나는 애꿎은 입술만 피가 나도록 깨물었다. 나는 눈이 찢어지게 아버지를 째려보았다. 아직 대항할 만한 힘이 내게 없는 것이 유감이었다. 언젠가는 가만두지 않을 것이다. 왜 못살게 구는지, 이유가 무엇인지 힘이 축적될 때에 뜨거운 맛을 보여 줄 것이라고, 나는 입술을 깨물며 생각했다.

아아악! 어머니가 다시 비명을 질렀다. 공을 차듯 벌어지는 소나기 같은 폭행 때문에 나는 통증을 느꼈다. 직접 당하는 느낌이었다. 뼈가 부서지는 듯 아프고, 꼬챙이로 가슴을 후비어 파는 극심한 통증에 문고리를 잡고, 몸을 웅크렸다. 이런 증상은 아버지가 어머니를 심하게 폭행하거나, 거리에서 사람이 맞는 걸 목격할 때에도 느닷없이 나타났다. 영화나 드라마에서 폭행 장면이 비쳐도 똑같은 발현하는 증상이었다. 폭행은 나를 끈질기게 괴롭혔다. 그 단어가 몸서리치게 싫어 가능하다면 내 인생의 사전에서 폭행을 깨끗이 삭제하고 싶었다.

제때에 아버지를 맞아들이지 못한 실수가 오늘 폭행의 빌미였다. 어머니는 새벽 세 시까지 기다리느라고 녹초가 되어 그만 깜박했다. 아버지의 귀가 시간은 종잡을 수 없었다. 어머니는 그 때문에 날마다 잠을 설쳤다. 아버지는 새벽이 끝날 즈음에 들어오기도 했고, 이른 시각인 초저녁에 들어오기도 했다. 때론 숨바꼭질하는 것처럼 소리도 없이 살금살금 들어왔다. 아무리 긴장을 하고 있어도 아버지의 엉뚱한 행동을 예측하기는 곤란했다. 밤을 꼬박 새우는 날에는 일부러 외박하기도 했다. 이해할 수 없는 아버지의 귀가에 신경이 쓰여 어머니는 언제나 마음을 놓지 못했다.

들쑥날쑥한 아버지의 귀가가 어머니를 조롱하기 위한 계획된 의도인 듯 의심스럽지만 따질 수도 없었다. 기다림의 길고 지루한 시간 동안 어머니는 소파에서 웅크린 채 새우잠을 자거나 아예 뜬눈으로 밤을 새웠다. 그러면서 묵묵히 아버지를 기다렸다. 아무리 만반의 준비를 갖추어도 어쩌다 보면 그렇지 못한 날이 있고, 그런 날은 낚시 바늘에 걸린 영락없는 물고기 신세였다. 걸리는 날에는 온갖 수모를 당하기 때문에 어머니는 긴장으로 심장이 오그라들고 조바심이 난다고 했다. 촉수를 예리하게 곤두세우고, 앞으로 당할지 모를 폭행을 떠올리는 참담한 기다림의 시간들을 다른 사람들은 도저히 알 수 없을 것이다. 피를 말리는 고통이 얼마나 사람을 지치고 피곤하게 하는지를.

"뭐라고 말대꾸라도 해 봐. 대꾸할 가치조차 없어서 그렇게 입을 다물고 있는 거냐? 벙어리가 되었어? 왜 입을 다물어?"

아버지는 다른 것으로 시비를 걸었다. 생각나는 대로 꼬투리를 잡다가, 이번엔 침묵을 트집 잡을 심산인 듯했다. 말하라고 다그치는 것이 말을 허락한 것은 아니다. 곧이들었다가는 여지없이 당한다는 것을 경험으로 알고 있어 어머니는 입을 다물었다. 한마디만 대꾸해도 더 큰 화를 자초했다. 예전에 모르고 더러 변명하다 호되게 맞은 경험이 많았다. 폭행의 정당성을 찾는 아버지에겐 말대꾸도 호기였다. 대꾸하거나 반항할수록 강도가 심해지고, 시간이 연장되는 것을 간파한 어머니는 오산하는 어리석음을 다시 저지르지 않았다. 아무리 자극해도 죽은 듯 엎드려 있으면, 시간이 지나면 멈추기 때문에 기다리는 외에 묘안이나 방법은 없었다.

도망치거나, 자리를 잠깐 피할 수 있었으나 그것 역시 헤어질 생각이 아니라면 꿈도 꿀 수 없었다. 혼자 남겨질 나를 생각해서였다. 때릴 대상이 없으면 어머니는 대신에 내가 고통당할 것이라고 믿었다. 아버지에겐 폭력의 상대가 필요하고 대안으로 나를 선택할 충분한 가능성이 있었다. 그것을 익히 알기에 어머니는 그저 참고, 견디었다. 하루라도 빨리 시간이 지나가기를 기다리며, 죽음과도 같은 고통스런 지옥 생활을 헤어지지 못하고, 감내하였다. 어머니의 몸에 푸른 멍이 지워지지 않는 끔찍한 삶을 지켜보는 일이 나 역시 아팠다.

"네 놈이 그래 봤자 꿈쩍이나 하겠느냐, 그렇게 생각하지? 이년이 날 아주 우습게 아네. 좋아, 오늘 단단히 맛 좀 봐라."

무시한다는 터무니없는 소리로 아버지는 생트집을 잡았다. 어린 시절부터 그림자처럼 떨어지지 않는 열등감이 발동한 모양이었다. 걸핏하면 자존심을 내세우며 달달 볶는 것이 증오를 올바로 처리하지 못한 탓이라고 어렴풋 생각하지만 해도 너무했다.

아버지에 대해, 아버지의 어린 시절에 대해 어머니는 세세하게 알지 못했다. 가족들과 완전히 단절된 상태라서, 어머니도 내가 아는 만큼의 범위를 벗어나지 못했다. 술에 취해 간헐적으로 끄집어낸 과거사, 술김에 뱉어 낸 것을 얻어들어 그것을 종합적으로 주섬주섬 꿰어 본 것이 그나마 아버지에 대해 알게 된 전부였다.

나의 아버지의 어머니, 얼굴도 본 적이 없는 내 할머니는 남편이 죽어 재가했다. 재가하면서 함께 데려간 아버지는 계부 밑에서 눈칫밥을 먹으며 자랐다. 아버지의 계부는 심한 술주정꾼이었다. 화나는 일이 있으면 손에 잡히는 물건을 집어던지고, 사람을 때렸다. 계부에겐 두 아들이 있었다. 아버지와 나이가 꽤 차이가 나는 이복형들도 계부를 닮아 성격이 거칠고 난폭했다. 동네에서도 소문난 망나니들이어서 아버지는 새로운 가족들과의 관계가 원만치 못했다. 본디 성격이 여리고, 무서움을 잘 타는 편인 아버지가 그들에게는 만만하게 보였던지 계부나 형들은 이유 없이 아버지를 구타했다. 적응하지 못하고 잔뜩 주눅이 든 아버지는 도망을 가고 싶었지만 잡으면 죽여 버린다는 협박에 달아날 엄두도 못 냈다. 끔찍한 시절이었다.

다행스럽게 할머니의 죽음으로 그들은 눈엣가시 같은 아버지를 쫓아냈다. 아버지는 그들과의 관계를 끝장내고 사촌들이 있는 백부 댁으로 들어왔다. 그러나 백부 댁에서도 제대로 대접받지 못했다. 아버지는 사촌들이 놀 때 일했고, 모두 잠을 잘 때 일어나 공부했다. 한시도 편안하게 누워서 잠을 자 본 적이 없었다. 이복형이나 사촌들에 관해서 말할 때면 아버지는 진저리치며 이를 갈았다. 옛날이야기를 할 때면 그들이 당장 옆에 있기라도 한 듯 몸을 부르르 떨었다. 술에 취하지 않은 날, 늘어진 어깨로 먼 산을 바라보며 담배를 피워 문 아버지를 볼 때면 나는 측은한 느낌이 들기도 했다.

아버지는 깜깜한 터널을 통과하듯 무섭고 두려워하면서 어린 시절을 지나왔을 것이다. 과거의 쓰라린 어둠에서 벗어나지 못하고 망령에 붙들려 있는 아버지를 생각하면 나도 가슴이 아팠다. 그렇더라도 아버지가 벌이는 야비하고 치졸한 행동들을 눈감거나 용서할 수는 없었다. 자신의 무엇을 지키려고, 아내를 그처럼 힘들게 하는가. 일생을 함께 살기로 언약한 아내를 학대하며, 왜 폭력을 행사하는가. 자신을 감당하기 어렵다 해도 그럴 수 없었다. 아버지의 심정을 이해할 수는 있지만 용납할 수는 없었다.

형언할 수 없는 끔찍한 발길질과 주먹질, 이어지는 비명 소리와 신음 소리가 뒤섞여 들렸지만 문틈에서 눈을 떼고, 책상으로 돌아왔다. 조금 후면 폭행이 끝날 것이므로, 마음을 안정하고, 앉아서 공부에 몰두하기로 했다. 책을 펴들었다. 끔찍한 상황에서도 할 수 있는 일이 유일하게 공부뿐이라는 것에 화가 났다. 책 속으로 피신할 수 있어 얼마나 다행인지 모른다고 생각하면서도 방관자인 못난 내 모습에 미칠 지경이었다. 울분이 쏟아져 심장이 터질 것 같았지만 다른 방법이 없으니 공부로 화를 다스려야 했다.

성은이를 만나고 나면 좀 달라질 것이었다. 쌓였던 분노도 어느 정도 가셔질 것이지만, 지금은 책상 앞에서 스스로를 억제하고, 공부가 끝난 다음에 어떻게 그 애를 요리할 것인지 구체적 방안을 마련해야 했다. 타인들이 전혀 눈치채지 못하도록 은밀하게 욕구를 충족시켜야 하니, 그것도 보통 신경 쓰이는 일이 아니었다. 성은이, 단발머리의 왜소한 체격의 그 애는 내 밥이다. 입학식장에서 첫눈에 그 애를 점찍었는데, 만만한 상대로 보였기 때문이다. 내 짐작은 맞았다. 성은이는 더 할 나위 없이 좋은 상대였다.

아버지의 미친 광경을 목격한 다음 날이면, 어김없이 그 애를 호출했다. 누군가에게 울분을 풀어야 했으니 나도 어쩔 수 없었다. 평소에 눈여겨봐 두었던 곳으로 나는 그 애를 끌고 갔다. 끌려가는 동안 그 애는 도살장을 향하는 처량한 짐승처럼 굴었다. 공포를 가득 담은 눈으로 몸이 뻣뻣하게 굳어 애원하는데, 그럴수록 내겐 그 애가 형편없이 비굴해 보였다. 그뿐만이 아니었다. 맞으면서 비명도 지르지 못하는 모습을 볼 때마다 아버지에게 면역이 되어 있는 어머니를 보는 것 같아 더 화가 나서 심하게 때렸다. 실컷 구타한 후면 어느 정도 화가 풀리고, 개운한 기분이 들었다. 바들거리며 떠는 그 애의 모습을 볼 때면 이상하게도 마음이 차분히 가라앉았다.

때릴 때 전혀 걱정이 없는 것은 아니었다. 그러나 그 애가 학교에 일러바칠 리는 없을 것이고, 그렇더라도 학교에서 나를 어쩌지 못할 것이라고 생각했다. 배짱이 좋아서가 아니라 모든 것이 성적 위주로 돌아가는 학교에선 성적만 좋으면 웬만한 잘못은 쉬쉬하고 넘어갔다. 형편없는 집안 꼴에도 불구하고 내 성적은 다행스럽게 최상위층에 속했다. 성적이 좋으면 모범학생이란 학교의 잣대로 보건데 나는 아주 괜찮은 부류였다. 내가 어떻게 될까 봐 벌벌 떨 만큼 학교에서 나는 중요한 존재로 분류되어 있었다. 따라서 성적이 조금만 떨어져도 문제가 있다고 생각하는 학교의 기준에 응답하기 위해 나는 열심히 공부했다. 알량한 내 자존심과도 상관관계가 있고, 아버지를 무시할 수 없는 문제이기도 했다. 성적이 떨어지면 상처 입은 아버지가 폭행의 방향을 내게 전환할지도 몰랐다. 뇌리에 박힌 공포로 인해 나는 되도록 최선을 다했다.

여전히 폭행은 계속되었다. 곧 끝날 줄 알았는데 그렇지 않은 것을 보니, 다른 날에 비해 아버지의 기분이 나쁜 모양이었다. 평소에도 좋을 때가 없지만 이런 날은 더욱 조심해야 했다. 아무리 예민하게 살펴도 금세 돌변하는 기분을 제대로 파악하기 힘들어 어머니도 마음 놓지 못할 것이었다. 신경을 곤두세우며, 몸을 사리는 것이 죽음을 겁내거나 두려워서라고 말할 수는 없다. 맞아죽으면 개죽음이나 다름없다. 자포자기해서 시시하게 개죽음을 당하지 않으려는 안간힘인 것이다. 계속 두들겨 패는 소리에 아버지가 점점 괴물처럼 느껴졌다. 인간의 탈을 쓰고 나온 무시무시한 괴물. 괴물이 아버지로 둔갑했다는 생각이 들자 온몸에 소름이 돋았다. 혐오감과 증오가 불꽃처럼 솟구치며, 죽여 버리고 싶다는 느낌이 팽대해졌다. 하지만 참는 수밖에 다른 도리가 없었다. 아직은 때가 아니었다. 복수를 꿈꾸며 나는 바스러지도록 주먹을 웅크려 쥐었다.

그 시기가 언제일지 모르지만 나는 틀림없이 복수할 것이다. 나는 몇 번이고 다짐했다. 어머니가 무수하게 당한 폭행과, 내가 겪은 정신적인 고통도 깡그리 되돌려 주며, 은밀하고 감쪽같이 해내고 말겠다고 생각했다. 다른 사람은 전혀 눈치챌 수 없어도, 아버지만은 확실하게 알 수 있는 복수의 방법이 어디 없을까, 증거는 하나도 남기지 않고 깨끗하고 시원하게 처리할 수 있는 그런 방법을 나는 이를 악물고 궁리했다. 아버지가 미친개처럼 굴어도 그때까지 잘 견뎌 주기를 기도하며 복수를 계획하였다. 그대로 둔다면 어머니도 언젠가는 동생처럼 죽을지도 몰랐다.

사실, 내겐 동생이 없다. 동생이 생길 기회가 있었지만 잔혹한 아버지 때문에 기회를 잃었다. 동생이 살았다면 나와 두 살 터울이다. 동생이 생졌을 때도 아버지는 폭행을 멈추지 않았다. 계속된 구타에 심신이 쇠약해진 어머니는 동생을 감당할 수 없었다. 세상에 나와 보지도 못하고 뱃속에서 숨을 거둔 동생은 사 개월째여서 형체가 보였다. 아들이었다고 했다. 자연유산이라고 입을 다물었지만 따지고 보면 폭행의 결과가 분명했다. 어쩌면 뱃속의 아이가 미리 삶을 포기해 버렸는지도 몰랐다. 짐승 같은 인간과 한 지붕 밑에서 산다는 게 구차하다고 생각하여 먼저 삶의 끈을 놓아 버렸을 수도 있다는 생각이 들었다.

어머니는 유산의 후유증으로 하마터면 목숨을 잃을 뻔했다. 이후로 다시는 아이를 가질 수 없었다. 그런데도 아버지는 그것마저도 폭행의 빌미로 삼았다. 잃은 동생을 생각하면 억울하기 짝이 없었다. 함께 머리를 짜내면 구체적인 반란을 계획할 수도 있을 텐데 싶어서다. 세상의 빛을 보지 못한 채, 미친 짓에 사라진 동생에 대해 아버지는 당연히 죄인이었다. 아들을 살해한 비정한 아버지, 짐승만도 못한 인간쓰레기였다. 하지만 세상은 아버지를 단죄하지 않았다. 그리고 나 역시, 비극적으로 죽은 동생을 위해 신의 은총만을 기도했으니 한심하기 짝이 없다.

얼마나 시간이 흘렀는지, 주위가 잠잠해졌다. 책상에서 일어나 살그머니 문틈으로 다가가 밖의 동정을 살폈다. 어머니는 몸이 쑤시는지 손으로 이곳저곳 주무르고 있었다. 금방이라도 정신을 놓아 버릴 것 같은 표정이었지만 애써 기운을 내고, 몸을 추스르는 모습이었다. 눈물이 팽 돌았다. 그리고 아주 짧은 순간, 어머니의 표정에서 혼이 다 빠져나가고 빈 껍데기만 남아 있는 느낌이 전해 왔다. 너무나 지쳐서 이제는 살고 싶지 않은 표정으로 그만 죽어 버리고 싶다는 느낌인 어머니가 갑자기 두렵고 무서웠다.

가슴이 다시 답답해져 왔다. 어디론가 뛰쳐나가고 싶었다. 뭐든지 왕

창 때려 부수고 고함을 지르고, 한바탕 욕설을 퍼붓고 싶었다. 아버지도 이런 기분이 드는지 그래서 그렇게 난리를 피우는 것인지도 몰랐다. 요란하던 광기가 멈춘 것으로 보아 아버지도 기진한 모양이었다. 지쳐 포기한 것이 다행이라고 생각하며 나는 웅크린 자세에서 천천히 일어났다. 어머니도 조심스럽게 일어나 주위를 살폈다. 아버지가 보이는지를 살피며 서서히 움직이지만 언제 불쑥 나타날지 알 수 없기 때문에 어머니의 태도는 지극히 신중했다.

어머니는 일어서서 한참 동안 선 자세로 가만히 있다가 아버지가 나타나지 않을 것이란 판단이 섰는지 비로소 허리를 폈다. 허리에 발길을 심하게 받았던 모양으로 동작이 굼뜨고 매우 고통스러워 보였다. 간신히 편 허리만이 아니라 어느 한 군데 아프지 않은 곳이 없을 것이었다. 보지 않았지만 아마도 어머니의 몸, 여기저기 시퍼렇게 피멍울이 들었을 것이다. 어머니는 숨을 죽이며 화장실로 들어갔다. 그 안에서 얼굴을 씻고, 흐트러진 머리를 빗고, 거울을 통해 얼굴을 보며, 겉으로 표가 나지 않은 것을 다행이라고 생각할 터였다. 고등학생인 내게 참담한 모습을 보이지 않으려 기를 쓰는 일련의 상황들이 아무리 감추어도 감추어지지 않는다는 사실을 어머니는 잊은 모양이었다. 집안이 시끄럽도록 난리를 피워 대는데, 방문을 잠근다고 어떻게 감추어지겠는가. 어머니는 그런데도 되도록 감추었다. 처참한 상황들은 사물을 인식하기 시작할 당시부터 나는 다 알게 되었다. 그런대도 잘못되는 것을 원하지 않는 어머니를 위해 모른 척 시치미를 뗐다. 어머니가 유일한 희망인 내게 숨기려고 해서 그저 잠자코 있었다.

화장실에 가고 싶은 것을 간신히 참았다. 얼굴을 마주칠 때 찡그리거나 아픈 내색을 하지 않으려고 억지로 웃는 어머니가 보기 싫어서 참으며 기다렸다. 화장실을 나와 절룩거리며 걸어온 어머니는 살그머니 내 방문을 열고, 형편을 살피곤 했다. 그런 반복된 상황을 꿰뚫고 있었으므로 가만히 있는 것이 도리였다. 어머니는 오랜 시간 혼자만의 세계인 화장실 안에서 감정을 정리하고 있을 것이다. 그 안에서라면 소리 죽여 울 수 있고, 욕설을 퍼부을 수 있으며 주먹질을 할 수도 있었다. 제발 그렇게 하기를 그러므로 감정의 찌꺼기를 어느 정도 걸러 낼 수 있기를 나는 간절히 바랐다.

틈을 내어 도둑고양이처럼 걸어가 안방 문을 열었다. 아버지는 이미 잠들었으므로 들킬 염려는 없었다. 방에서는 시궁창 냄새가 났다. 입에서 나오는 지독한 술 냄새와 땀내가 섞여 썩는 듯 고약한 악취가 났다. 어머니를 짓이기고 상스런 욕설을 퍼붓는 악마 짓만 멈추어 준다면 그런 것쯤 얼마든지 참을 수 있었다. 바닥에 아무렇게나 널브러져 팔을 대자로 벌리고, 드르렁드르렁 코를 골며 아버지는 언제 그랬느냐 싶게 깊이 곯아떨어졌다. 양말도 벗지 않은 입은 옷 그대로 잠든 아버지의 모습에서 피곤하고 지친 기운을 느꼈다. 순간 무한정 기운을 쓸 수 있는 팔팔한 나이가 아니라는 사실을 깨달을 수 있어 무척 기뻤다.

시간이 되었으므로 나는 재빨리 방으로 돌아왔다. 어머니가 화장실에서 나와 안방으로 들어가는 것이 보였다. 어머니는 잠든 아버지 곁에 다가가 냄새가 코를 찌르는 양말을 벗겨 내고 넥타이를 풀어 윗옷과 바지를 벗긴 다음 머리 밑에 베개를 넣어 줄 것이다. 그리고 이불을 꺼내어 감기에 걸리지 않도록 덮어 주고 뒤끝을 마무리할 것이다. 언제나 반복된 행위지만 아버지는 전혀 알지 못했다.

어머니는 방에서 가지고 나온 아버지의 옷가지들을 세탁기 속에 집어넣었다. 양말과 와이셔츠를 세탁하며 어머니는 대체 무슨 생각을 할까.

깨끗이 세탁되는 옷가지들처럼 포악으로 얼룩지고 술과 욕설과 폭행으로 이어지는 아버지의 인생이 혹시 세탁 되기를 기대하는 것은 아닐까. 하지만 어머니의 얼굴엔 아무런 표정도 떠오르지 않았다. 어머니가 다용도실에서 나와 거실의 소파에 앉는 것을 보고, 나도 침대 위에 몸을 눕혔다. 비로소 어머니에게 휴식의 시간이 왔다. 벗어 놓은 빨래들을 세탁하며 낮 동안에 집안을 정리하거나 시장을 보았다. 두 손을 놓아 버리면 집안 꼴이 엉망이니 몸이 부서져도 일을 멈출 수는 없었다. 이제 아침까지는 어머니의 시간이다. 조용하고 평화로운 시간, 누구에게도 간섭받지 않는 어머니만의 귀중한 시간이었다.

아침이 밝았다. 술이 깬 아버지는 간밤에 일으킨 광란의 행동은 까맣게 잊어버렸다. 아무것도 모른다는 표정으로 밥을 먹고, 소리 없이 집을 나선 아버지에게 지난밤의 난리를 상기시킬 수도 없었다. 말을 하면 변명하거나 모른다고 시치미 뗐고, 저녁이면 미안한 기색 없이 흠씬 취해 들어와 또다시 미친 짓을 반복했다. 전날보다 더하면 더했지 덜하지 않았다. 그때까지 어머니가 누렸던 잠깐의 휴식은 사라지고, 악몽 같은 일이 되풀이되었다. 그러므로 출근하는 아버지에게 아무 말도 할 수 없었다.

갓 결혼했을 당시만 해도, 어머니는 다음 날 아버지가 너무 멀쩡해서 멋모르고 간밤의 일들을 말했었다. 상처를 보여 주고 다시 그런 일이 벌어지지 않도록 다짐받으려고 했지만 헛된 짓이었다. 모든 것을 술에 핑계한 아버지는 그날 밤엔 더 심하게 폭행했고 어머니가 했던 말들을 토씨 하나 빠트리지 않고 토해 내며 트집을 잡았다. 그 일이 여러 번 일어난 후에야 예삿일이 아님을 깨달은 어머니는 어떤 말도 해서는 안 된다는 것을 절감했다.

아버지는 억압된 폭력적 성향을 술의 힘을 빌려 분출했다. 제정신이 아니게 잔인하고, 가혹한 면을 보일 땐 짐승이나 다름없었다. 어머니도 폭력에 만성이 되었는지 이미 인간이기를 포기한 상태가 아닌가 싶게 느껴질 정도였다. 힘의 논리가 존재하는 부부에게 이성이라는 낱말을 등장시키기도 어려웠다. 저항할 힘마저 상실한 어머니의 철저한 비굴함도 혐오스러웠다. 자존심이 조금이라도 남아 있다면 목숨을 잃어도 좋다는 각오로 덤볐어야 했다. 반복된 폭행에 시달리면서 분노를 쌓고, 그걸 표출하지 못해 꼬챙이처럼 야위었다. 아무런 행동도 감행하지 못하고 가슴만 부여잡는 가련한 어머니의 신세나 바라보고만 있는 나나 비겁하기는 마찬가지였다.

부부의 삶에 균열이 생기기 시작한 건 언제부터였는지 모르겠다. 어머니는 아무리 기억을 더듬어도 최초의 폭력이 무엇 때문인지, 어느 때인지조차 기억할 수 없다고 했다. 오랜 폭행에 시달리다 보니 다 잊어버린 모양이었다. 여러 번 맞고 난 후에도 아버지가 상습적인 폭력행위자란 사실을 어머니는 믿지 못했다. 자신도 모르게 혹시 실수를 했나 되돌아보았으며, 잘못이 아닌 것들을 반성했었다. 그러다가 비로소 구타의 심각성을 깨달았다고 했다. 그렇게 정신을 가다듬을 시간적 여유도 없이 폭력의 시간들 속에 동댕이쳐졌다.

어머니는 그 문제로 상담을 많이 했다. 정신과 의사, 매 맞는 아내를 위한 모임, 여성의 전화에도 상담하러 다녔다. 그들은 아버지의 행위가 병적이라고 단정했고, 함께 방문하거나 상담을 받으라고 충고했다. 아버지의 성향을 알지 못한 결혼 초에 어머니는 상담했던 내용들을 털어놓았다. 아버지는 착한 아이처럼 고개를 끄덕이며, 고분고분 듣다가 술을 몽땅 마시고, 다른 때처럼 두들겨 패기 시작했다. 조금은 바뀌지 않을까 하는 마음에 안심하던 어머니는 병원에 실려 갈 만큼 심한 구타를 당한 후에야 아무 말도 꺼낼 수 없음을 확실하게 깨달았다.

한 달 동안 매일이다시피 폭행이 계속되었다. 어머니는 심신이 극도로 피폐했고 금방이라도 피를 토하고 쓰러질 것처럼 보였다. 최근의 폭력은 거의 위험수위에 다다를 정도로 위기였다. 해결책이 나오지 않는다면 나로서도 감당하지 못할 사태가 벌어질지도 몰랐다. 나는 밤마다 아버지를 죽이는 꿈을 꾸었다. 발로 차거나, 매로 사정없이 때리는 아버지에게 달려들어 죽인다고 악을 쓰는 흉측한 악몽으로 비명을 지르며 놀라서 깨어나는 일이 빈번했다. 잠에서 눈을 뜨면 가슴이 덜덜 떨릴 정도로 한기가 들고, 한참을 잠을 이루지 못해 뒤척였다. 꿈속에서 아버지는 어머니 대신에 나를 못살게 굴었다. 꿈처럼 실제로 아버지가 곧 폭행의 대상을 나로 바꿀지도 모른다는 불길한 상상에 시달렸다.

목석 같은 어머니를 달래어 가까스로 병원에 찾아갈 것을 설득했다. 의사와 상의해 치료할 방법을 찾기야 했다. 어머니는 만신창이가 되어 끙끙 앓으면서도 소용없는 짓이라고 고개를 내둘렀다. 예전에도 의사를 찾아갔지만 별수가 없었다고 했다. 그러나 포기할 수는 없었다. 마지막으로 의사에게 가 보자고 애원하여 어렵게 허락을 받아 냈다.

병원의 진료 시간을 맞추기 위해 조금 늦게 집을 나섰다. 학교에는 전화로 늦는다고 연락을 해 두었다.

우리가 찾아간 정신과 의사는 신문에 칼럼 따위를 써서 이름이 제법 알려진 인물이었다. 그의 유명세 때문에 면담 시간을 간신히 배정받았다. 텔레비전에 자주 등장하여 귀에 달콤한 이야기를 늘어놓는 내용이라면 아버지에게도 틀림없이 기회가 있을 것이다. 그는 어쩌면 우리 집에 평화라는 선물을 안겨 줄 산타클로스일지도 몰랐다. 우리는 특진 요금을 지불하고 일부러 그를 택했다.

그는 안경 속에서 눈을 날카롭게 치켜뜨고 어머니를 훑었다. 엑스레이 투시기로 쳐다보는 것 같은 섬뜩한 눈빛이었다. 어머니는 눈빛만으로도 바짝 졸아든 모습이었다.

"무슨 문제가 있으십니까?"

"저어."

어머니는 선뜻 말하지 못하고 망설였다. 매 맞는 이야기를 하기가 어디 쉬운 일인가. 바보 같은 놈, 아무런 문제가 없는데 미쳤다고 찾아왔겠는가. 얼굴만 보아도 알 수 있을 텐데 대중 앞에서 잘난 체만 했지, 아무것도 모르는 게 아닌가 싶었다. 어머니는 너무 야위어 있는 데다 수면 부족으로 은행잎처럼 얼굴이 노랬다. 그는 어머니가 아픈 거라고 짐작한 모양이었다.

"제가 아니고."

"그럼."

너냐, 하는 표정으로 의사가 내게 눈을 돌렸다. 눈꼴이 심상치 않았다. 나를 완전히 이상한 사람 취급하는 것을 느낄 수 있었다. 유능한 척하도 나대는 통에 만성 환자인 아버지도 고칠 수 있을 것이라고 깜박 속았지 뭔가. 병신 같은 새끼. 나는 욕이 터져 나오는 걸 간신히 참았다.

"환자는 사정이 있어서 같이 오지 못했는데요."

"남편 때문에…… 상담하려고."

배알이 틀려 삐딱하게 대꾸하자, 어머니가 더듬거리는 목소리로 황급히 내 말을 잘랐다. 말을 하기가 힘이 들고, 떨리는지 목소리가 억눌려 나왔다.

"남편에게 무슨 문제가 있습니까? 오신 이유를 말씀해 주셔야죠."

의사가 짜증나는 표정으로 재촉했다. 빨리 용건을 말하고 다음 환자에게 차례를 물려야 하는데 망설이니, 답답할 수도 있을 것이다. 그렇다고 고상한 유명인사가 짜증을 내면 안 되지, 나는 입을 비쭉이며 그를 흘깃거렸다.

"어머니에게 심하게 폭력을 써요. 그러다가 맞아 죽을 거예요. 아시겠어요?"

의사의 심리를 읽은 탓인지 주눅이 든 어머니는 더욱 심하게 주춤거렸다. 참지 못한 내가 어머니 대신 그에게 버럭 화를 내었다.

"흉기를 사용하십니까? 부인이 자세히 말씀해 주시죠."

"아직 그렇지는 않아요. 주로 주먹과 발을 쓰는데, 어느 땐 머리를 벽에 짓이기기도 해요. 어제도 그랬어요. 전 밤새 한숨도 자지 못했답니다."

내가 행여 다른 실수를 할까 싶어서인지 어머니는 일방적인 의사의 물음에 재빨리 대답했다. 흉기를 사용하는 것과, 그렇지 않는 것이 무슨 대단한 차이가 있는가. 흉기를 사용한 적은 없지만 아버지의 발과 주먹은 흉기나 다름없었다. 속이 들끓었지만 어머니를 생각해서 입을 다물었다. 그런 것들을 보고해야 하는 어머니가 안쓰러워 싹수가 노란 의사에게서 그냥 뒤돌아 나오고 싶었다. 그러나 비싼 특진비가 아까워 잠자코 있었다. 이러다가 의사에게까지 두려움이 생겨 혹시, 어머니가 정신병에 걸리는 게 아닌지 모르겠다.

"자주 그러십니까? 어느 때 더 심하죠?"

"술을 마시면 더 심해요."

"술은 자주 마십니까? 어느 정도나 마시죠?"

이야기를 들으며 의사는 차트에 무엇인지 적었다. 예전에 만난 의사들처럼 그도 알코올중독이란 진단명을 붙이고 입원을 권유할 것이다. 그리고 뾰족한 대책이 없을 것 같았다. 믿었던 이 의사마저 그런 식으로 말하면 아무런 희망이 없었다.

"부인의 말씀만으로는 어느 정도인지 자세히 알 수가 없군요. 환자분이 병원에 같이 나오셔야겠어요. 그때 다시 방법을 강구해 봅시다."

그는 느물느물하게 말했다. 같이 올 수 없으니 우리만 왔지, 그럴 수 있었다면 당연히 함께 왔을 것이다. 비싼 돈 들여 상담하면서, 숨길 게 뭐가 있다고 우리만 살짝 왔겠는가, 골빈 사람들이라면 모를까.

"환자가 오지 않고, 치료할 방법은 없을까요?"

"없어요. 이렇게 환자 없이 오시면 전혀 도움을 드릴 수 없어요. 어떻게라도 설득하셔서 남편하고 같이 시간을 내보도록 하세요."

아니나 다를까. 의사는 환자가 없이는 아무것도 할 수 없다고 냉정하게 잘라 말했다. 더 이상 상담할 여지가 없었다. 가슴만 답답할 뿐 아버지에게 말할 용기는 없었다.

매 맞는 아내들을 위한 무료 상담원과 터무니없이 비싼 진료비를 받는 그와의 차이점이 무엇이란 말인가. 어쩌다 찾아가는 상담원은 강제로 정신병원에 입원시키든지 아니면 어머니에게 당장 병원에 가서 진단서부터 끊으라고 했다. 이런 식의 참기만 하는 대응은 득이 되지 않는다면서 법적 투쟁을 할 수 있는 준비를 해 두도록 충고했다. 전화로 어머니를 상담해 주는 또 다른 상담원도 긴 세월을 어떻게 버텨 왔느냐고 동정하면서, 그러다가는 병신이 되거나 죽을 수 있다고 말했다. 엊그제도 오랜 기간 상담만 하던 여자가 기어코 칼에 찔려 죽었다는 말을 해 주었다. 너무 늦게야 알게 되어, 피를 많이 흘린 뒤에야 병원에 실려가 죽고 말았다면서 울먹였다.

어머니 외에도 가정 폭력에 시달리는 여성들이 많은 모양이었다. 흉기를 사용하지 않는 것만도 다른 사람들에 비해 한결 나은 편이라는 위로의 조언도 어머니에게는 전혀 도움이 되지 않았다. 상담원들은 매 맞는 여성들의 황폐화된 인격을 경계했다. 구타당하는 생활이 계속되면 스스로 포기하거나 우울증으로 생을 마감하는 경우도 허다하다고 했다. 그러지 않기 위해 보다 강하게 대처할 필요가 있다고 진지하게 설득했다. 무엇이 중요한 방법인지를 빨리 깨달을 수 있게 되기를 상담원들처럼 나도 세뇌하고 있지만 어머니는 자꾸만 망설이고 있었다.

의사는 상담원들보다도 진지하거나 친절하지 않았다. 나는 괜히 돈만 허비한 것 같아 어머니에게 미안했다. 사실, 확실한 방법을 기대하며 병원에 갔던 것은 아니었다. 내 절박감이 극에 달했고, 최근의 상황이 어머니로서도 감당하기 너무 힘들었던 탓이다. 의사가 매스컴에서 그럴 듯하게 현혹해서 희망을 품었던 것은 사실이었다. 그러나 강제 입원이 아니면 아버지를 어떻게 할 수가 없을 것이라는 결론은 똑같았다. 입원 후의 후유증을 감당할 수 있다면 모를까, 그럴 수 없는 상황에서는 불가능한 일이었다. 어머니는 그렇게 할 수 없을 것이 명백했으므로 참을 수밖에 없었다.

저속한 언어를 남발하는 아버지의 나쁜 면을 말하지 않고 조심하는 것은 예전에 품었던 꿈들에 어머니가 미련이 있어서일까. 사랑하려고 노력하고 있으며, 내게도 그래야 한다고 주문하는 것도 그런 이유일까. 눈곱만한 자존심마저 찢어 버리는데 무슨 연민이 남아 그런 예의를 차리는 것인지 알 수 없었다. 상스런 언어와 폭력을 휘두르는 인격파탄자인 남편에 대한 아내의 의무라면 모르지만 내게까지 진면목을 감추며 아버지를 이해하라고 부탁하는 것은 정말 알 수 없는 노릇이다.

어머니는 밖에 나가는 것조차 두려워했고, 사람들과의 만남도 소극적이어서 친구도 거의 없었다. 맞으며 산다는 사실을 다른 사람이 알게 될까 봐 두렵기도 하고, 수치스러워서일 것이다. 집안에만 있으면 어머니는 자신의 상황이 알려지지 않고, 숨겨지게 되리라고 생각하는 듯했다. 그러나 그게 어디 감추어질 일인가. 주위의 웬만한 사람들은 어머니가 어떻게 살고 있는지 진작부터 알았다. 아무리 쉬쉬하고 조심해도 알 만한 사람들은 끔찍하고 부당한 대접을 받으며 살고 있는 어머니를 측은하게 생각하며 꼭 그렇게까지 살아야 하는지 고개를 갸우뚱거렸다. 그러나 남의 일, 다른 집의 문제이기 때문에 더 이상은 말하지 않았다. 창피하고 부끄러운 일이었다.

아무런 해결책도 제시하지 못한 의사 때문에 학교의 수업도 괭개친 효과가 없어 속이 부글부글 끓었다. 어머니와 헤어져 학교를 향하는 동안 솟구쳐 오르는 울분으로 나를 억제하기가 여의치 않았다. 성은이를 떠올렸다. 그러자 모든 울화통이 그 애를 향해 집중되어 달려가는 것을 느꼈다. 그 애는 끓어오른 분노를 어느 정도 소멸시켜 정상적인 상황으로 나를 환원시켜 줄 것이었다. 발걸음이 조금 가벼워졌다. 억제할 수 없는 심사를 나는 그 애에 대한 생각으로 위안 삼았다.

성은이는 나를 보자 바짝 졸아 있었다.

"이리 좀 와. 누가 잡아먹니? 오라고 말하면 빨리 와야지."

표정이 심상치 않았던지 성은이는 나를 자꾸 피하다가, 마지못해 주춤거리며 따라왔다. 나는 눈을 크게 뜨고 흘겨보며 연약한 그 애의 팔을 비틀어지게 잡아끌었다. 명령에 빠르게 대응하지 않는 것에 신경이 날카로워져 나도 모르게 사납게 다루었다. 공사를 하다만 공간까지 그 애를 끌고 갔다. 그 애는 겁에 잔뜩 질려 있었고 몸을 벌벌 떨기까지 했다.

"누가 널 죽이기라도 하니? 왜 그렇게 병신처럼 떠는 거야?"

약이 올랐다. 성은이의 행동이 영 마음에 들지 않았다. 영락없이 저항할 힘을 잃어버린 어머니 꼴이지 뭔가. 나는 아버지처럼 가볍게 그 애의 머리를 벽에 밀어붙였다. 그 애가 비명을 질렀다. 나는 비명을 질러서는 안 된다고 윽박지르며, 발로 걷어찼다. 어디를 찼는지 모르지만 그 애가 헉 하고 숨을 몰아쉬는 소리가 들렸다.

그리고 내가 어떻게 행동했는지, 그다음은 전혀 생각이 나지 않았다. 거짓말 같지만 진심이다. 아무튼 그 애가 내게 두 무릎을 꿇고 손을 싹싹 비벼 대던 것만은 생각이 났다. 내가 이성을 잃었던 것일까? 모르겠다. 그러나 내 속에 가득 쌓여 있던 울분을 실컷 토해 냈을 때, 그때도 내 곁에 여전히 그 애가 있었다는 사실은 기억하고 있다. 그리고 그 애와 함께 제과점에 가서 아이스크림을 사서 하나씩 나누어 먹었던 것 같다. 또 무엇을 그 애와 함께했던가. 모르겠다. 아무래도 내 폭행의 강도가 아버지를 흉내 내는 것은 아닌지 얼핏 걱정이 되었다.

담임교사의 호출이 있었다. 교무실이나 상담실이 아닌 교장실로 오라는 전갈에 불길한 예감이 들었다. 성은이 때문일까 하는 생각에 일부러 찾아보았지만 그 애는 없었다. 학교를 나오지 않았다는 것이다. 자리가 텅 비어 있고, 아무것도 없어서 더욱 찜찜했다. 잊으려 했지만 그 애의 얼굴이 자꾸만 어른거렸고, 머릿속이 뒤숭숭해졌다. 아이스크림을 먹을 때 나를 쳐다보던 눈물이 그득했던 얼굴, 그때 그 애의 눈에서 무엇을 느꼈던가, 섬뜩함이었던가. 아니다. 뭔지는 모르겠지만 눈빛이 묘하게도 맑고 차분해 보여서 이상하게 생각되기는 했었다.

되도록 복장을 단정히 하고 나는 침착한 태도로 교장실로 이어진 일층 복도를 걸었다. 다른 학생들이 창을 통해 자꾸 나를 살펴보는 것만 같았다. 그러나 자세히 쳐다보면 그런 일은 없었다. 이런 것들이 초기 신경증세인지도 모르겠다. 복도가 그렇게 좁고 길어 보이기는 처음이었다. 걸음이 무겁고 더딘 탓에 그렇게 느껴질 수도 있겠지만 교장실 문 앞까지 도착하는 시간이 너무나 힘이 들었다. 노크를 하고 교장실 문을 열었을 때 나는 소파에 앉아 있는 중년 남자를 보았다. 그는 낯이 익었다. 어디서 보았던가 생각하다가 겨우 생각해 내었다. 예전에 피투성이가 된 어머니를 병원에 싣고 갔던 바로 그 형사였다. 아버지에게 맞아 갈빗대 두 개가 골절을 입었으며, 머리가 깨져 다섯 바늘이나 꿰매어야 했던 때였다.

나는 어머니 대신에 아버지를 고발했지만 가정사라는 이유로 그는 조서조차 받지 않았다. 어리다는 핑계로 아버지의 무참한 폭행을 하소연하던 내 말을 귀담아 듣지 않았고 아예 무시했다. 그의 인상은 귀찮은 일에 말려들지 않으려는 타입의 형사라는 것이었다. 어머니는 여러 번 병원에 실려 가는 위험을 당했지만, 나는 다시 경찰에 신고하지 않았다. 그로서도 별다르게 구제할 방법이야 없었겠지만 최소한 폭행의 근거는 남겨 놓았어야 했다. 편견일지 모르겠지만 그로 인해 나는 모든 경찰에 대해 부정적인 시각을 갖게 되었다. 그런 고착된 사고에 절대적으로 공헌한 그를 나는 아마도 평생 잊지 못할 것이다.

"이 학생인가요?"

놀란 눈빛으로 뚫어지게 쳐다보는 것으로 미루어 나를 알아본 눈치였다. 나는 그만 느낄 수 있게 입 꼬리에 살짝 조롱을 담았다. 그가 나를 무시한다고 생각했을 때 표독스런 눈으로 그를 노려보며 언젠가 당신에게 책임을 물을 것이라고 엄포를 놓았었다. 어린애가 당찬 소리를 한다며, 그저 웃어 넘겼지만 속으론 뜨끔했을 것이다.

"이성은이란 학생, 알지?"

그가 내게 물었다. 성은이란 이름이 나오는 순간 뜨끔했지만 나는 태연한 표정을 지었다.

이성은, 작고 참새같이 여린 계집애. 어머니처럼 반항할 줄 모르던 바보 계집애였다. 불현듯 며칠 전 그 애를 너무나 심하게 때렸던 게 아닌가 하는 생각이 들었다. 그리고 혹시 그 애가 잘못된 것은 아닌가 하는 불길함이 스쳤다.

전날 너무 심하게 맞은 어머니의 모습이 수업 시간 내내 망막에 어른거려 참을 수가 없었다. 그래서 그 애를 불렀다. 불려 온 그 애는 벌벌 떨기만 했다. 나는 그런 식의 연약하고 불쌍해 보이는 것을 못 참았다. 그래서 적당히 손을 좀 보았다. 두들겨 패지 않으면 다른 사고를 치게 될지도 모르니, 그 애에 대한 내 손찌검이나 발길질은 카타르시스의 한 방법에 불과했다. 맞으면서도 그 애는 한마디 말조차 하지 못했다. 하는 짓도 영락없는 어머니여서 나는 더욱 화가 났었다. 왜 그러냐고, 도대체 무엇 때문에 나를 때리는 것이냐고, 한번쯤 반항하거나 달려들 수도 있을 텐데, 병신처럼 당하기만 하다니, 그래서 더욱 견딜 수 없었다. 그렇다고 그게 무슨 큰 문제가 되는가. 죽기 직전에 병원으로 실려 가는 어머니도 있는데.

"그 애가 어젯밤에 죽었다."

교장이 괴로운 듯 말했다. 순간 속이 니글거리며 당장 토할 것처럼 울렁거렸다. 한편으로는 죽었다는 소리에 정신이 띵해서 허튼소리를 듣고 있는 듯 멍멍한 느낌이 들었다. 왜 죽었는지, 묻고 싶었지만 묻지 않았다. 묻는다는 것이 너무나 뻔뻔스러웠다. 그 이유는 누구보다도 내가 더 잘 안다고 할 수 있지 않은가.

앞에 앉아 있는 형사가 내 손에 수갑을 채우고 끌어갈 것이란 두려움이 들었다. 갑자기 형사의 얼굴이 몇 개로 겹쳐져 보이며 정신이 어찔했다. 하지만 나는 스스로를 다스렸다. 표내서는 안 된다는 교활한 생각이 번개같이 머릿속을 파고들었다.

"아파트 창문에서 뛰어내렸지."

형사가 입가에 냉소를 머금은 표정으로 나를 째려봤다. 째려본다고 생각한 것은 제 발이 저린 탓일 게다.

"생각나는 게 없니?"

아무 말이 없자, 형사가 다시 물었다. 묘한 여운을 띄우는 말에 뜨끔했지만 나는 태연한 표정을 지었다.

"무슨 말씀이세요? 왜 저에게 그런 말씀을 하시는 거죠?"

대들 듯이 물었다. 아니꼬운 마음이 들어 엉겁결에 말이 삐딱하게 나왔던 모양이었다. 놀란 교장과 담임이 나와 형사를 번갈아 쳐다보며 반항적인 말투가 도무지 믿기지 않는 듯 수상한 표정을 지었다. 아차! 싶었다. 조심해야겠다는 생각이 들었다.

"화가 난 그 애 어머니가 이걸 들고, 내게 왔더구나. 조사를 해 달라는 것이었어. 어때, 무엇인지 궁금하지 않니?"

그는 들고 있던 검은색 표지의 노트를 내밀었다. 교활하게도 내게 궁금증을 유발시켜 노트를 펴 주기 기대하는 것 같았지만 나는 침착성을 유지했다. 괜히 말려들 필요가 없었다. 흥분하면 득이 될 게 없었다. 형사가 하는 말에 나는 아무 대답도 하지 않고 노트를 펼쳐 볼 생각도 하지 않았다.

"그건 죽은 이성은 학생의 일기장이야. 거기에 학생 이름이 꽤 여러 번 나오더라고."

나는 선생님들을 향해 억울하다는 시늉을 해 보였다.

"내용으로 봐서 그 애의 죽음에 학생의 책임이 상당해. 그래서 이렇게 직접 찾아온 거야. 그 정도 말했으면 알아들었겠지?"

안달이 난 형사가 스스로 털어놓았다.

책임이 있다고 해도 별다른 문제는 없을 것이다. 집단적인 폭행을 행사한 것이 아니고 물건을 빼앗거나 강요한 적도 없었다. 죽으라고 강요한 적은 더더욱 없었다. 더구나 난 미성년자이고, 학교에서는 인정받는 모범생이었다. 들통이 나지는 않겠지만 만약 진상이 밝혀진다고 해도 대수인가. 이럴 때 내가 말썽이나 부리고, 교사들의 눈 밖에 났더라면 정말 큰일 날 뻔했다. 착하고 성실한 학생이니 내게 적잖은 플러스 요인이 될 것이다. 이럴 수 있음을 감안한 영리하고 계산적인 나의 두뇌에 박수를 보내고 싶다.

"무슨 말씀을 하시는 건지 통 모르겠는데요? 왜, 내가 성은이의 죽음에 책임이 있다는 것인지, 구체적으로 말씀해 주시겠어요?"

내가 살인이라도 했다는 건가요? 따지고 싶었지만 참았다. 무슨 말을 하던 그런 것들에 나는 침묵을 고수할 생각이었다. 아무것도 모르겠다는 멍청한 표정을 짓는 것이 최상의 방법이고 나를 위장하는 방편이었다. 그래서 나는 그렇게 연기했다.

"그렇게 뻔뻔스럽게 굴 거야?"

그의 말을 도무지 이해하지 못하겠다는 표정을 했던 게 그의 화를 돋운 모양이었다. 형사는 아주 노골적으로 반말을 해 대며 식식 대었다.

"여보세요. 형사 분이 그렇게 우격다짐으로 말하면 어떻게 합니까. 학생에게 위협적으로 대하지 않기로 약속하지 않았습니까? 이 학생은 우리 학교에서도 모범생이란 말이에요. 죽은 성은이란 학생과는 다른 학생이란 말입니다. 그러니 그렇게 함부로 단정하지 마세요. 성은이가 죽은 것은 우리도 슬프지만, 아직 무엇 때문인지 모르는 상태 아닙니까?"

담임도 발끈했다.

"왜 그러신지 전 정말 모르겠어요. 그 애가 죽은 것이 나하고 무슨 상관인가요? 사이가 좋았던 것은 아니지만 그렇다고 특별하게 나쁜 관계는 아니었어요. 그런데 왜 내 얘기가 일기장에 쓰여 있죠? 죽는 게 나와 무슨 관계가 있다고 쓰여 있나요?"

거짓말을 하면서도 계속 속이 니글거리며, 멀미가 솟았다. 죽은 성은이 이야기는 하고 싶지 않았다. 살아 있는 어머니에 대한 생각만으로도 골이 패일 듯 아픈 지금, 구태여 죽은 사람의 뒤를 캐서 뭘 어쩌겠다는 것인지 모르겠다.

"성은이가 일기에 그럼 거짓말을 썼다는 거야? 학생은 그렇게 생각해? 학생에 대한 언급은 수도 없어. 계속 상습적인 폭행을 당하고 있었다는 사실이 곳곳에 쓰여 있다고."

"그딴 것 나는 몰라요. 다투었던 적은 있었죠. 뭔가 의견이 달라서 그랬겠지만 생각나지는 않아요. 우리들끼리는 서로 잘 다퉈요. 잘못을 저지를 수도 있고요. 그렇다고 일기장에까지 그런 식으로 내 얘기를 썼다니 의외네요."

나는 침착하게 거짓말을 했다. 평소의 행동으로 미루어 학교는 나를 신용하고 있으므로 내 말을 믿어 줄 것이다. 자살하는 아이들은 문제가 많은 아이들이다. 정신적으로나 가정적으로 어떤 문제가 있는지도 모르는 일이다. 피해망상증의 증세가 있을 수도 있다. 아무튼 선생님들이 죽은 성은이보다 나를 더 믿고 있으니 그런 식으로 생각해 주기를 기대했다.

"이래도 양심의 가책이 없어?"

형사가 일기장을 직접 펼쳐 내 앞으로 밀어주며, 노골적으로 분노의 감정을 표출했다. 일기는 죽던 날, 아니 내게 심하게 맞았던 날짜였다. 재수 옴 붙는다더니 더럽게 걸렸다. 죽으라고 종용한 것도 아닌데, 나더러 어쩌란 말인가. 죽은 것은 그 애였다. 맞았다고 해서 죽을 만큼 어리석은 바보라면 그 애는 차라리 현명한 선택을 했다고 말하고 싶었다. 하지만 아무 소리도 하지 않았다.

형사는 내가 눈물을 흘리며 잘못했다고, 다시는 그런 짓을 안 하겠다고 맹세했으면 하겠지만 천만의 말씀이다. 그럴 생각은 추호도 없다. 그 애가 죽었으니 다시 다른 대상을 물색해야 하는 일이 내겐 더 골치 아프고 귀찮을 뿐이다. 죽으려면 곱게 죽지 왜 죽으면서까지 나를 물고 늘어졌을까. 일기에 그 따위 소리를 적어 놓아, 왜 일을 확대시키는지 모를 일이다. 아무런 생각도 없는 멍청해 보이기만 했던 성은이도 생각이라는 게 있었다는 내게는 정말 놀랄 일이었다. 속을 알 수 없기도 했지만 희한하고 묘한 아이였다. 어쨌거나 당장은 내게 떨어진 불똥을 제거하는 일이 급했다.

"제가 성은이를 폭행했다니, 그건 오해예요. 딱 한번 다툰 적이 있었을 뿐이라고요. 정말이에요. 나와 한 반도 아니고 서로 잘 아는 사이도 아닌데 왜 하필 내 이름을 썼는지 모르겠네요. 내게 무슨 억하심정이 있는 것도 아니고."

최대한 놀란 눈빛을 하고, 교장과 담임을 향해 알 수 없다는 표정을 지어 보이며 구원의 눈빛을 보냈다. 그리고 억울하다는 듯이 소리 내어 엉엉 울기 시작했다. 나의 연기는 감쪽같아서 누구든 속아 넘어갈 정도였다. 이런 때는 아버지를 닮은 선량하고, 순진해 보이는 외모가 한몫을 단단히 했다. 짐작처럼 내가 큰소리로 우는 것에 놀란 두 분의 선생님은 형사를 향해 괘씸하다는 듯이 노려보았다. 당황한 형사의 눈빛을 보는 순간, 나는 고소한 느낌이 들었다.

미친 년, 그렇다고 죽다니, 병신처럼 스스로 목숨을 끊을 게 뭐란 말인가. 그럴 만한 용기가 있었다면 한번쯤 반항할 수도 있지 않았을까. 그 애가 죽은 것에 관심이 있어서는 아니었다. 어차피 사회는 강한 자만이 살아남게 되어 있지 않은가. 경쟁에서는 항상 승리해야 한다. 그렇지 않으면 곧 도태되고 말 것이다. 학교에서도 마찬가지다. 성은이는 밀려나는 자신의 모습을 감당할 수 없었거나, 패배감 때문에 죽음을 선택한 것인지도 모른다. 그것도 한 방법이기는 했다. 남의 뒤꽁무니를 따라가며 박수나 쳐주는 존재라면 구태여 살아야 할 이유가 무엇이 있겠는가. 사는 재미도 더럽게 없을 것이니, 오히려 잘된 일인지도 모른다.

아무리 그렇더라도 죽다니, 못난 계집애였다. 바보, 병신, 머저리, 천치, 나는 되는대로 마구 욕설을 퍼부었다. 입 밖으로 말하지 못한 탓인지 솟구친 화가 좀처럼 가라앉지 않았다. 미친 듯 웃고 싶어졌다. 형사는 그런 내 모습과 표정을 예리한 눈빛으로 관찰하였다. 그를 조심해야겠다고 나는 생각했다. 직분에 충실한 것인지, 나름의 감각인지 모르지만, 내 말을 전혀 수긍하지 않고 꼬투리를 잡으려 벼르고 있으니 말이다. 그러나 그도 나를 어쩌지는 못할 것이다. 아무도 내가 성은이를 폭행했다는 사실을 모를 뿐더러 설령 알았다고 하더라도 내가 죽인 것은 아니지 않은가. 나는 은밀하고 감쪽같이 행동했으니 성은이가 말도 안 되게 써 놓은 일기장 이외에는 어떤 증거도 없었다.

어찌 되었든 그는 나와 한참 동안 실랑이를 벌였다. 아무리 그가 엄한 눈초리로 위협을 하고, 확신을 보인다 해도 영리한 나를 속이지는 못했다. 꼬투리를 잡으려고 벼를 때마다 순진한 척 때론 화가 난다는 듯 연기한 노련하고도 지능적인 나를 선생님들은 옹호해 주었다. 적극적인 나의 부인을 믿은 학교에서 내 편이 되어 주었기에 그도 어쩔 수 없었을 것이다. 그는 결국 낭패한 얼굴로 되돌아갈 수밖에 없었다. 씁쓸한 표정과 언제든지 가면을 벗길 테니 두고 보자는 얼굴을 보며 나는 온몸이 오싹했다. 그는 미심쩍은 표정을 해 보이며 조만간 다시 찾아올 것이라는 암시를 주었지만 무사히 벗어날 수 있어서 다행이었다. 그러나 그가 내게서 시선을 거두지 않는 시기엔 조심해야 할 것 같았다.

그가 떠난 후에 나는 황급히 화장실로 달려가 속에 있는 것들을 토해 냈다. 하나도 남김없이 말끔히 게워 낸 후에도 토악질은 멈추지 않고 계속되었다.

나는 다른 날보다 좀 늦은 시각에 집에 도착했다. 마음이 심란해서 곧바로 집으로 향할 수가 없었다. 할 일도 없으면서 노닥거렸다. 이곳저곳을 기웃거리다가 게임방에서 스타크래프트를 두어 번하고 DDR을 신나게 밟고 나서 시내를 어슬렁거렸다.

그날이었다. 집에 들어서는 순간 나는 눈이 확 도는 장면을 목격했다. 아버지가 방금 어머니의 머리채를 개처럼 끌고 가, 거실 바닥에 내팽개치며 짓이겨 대고 있었던 것이다. 내가 도착하기 전에는 얼마나 심하게 맞았는지 알 수가 없었다. 찢겨진 이마에는 흐르던 피가 멈추어 말라붙어 있었고, 몸도 제대로 가눌 수 없는 상태였다. 언제부터 폭행에 시달렸는지 이미 탈진상태였다. 기진한 어머니를 보자 가슴에 참기 힘든 불길이 일었다.

내가 늦게 귀가한 일에 대해 화풀이를 하는 것은 아닐까. 행여 병원에 갔던 일을 눈치챈 것은 아닌가. 별별 생각이 다 들어 문 앞에 우뚝 멈추어 선 채 발길을 떼지 못하였다. 창백하게 굳어 장승처럼 서 있던 나에게 어머니가 눈짓을 했다. 참견하지 말고 모른 척 방에 들어가 주기를 간곡히 호소하는 눈짓이었다. 그럼에도 불구하고 참을 수 없이 화가 끓어올랐다. 이번만큼은 도저히 그냥 넘어가고 싶지 않았다. 지렁이도 밟으면 꿈틀하지 않는가. 연약해서 아무것도 하지 못할 것 같은 성은이 계집애도 제 목숨을 스스로 끊을 줄 아는데, 멀쩡한 내가 아무 짓도 할 수 없다면 벌레만도 못한 존재일 것이다.

속이 맹렬히 끓어올랐지만 아버지도 독이 오를 대로 오른 상태여서 섣부르게 행동할 수는 없었다. 자칫 잘못 행동하다가 힘에 밀려 당할지도 몰랐다. 가만히 있어 달라고 애원하는 어머니의 심경을 거스르지 않으려고, 끓는 화를 참으며 나는 아무것도 못 본 척 재빨리 방으로 들어왔다. 그런 내가 비참하기 이를 데 없었지만 어쩔 수 없었다. 나는 입술을 깨물고 편한 옷으로 갈아입은 다음, 주의 깊게 밖의 동정을 살폈다.

"쌍년이 이제는 벙어리가 되었나? 엠병헐, 귀신 붙은 년처럼 왜 말을 못해? 네 년의 아가리에서 싹싹 비는 소리가 나오도록 오늘 밤에 버릇을 단단히 고쳐 주지."

가소롭다는 듯 큰소리치는 아버지 앞에서 어머니는 꿈쩍도 하지 않았다. 자극하지 않으려고, 심기가 불편하지 않도록 팽팽하게 긴장하고 있는 어머니의 모습에서 나는 공포와 죽음을 초월한 강인함을 읽었다. 도

대체 어머니가 무엇을 잘못했단 말인가. 무엇이 못된 버릇인지, 어떻게 고쳐 놓겠다는 것인지 모르겠다.

"씹할 개 같은 년이 그래도 찍 소리를 안 하네. 그래, 잘났다. 얼마나 잘나서 사람을 우습게 취급해? 천하에 찢어 죽여도 시원치 않을 못된 년. 네가 뭔데 날 개뼈다귀 취급하고 깔 봐? 내 말이 같잖고 우습다는 거지? 우스워서 대꾸도 안 하고 철저하게 무시하겠다는 건데, 그래 봐라. 당하는 건 네 년이지 쌍년아. 그러니 당해도 싸. 오늘이 바로 네 년 제삿날이야."

어머니는 아무런 반응을 보이지 않았다. 죽일 테면 죽이라는 태도였다. 아니, 어쩌면 너무나 지쳐서 빌 힘이 없어진 것인지도 몰랐다. 문틈으로 보이는 어머니의 모습은 너무 작아서 금방이라도 부서질 듯 보였지만 아무것도 모르는 허깨비처럼 초연했다. 무슨 말을 어떻게 하든 그렇게 입을 열지 말고 꽉 다물고 있어야 한다고 나는 속으로 어머니를 격려했다.

어머니의 입을 다문 모습에 더욱 화가 났는지 아버지는 다시 머리채를 잡아끌어 구석으로 동댕이쳤다. 거실 바닥에 빠진 머리칼이 즐비했지만 그런 것은 아랑곳없는 태도였다. 아버지의 손아귀에서 놓여나 구석에서 머리를 웅크린 덕에 마구잡이식 발길질을 다행히 비켜나기는 했지만 살인적인 폭행은 계속 이어졌다. 머리를 감싼 팔 위로 쉴 새 없이 이어지는 폭언과 폭행을 보며 나는 방치된 횡포의 사각지대가 가정이라고 생각했다.

폭행보다도 더욱 참을 수 없는 것은 폭언이었다. 귀를 막아도 아버지가 뱉어 낸 말들은 고막 깊은 곳에 자리 잡고 앉아 계속 귓속을 울렸다. 저속하고 거친 말투, 듣기 거북한 상스런 낱말들이 바늘처럼 따갑게 내

몸을 찔러 대었다.

"잘못했어요. 용서해 주세요. 다음에는 조심할 게요. 정말 잘못했어요."

더 이상 참기가 힘이 들었던지 견디다 못한 어머니가 빌기 시작했다. 빌다니 말이 되는가. 어머니가 대체 무엇을 잘못했다는 말인가. 따지고 든다면 어머니의 잘못은 하나도 없었다. 잘못은 모두 아버지가 저질렀다. 빌어야 할 사람은 바로 아버지였다.

"조심? 개똥 같은 소리하고 자빠졌네. 입에 발린 말에 내가 속겠냐? 네 년이 날 우습게 취급하는 거, 모를 만큼 내가 멍청인 줄 알아? 뚫린 입이라고 잘도 지껄이지."

죽은 성은이가 그랬던 것처럼 어머니는 무조건 두 손을 싹싹 비비며 빌었다. 상냥한 말투로 정말 죽을 죄졌다는 어투로 빌고 또 빌었다. 그런데도 아버지는 식식대며 성이 차지 않는지 콧방귀만 뀌었다.

—제발 그만두세요, 어머니. 잘못한 게 뭐 있다고 그렇게 비굴하게 구세요?

방문을 밀치고 나가 어머니를 말리고, 아버지에게 삿대질이라도 하며 따지고 싶었지만 꿈쩍도 하지 못했다. 대항할 힘이 없으니 분하지만 어쩔 수 없었다. 처음에는 나도 멋모르고 어머니를 돕는답시고 함께 빌거나 눈물을 흘리며 호소했었다. 그러다가 덩달아 나까지 당하곤 해서 어머니는 내가 나서는 걸 질색했다. 그래도 말릴 수 있었더라면 좋았을 텐데 비겁한 나는 보고만 있다.

예전엔 더러 경찰에 신고하고, 다른 곳에 어머니를 피신시키기도 했었다. 그러나 다 헛짓이었다. 경찰에선 가정사라고 모른 척했고 피신했다 돌아오면 더 민감하게 반응해서 병원에 실려 갈 만큼 초죽음이 되었다.

결과의 참담함을 인식한 이후로 어머니는 무저항을 고수했다. 폭력의 빈도수가 늘어가고, 강도도 세어지는 최근엔 어머니도 어떤 대처 방법이 있어야 한다고 느끼는 눈치였다.

너무 많이 맞아서인지 어머니는 움직일 기력조차 없어 보였다. 아픔과 자신에 대한 혐오 때문에 울고 싶을 텐데도 얼굴엔 표정이 전혀 없었다. 무슨 생각을 하는지 알 수 없었다. 하긴 눈물을 보이면 여편네가 재수 없게 질질 짠다고 맞을 위험이 많아 울음도 삼켜 버렸을 것이다. 감정을 드러내지 않는 것은 자신을 방어하는 어머니 나름의 방법이었다.

나는 손에 잭나이프를 들었다. 날카롭고 보기에도 섬뜩한 그 칼은 내가 고등학교에 입학하던 날 기념으로 산 물건이었다. 예전에 나는 아버지의 심장에 나이프를 꽂는 상상을 하곤 했다. 그러나 실제로 손에 그걸 들고 아버지를 노려보기는 처음이었다. 나는 증오에 가까운 살의를 그때처럼 강하게 느껴 본 적이 없다. 얼마나 오래 그렇게 있었을까. 그동안 나는 책상 앞에 차분히 앉아 있을 수가 없었다. 긴장한 채 온몸을 꼿꼿이 세우고 방 안을 이리저리 돌아다녀서인지 전신이 돌처럼 굳었다. 지쳤는지 때리는 재미가 없어졌는지 아버지는 비로소 어머니를 놓아 주었다. 어머니는 다른 날처럼 세면장으로 들어갔고, 아버지는 거실의 소파에 앉았다. 문틈으로 아버지가 담배를 피우는 게 보였다. 때는 이때다 싶었다.

"드릴 말씀이 있어요."

기회를 포착한 나는 문을 열고 아버지 곁으로 천천히 다가갔다. 예리한 칼날을 주머니 속에 감춘 상태였다. 안 하던 짓을 하는 내가 이상했던지 아버지가 의아한 눈빛으로 나를 쳐다보았다.

"아버지는 이 세상에서 더 이상 살 자격이 없어요. 아니 살아야 할 이유도, 가치도 없는 사람이라고요. 아버지는 쓰레기예요."

이상하게도 내 입에서는 거침없는 말들이 쏟아져 나왔다. 나는 그런 말들을 하나도 떨지 않고 침착하게 했다. 심하게 말하는 내가 이상했던지 아버지는 내가 혹시 정신이 돌지 않았나 하는 표정으로 쳐다보았다. 나는 이제야 퍼즐을 풀 수 있었다. 내가 오랫동안 궁리하고 계획했던 게임의 퍼즐을.

나는 호주머니에 감추었던 잭나이프를 꺼내 순식간에 휘둘렀다. 나이프는 불빛을 받아 한순간 반짝 빛을 발한 다음, 정확히 아버지의 목에 박혔다. 아버지는 놀란 표정으로 나를 잡아 챌 엄두조차 내지 못하고, 한동안 멍하니 있었다.

"니가…… 어떻게 이럴 수가."

나는 잽싸게 다가가 아직도 피가 묻어 있는 칼날을 뽑아 다시 한번 꽂았다. 나는 어두움의 망령을 깨끗이 털어 버리고 싶었다. 그 지긋지긋한 순간들을 잊고 싶었다. 귓속을 윙윙거리는 온갖 소리들, 끊임없는 욕지기들, 참을 수 없이 숨 막히는 삶에서 달아나고 싶었다.

아버지는 소파에서 일어나 나를 잡으려는 듯 허공중에 손을 내뻗으며 휘둘렀고, 그 후엔 펌프로 품어내는 것처럼 피를 쏟으며 주저앉았다. 목에서 흘러내린 피가 바닥에 흥건했고 아버지는 서서히 쓰러졌다.

이상한 느낌이 들었던지 세면장에 오래 있어야 할 어머니가 문을 열었다. 그러고는 방금 벌어진 장면에 정신이 온통 나가 버렸는지 세면장에 털썩 주저앉는 게 보였다.

"불러, 구급차를 불러. 빨리, 급하다."

어머니는 더듬거리며 맞지도 않는 어휘를 동원하며 말했지만 나는 전혀 그 말을 들을 생각이 없었다. 아버지를 살리기 위해 아무 짓도 하고 싶지 않았다. 나는 어머니의 말을 무시하고 내 방으로 들어갔다.

그러고는 모르겠다. 그다음 무슨 일이 어떻게 일어났는지. 얼마큼 시간이 지났는지. 내가 기억할 수 있는 건 요란한 사이렌 소리와 함께 경찰차가 집 앞에 당도했고, 곧 이어 이미 죽어 있는 아버지의 시신을 실어내는 것을 보았던 것 같기도 하다. 아버지라는 느낌보다는 오물을 치우고 있다는 느낌이 더 생생했고 발광하는 맹수가 사라진 집안에 이제 평화가 찾아올 것 같아 스멀스멀 웃음이 나왔던 것 같기도 하다.

또 있다. 나는 어머니가 스스로 아버지를 죽였다고 말하고 경찰에 구속되는 것을 그저 지켜볼 수밖에 없었다. 재수 없게 아침에 학교에 찾아왔던 그 기분 나쁜 형사가 어머니의 손에 수갑을 채우는 것을 보았지만 나는 그 모든 것들을 영화의 한 장면을 보듯 멀건이 지켜보고만 있었다. 그 일들은 지금도 내게 환상처럼 느껴진다. 믿기지 않을 만큼 이상한 일이지만 그건 사실이다.

나는 아버지를 죽였다. 내 손으로. 너무나 멀리 있어 이 땅에서 일어나는 일에는 전혀 관심이 없는 하늘의 신을 대신하여, 나는 아버지를 응징했다. 아버지는 죽어 마땅한 존재였으므로 당연히 심판을 받았을 뿐이다. 하지만 난 살아남아야 했다. 아버지가 죽었다고 내가 따라서 죽어야 할 필요는 없지 않은가. 더구나 성은이, 바보 같은 그 애처럼 죽기는 더더욱 싫었다.

어쩌면 나는 스스로 먼저 형사에게 찾아가 고백했어야 옳았는지도 모른다. 그러나 나는 감옥이 두려웠다. 짐승만도 못한 아버지를 죽였다고 그런 곳에서 내 인생을 작살내고 싶지도 않았다. 나를 대신해서 어머니가 감옥에 가는 것은 잘못된 처사가 아닌가 생각했지만 서툴게 행동할 수가 없었다. 그러기에 앞서 어머니는 내가 잘못되는 것을 못 견디어 하였다. 행여 내가 어떻게 될까 봐 경찰이 오기 전에도 몇 번이고 당부하였다.

"넌, 절대 모르는 일이다. 아버지는 내가 죽인 거야. 알았지? 절대로 딴 마음 먹어서는 안 된다. 내가 진작 해야 했던 일이었어."

나는 고개를 끄덕였다. 하지만 어머니는 아무래도 믿지 못하겠다는 듯이, 내 손을 붙잡고 눈물까지 글썽였다. 그리고 단단히 다짐을 받았다.

"이건 내 간절한 부탁이야. 나는 옛날에 이미 죽은 목숨이었어. 지금까지 이를 악물고 살아온 것은 바로 너 때문이야. 네가 잘못되면 나도 죽어. 알겠지?"

어머니의 마음을 알 수 없는 것은 아니지만 끝까지 비겁하고 싶지는 않았다. 그러나 나는 마음의 결정을 내리지 못하고 망설이고 있었다. 하지만 자수도 하기 전에 붙들리는 신세가 되고 말았으므로, 자수하고 말 것도 없는 처지이기는 하였다.

형사는 어머니를 끈질기게 물고 늘어졌다. 어머니를 연행했던 그가 얼마나 지독하게 닦달했을지 보지 않아도 나는 짐작할 수 있었다. 어머니는 그의 집요한 추궁에 그만 항복하고 말았던 듯했다. 어머니는 그 일을 내게 부끄러워했다. 어머니라고 완벽할 수는 없을 것이다. 그렇다고 어머니가 잘못했다는 것은 아니다. 의지가 강했다면 내가 일을 저지르기 전에 벌써 결단을 내렸을 테니까.

어머니에게 내가 범인임을 털어놓게 했으므로 그는 개가를 올렸다. 나를 연행하면서 그는 회심의 미소를 지었다. 그가 거만하게 여유 부리는 것을 보면서도 혀를 날름거리는 외에 어떤 행동도 하지 못하는 처량한 신세가 되고 말았지만 아버지를 죽인 행위를 모면하고 싶은 생각은 애초부터 없었음을 밝힌다. 죄를 면제받기 위해 쇼를 할 만큼 나는 철면피가 아니며 그렇게 형편없이 타락하지도 않았다.

사실 재판을 받을 때까지만 해도 저지른 행위에 대해 합당한 벌을 받게 되리라고 나는 단정하고 있었다. 감옥으로 가는 대신 이곳에 보내진 것이 어떻게 된 일인지는 나도 잘 모른다. 다시 말하지만 나는 병원에 보내 달라고 사정한 적이 절대로 없다는 거다. 그러므로 철창으로 메워진 이곳 정신병동에서 자유를 구속당하고 있는 것은 당연히 내 책임이 아니다. 이곳에서도 나는 특별실에 격리되어 있다. 느닷없는 격한 충동이 생길지도 모르니 당분간 외부와 접촉하면 안 되겠다는 의사의 판단 덕분이다.

성은이 사건으로 앙심을 품고 있던 형사는 이번에야말로 나를 감호소에 보낼 절호의 기회라고 생각하고 혼내 주겠다고 벼르고 있었다. 그러다가 내가 병원에 보호조처되자 무던히 약이 올랐던 모양이다. 안심하고 느슨하게 있는 통에 내가 눈앞에서 사라졌다고 생각했던지 어머니를 찾아와서는 다른 사람은 다 속일 수 있을지 몰라도 자신만은 절대 속일 수 없을 것이라고 겁을 주었다고 했다. 개 같은 자식, 다시 불쌍한 어머니를 괴롭힌다면 그 녀석도 가만두지 않을 것이다. 그러나 지금은 아무 짓도 할 수 없다. 바보처럼 손등에 햇살이나 받으며 이렇게 앉아서 시간을 죽이고 있다. 대체 얼마나 오래 여기에 머물러 있어야 할까. 사막처럼 메마른 마음에 인간적인 감정이 생겨야 한다지만 감옥과도 흡사한 이런 무시무시한 곳에서 의사의 말대로 황폐한 정신에 아름다운 꽃들이 피어날 수 있을까 모르겠다.

눈을 들어 창 너머를 바라본다. 강한 햇살에 눈이 부시다. 손등을 적시는 저 햇빛이 오랜 시간 내게 머물러 폭력의 망령에 물들어 있는 머릿속을 백지처럼 하얗게 표백시켜 주기를, 그리하여 나를 물고 늘어지는 이 질긴 어둠의 그늘에서 빠져나올 수 있게 도와주기를 촉수를 뻗어 간절하게 빌어 본다. 머릿속에 병균처럼 우글거리는 잡다하고 더러운 생각들도 깡그리 녹여 없애 준다면 앞으론 아름답고 예쁜 생각들로만 가득 채울 수도 있을 것이다. 그렇게 될 수 있다면 사는 것이 그다지 형편없거나 고통스럽지 않을 것도 같다. 그러나 지금은 아무것도 생각하지 않고 싶다. 그저 멍청하게 먹고 자고 돼지처럼 살아가는 것뿐이다.

중요한 것은 그것이다. 바로 살아 있는 것. 나는 내게 고맙다고 말한다. 내가 멀쩡하게 살아 있어서, 죽지 않고 살아 주어서. 그렇지 않은가. 살아 있는 동안에는 어쨌거나 무엇이든지 할 수 있을 테니까…….

플라스틱 제조공장

한때, 나는 플라스틱 제품을 만드는 공장에서 근무한 적이 있었다. 내가 속했던 부서는 관리과로 과장은 공석이었다. 계장과 나, 그리고 나씨 성을 가진 아저씨, 세 사람이 사무실 직원의 전부였다. 사무실은 너무나 커서 때론 썰렁하기조차 했다.

계장은 키가 작고 못생긴 남자였다. 목포가 고향인 그는 사장과 어찌어찌 아는 사이라고 했다. 그의 책상 속엔 비스킷이나 사탕 같은 먹을 것들이 잔뜩 들어 있었고, 가끔 그것들을 꺼내어 어린아이처럼 혼자서 우물거렸다. 그는 '저 푸른 초원 위에~' 하는 노래를 즐겨 불렀으며, 남진의 열렬한 팬이었다. 가수 남진에 대한 것은 모르는 것이 없을 정도로 시시콜콜한 것까지 모조리 꿰고 있어, 그가 남진에 관해서 떠벌릴 때면 가수를 아는 만큼 그가 자신의 애인에 대해서는 얼마나 알고 있는지 궁금하였다. 그에겐 사귄 지 오래된 애인이 있었는데, 나는 그가 애인에 관해서 말하는 것을 들어 본 기억이 없다. 그나마 내가 계장의 애인에 대하여 들을 수 있었던 것은 나씨 아저씨를 통해서였다.

—계장님하고는 완전히 다르게 아주 키가 커. 그리고 예쁘게 생겼어.

고등학교 때부터 사귀던 사이인 모양이야. 심성이 착한 여자지.

나씨 아저씨는 계장이 왜 결혼을 망설이는지 모르겠다고 고개를 갸우뚱거리며 이야기해 주곤 했다.

그곳에 머무는 동안 여자가 어떻게 생겼는지 나는 한번도 여자의 얼굴을 본 적이 없었다. 그러나 여자가 선물로 받은 것들에 관해서는 거의 알고 있었다. 계장은 애인을 위해 매월 중순쯤에 여성 월간지를 샀고, 가끔 베스트셀러에 이름이 오른 책이나 옷, 또는 화장품과 머플러 같은 것도 사 들고 왔다. 그가 사 오는 물건의 대부분은 신문의 하단에 큼지막하게 나 있는 광고를 꼼꼼히 들여다보고 고른 것들이었다. 그는 회사의 일도 그런 식으로 처리했지만 자리를 자주 비우는 게 흠이었다. 그가 자리를 비운 그 시간에 어디서 무엇을 하는지 나는 묻지 못했다. 윗사람의 행적을 묻는 일은 아랫사람의 도리가 아니라고 생각해서 나는 궁금해도 참았다.

나씨 아저씨는 키가 크고, 마른 체질로 성질이 아주 유순한 사람이었다. 양쪽 눈가에 잔주름이 많이 잡힌 얼굴의 그는 운전기사들과 농을 나누거나 가끔 아들을 자랑하곤 했다. 나와 단둘이 있을 때면 그는 아들에 관한 이야기를 자주 했다. 그럴 때면 나는 아저씨가 아들을 자랑하는 재미로 사는 사람 같다는 느낌을 받곤 했다.

—그놈은 날 안 닮았어. 공부를 얼마나 잘하는지 몰라. 반에서 항상 일등이야. 듬직한 녀석이지. 자식들이 커 가는 것을 바라보는 일은 정말 행복해.

아들을 이야기할 때, 그의 눈가에 가득히 잡힌 잔주름이 펴지고, 얼굴이 환하게 밝아졌다. 행복하다고 말했지만 그의 삶이 상당히 어렵다는 것을 나는 이미 눈치로 알고 있었다. 그는 나와 같이 근무하는 동안 한번도 어려운 살림을 내색하지 않았다. 그러나 얄팍한 그의 월급으로는 세 명의 자식들을 제대로 공부시키며, 살아가기는 빠듯했을 것이다. 나는 그를 보며 돈 없이 늙는 삶이 고달프다는 것도 알게 되었다.

관리과는 물건과 사람들을 동시에 관리하는 곳이었다. 공장에서 나오는 물건들과 그 물건을 만드는 공장의 직원들이 관리의 대상이었다. 처음 회사에 들어갔을 때, 나는 관리대장에 있는 이름들을 모조리 외워야 한다는 명령을 받았다. 관리대장은 두 개가 있었고, 1과 2로 나뉘어 있었다. 관리대장 1엔 물건들의 이름을, 2엔 공원들의 이름을 적어 두고 있었다. 처음 장부를 펼쳐 보았을 때, 나는 사람보다 물건을 우선 취급하는 듯해 기분이 묘했다.

2에 있는 이름들을 외우기는 비교적 쉬웠다. 익숙한 이름들이고, 사람들에게 관심이 많아 내겐 흥미로운 일이었다. 초등학교 1학년 교과서의 앞머리에 쓴 '철수야' 같은 이름을 외우는 일은 별다른 장애가 아니었다. 일주일도 채 지나지 않아 그들이 어떻게 생겼으며, 어디에서 왔고, 여기서 근무하는 이유들을 나는 모조리 알아낼 수 있었다. 개인의 특징이나 특별한 버릇, 목소리 등을 생각하며 아저씨의 도움을 받아 이름들을 전부 기억하게 되었다.

1의 품목을 외우는 일은 꽤 힘이 들었다. 나는 숫자에 약한 편이었는데 품목들에는 모두 숫자가 써져 있었다. 105, 202 식으로 명명된 플라스틱 통의 종류만도 엄청나게 많았는데 그 숫자들에는 또 들어오고 나간 숫자가 혹처럼 덧붙여 있었다. 숫자는 날마다 바뀌었다. 105 몇 개 입고, 몇 개 출고, 몇 개 잔고, 이런 식이었다. 셈하는 것에 익숙하지 않은 나는 특히 애를 먹었다.

관리과 사무실은 정문의 바로 곁에 위치해서 사람이나 물건의 입출을 확인했다. 이른 아침이면 운전기사들은 전날에 만든 플라스틱 제품을 트럭에 가득 싣고, 공장을 빠져나갔다. 나는 트럭에 적재된 거대한 제품을 끌고 나가는 기사들이 언젠가는 제품에 짓눌려 찌그러들까 봐 걱정이었다. 차들이 꼬리를 물고 나갈 때마다 나는 기사들보다도 제품의 안전을 더 걱정하며, 무사히 하루가 지나가기를 빌었다. 제품의 무사를 기원하는 내가 비정했지만 문제가 생기면 내 일이 복잡해졌으므로 어쩔 수 없었다.

총무부나 영업부 부서들은 공장이 있는 이층에 사무실이 있었다. 그곳에선 기사들이 필요한 화급한 일이 있는지 수시로 기사들을 찾았다. 기사들은 관리과에 들러 어디로 물건을 실어 간다는 기록을 남겼고, 돌아온 시간도 기록했으므로 나는 그들이 언제 나가는지, 언제 들어오는지를 대강 알고 있었다. 이층의 사무실이나 어디서 기사를 찾는 전화나 인터폰이 울리면 나는 기록에 의지하여 알려 주면서도 잠깐씩 쉬는 기사들을 찾아내는 사냥개 노릇을 하는 것 같아 그들에게 미안했다.

"미스 한, 퇴근하고 나랑 커피 마시러 갑시다."

청주 출신의 김 기사가 제품의 입출고를 맞추느라고 골머리를 앓고 있는 내게 말을 건넸다. 그는 네 명의 트럭 운전사 중의 한 명이었다. 나씨 아저씨라도 있으면 조언을 구했을 텐데, 사무실에는 나 외엔 아무도 없었다. 그럴 땐 네, 라고 해야 할지, 아니오, 라고 해야 할지 알 수 없었다. 나는 여고를 갓 졸업한 열아홉이었고, 남자랑 커피를 마셔 본 적이 없었다. 그가 왜 나와 함께 커피를 마시고 싶어 하는지 알아내기 위해 나는 눈을 가늘게 뜨고 한참동안 그를 살펴보았다.

"내가 잡아 먹을까 봐 무서워요?"

내가 머뭇거리자 김이 이를 내보이며 웃었다. 나는 웃지 않았다. 잡아 먹지는 않겠지만 무서운 생각은 들었다. 여자처럼 곱살하게 생긴 얼굴이라 인상은 좋은 편에 속했는데도 나는 왠지 그가 무섭고, 겁이 났다. 내가 의심을 풀지 않고 쳐다보자 그는 변명하듯 덧붙였다.

"별다른 생각은 없고, 미스 한하고 가까워지고 싶다. 뭐, 그런 뜻이죠."

예전에도 그는 곧잘 자신과 집안의 이야기를 내게 들려주곤 했다. 사남매의 맏이라는 것, 부모님이 농사를 짓는다는 것, 객지에 나와 고생을 많이 했지만 이젠 기반을 거의 잡았다는 것, 스물일곱이나 나이를 먹어 결혼할 시기가 되었다는 것, 결혼해서 번듯한 아들을 낳아 부모님께 데리고 가는 것이 효도하는 길이라는 것을 지나가는 말처럼 들려주곤 했다. 이야기를 하면서도 그는 내가 너무 순진해서 세상을 어떻게 살까 의심스럽다는 말도 슬쩍슬쩍 끼워 넣었다. 걱정해 주지 않아도 잘 산다는 말을 나는 그에게 하지 않았다. 자존심이 상할 것이란 생각에 어쩐지 그 말을 하기가 망설여졌다. 어찌 되었든 나는 그와 가까워지고 싶은 생각은 추호도 없었다.

순간, 그와 어울려 커피를 마시다가는 자칫 그와 결혼을 해야 할지 모를 사태가 벌어질 수도 있다는 것을 깨달았다. 그렇게 되기 전에 그와 연결되는 통로를 미리 차단하는 것이 옳았다.

"죄송하지만 시간이 없네요. 이것을 오늘 전부 마무리해야 되거든요."

책상 위에 널려 있는 장부를 들어 보이며 나는 핑계를 댔고, 그의 제의를 정중히 거절했다.

아쉬운 표정으로 물러난 그는 그 뒤로도 시간만 나면 뻔질나게 사무실에 들러 커피를 마시러 가자고 하거나, 수시로 영화를 보러 가자고 제안했다. 끈질기게 접근하는 그의 방식에 나는 어물쩍 넘어가는 수법으로 대치하며 일정한 간격을 유지했다.

그는 내가 순진하고 모자라 호의를 베풀면 선뜻 넘어갈 것이라고 생각했던 것인지도 몰랐다. 겉으론 그렇게 보였을지 몰라도 생각처럼 나는 그리 순진하지 않았다. 아주 영악했고, 어찌 보면 그를 하찮게 여길 정도로 오만한 구석이 있었다. 생각을 깊이 감추고 있어 그가 미처 눈치채지 못했을 뿐이었다. 솔직히 트럭 기사와 어울려 인생을 보내고 싶은 생각이 내겐 없었다. 초라한 사무실에서 책상 하나를 차지하고 있지만 언젠가 나는 원하는 것을 할 수 있을 것이라고 생각했다. 보잘것없는 상황에 처하여 있음에도 절대로 희망을 버리지 않았는데 그때는 바라는 것이 구체적으로 무엇인지 나는 알지 못하였다. 하지만 내가 꾸는 꿈 하나는 확실히 알고 있었다. 그것은 평범하게 인생을 마치지 않겠다는 것이었다. 아무튼 그는 내가 바라는 희망과는 거리가 먼 사람이었고, 내 생각은 확고하고, 단단했다.

김 기사처럼 내가 있는 사무실에는 공원들도 자주 들렀다. 교대가 끝나고 들어갈 시간이거나 비번인데도 갈 데가 없는 공원들이었다. 계장의 캐비닛이나 책상에는 먹을 것들이 많이 있었지만 내겐 그것들을 마음대로 꺼내어 나누어 줄 배짱이 없어서 그들에게 아무것도 대접하지 못했다. 윗사람의 허락이 없으면 커피 한잔도 마음대로 타 주지 못하는 내 소홀한 대접에도 아랑곳없이 그네들은 심심하면 찾아왔다. 별다르게 베풀지 못하는데도 그들이 내게 찾아왔던 이유를 나중에야 알게 되었다.

그들은 누군가에게 신세를 하소연하고 싶었지만 마땅한 사람이 없었다. 그때, 거기에 부담 없는 내가 있었을 것이다. 나는 비교적 다른 사람의 이야기를 잘 들어주는 편이었다. 삼대독자 외아들에 청춘과부의 며느리가 된 어머니는 마음에 담긴 이야기를 털어놓을 사람이 없어 어릴 적부터 나를 붙잡고 타는 속내를 혼잣말처럼 중얼거리곤 했다. 듣는 것이 버릇이 되어 사람들이 속에 쌓여 있는 이야기를 털어놓을 때마다 나는 고개를 끄덕이며 잠자코 들어주었다. 가슴의 응어리들을 밖으로 뱉어 내면 후련해지는 법이다. 그네들도 아마 그런 이유로 나를 찾아왔을 것이다. 이야기를 잘 들어주는 내가 그런 면에서 편하게 느껴졌을 수도 있다.

공원들은 나이가 들어 대부분 내겐 언니처럼 보였다. 하지만 찾아왔던 그네들 중, 나보다 서너 살이나 더 들어 보이는 여공들도 알고 보면 이제 겨우 열여섯이거나 열일곱이었다. 그들은 학교나 다닐 어린 나이에 돈벌이로 나서지 않으면 안 될 만큼 사정이 절박했고, 그들이 그때까지 살았던 삶은 나이에 비해 복잡하고도 험난했다. 고달픈 인생이 아마도 나이보다 겉늙어 보이게 하여, 내겐 그들이 언니 같은 기분이 들게 했는지도 몰랐다.

그들 모두는 가난 때문에 어린 나이에 고향을 떠나왔다. 그리고 일을 따라 이곳저곳을 전전하는 철새들이나 진배없었다. 공장이 망해서 문을 닫으면 그들은 어디론가 또 흘러가는 떠돌이 신세로 전락했다. 그들은 쉴 틈이 없었다. 일이 없더라도 하루라도 일을 찾아 헤매지 않으면 배를 곯거나 머물 곳을 구할 수가 없었다. 일자리를 구하지 못했을 때는 끼니를 거르는 경우가 다반사라는 이야기를 털어놓을 때, 그들의 눈엔 배를 곯는 서러움과 밑바닥 생활의 힘든 고통이 가득 담겨 있었다. 간간 한숨을 섞어서 들려주는 소설 같은 이야기를 들으면서도 눈곱만큼도 도움 주지 못하는 내가 늘 미안했다. 가슴 찡한 아픈 이야기를 듣고 나면 나는 무거운 짐 하나를 넘겨받은 기분이 들었다.

내 월급도 적었으나, 그들의 월급은 더 형편없었다. 사장은 비교적 양심적인 사람으로 직원들을 가족처럼 생각했지만 대기업에 밀린 작은 회사는 판촉에 어려움을 겪고 있었고, 판매도 부진하여 힘든 사정이었다. 어려운 탓에 직원들의 월급을 넉넉하게 줄 수 없었으므로 공원들은 기본급 외에 수당을 지급받았음에도 많은 돈은 아니었다. 월급의 대부분을 고향으로 송금한 공원들은 모자란 나머지 용돈을 가지고 한 달을 겨우겨우 버티었다. 옷을 사거나. 화장품을 살 만한 여유가 없어 그들은 거의 꾀죄죄한 차림이었고, 몸에는 항상 궁색한 티가 배어 있었다. 그들은 대부분 기숙사에서 생활했다. 기숙사를 제공하여 숙식을 해결해 주는 것도 어려운 사정에 처한 회사로선 상당한 배려였다. 공원들도 그걸 알고 있었고, 일하는 양에 따라 수령액이 달라서인지 모두들 열심히 일했다.

여름의 날씨는 후덥지근했다. 기온이 급격히 상승한데다 비가 내리지 않아 살갗이 끈적거렸다. 갑작스레 몰려온 무더위에 바람도 없어서 의자에 가만히 앉아 있어도 땀이 등을 타고 흘렀다. 공장 안은 더 더웠다. 실내는 환기가 제대로 되지 않고, 냉방시설도 되어 있지 않은 터라 공원들의 체온과 열기에 찜통이었다. 무더위 속에서 땀으로 목욕하며 공원들은 물건들을 만들었다. 기계에서 빼낸 물건을 남자 공원들이 한쪽으로 던져 주면 여공들은 칼로 끝을 다듬거나, 거칠어진 물건의 마무리를 했다. 더러는 기계가 돌아가는 근처에서 일을 거들었다. 그러다 보니 작업장에서 자칫 딴 생각하거나 눈을 팔다간 다치는 일이 생겼다.

명자가 윤숙을 부축하고 관리실에 나타났다. 키가 크고, 얼굴이 넓적한 윤숙은 핏기가 가신 얼굴이었다. 윤숙은 손에 수건을 칭칭 감고 있었다. 옷과 앞자락에도 핏자국들이 뭉쳐서 묻어 있었다.

"윤숙이 다쳤어요. 빨리 병원에 가야 해요."

명자가 대신 말하며 눈물이 그렁해서 윤숙을 바라보았다.

"어쩌다."

사고는 대부분 개인의 부주의로 발생했다. 윤숙의 사고도 아마 부주의 탓일 것이다.

"요즘 계속 야간 일을 했어요. 돈이 많이 필요했거든요. 어제도 늦게까지 일하고, 잠을 통 못 잤는데. 쉬라고 말해도 애가 말을 들어야죠. 꾸역꾸역 일해야 한다고 고집을 피우더니."

윤숙은 혼자서 가족의 생계를 책임지고 있는 소녀가장으로, 16살인데도 비교적 숙련공이었다. 아버지는 배를 타고 고기잡이 나갔다가 풍랑을 만나 바다에 빠져죽고, 어머니도 병으로 죽었다고 했다. 척박한 고향에는 가진 것 없이 병든 늙은 할머니와, 어린 두 동생들이 그녀가 다달이 부쳐 주는 돈에 기대어 살아간다고 했다. 다른 아이들보다 더 억척스럽게 일하고, 돈에도 지독했다. 윤숙에겐 짠순이, 또순이, 억척이 같은 별명들이 따라다녔다.

윤숙은 언젠가 내게 찾아와 눈물을 흘리며 그런 소리를 들어도 어쩔 수 없다고 말했다. 어떻게 하든지 돈을 모아서 집을 마련하겠다고 입술을 깨물던 윤숙의 희망은 할머니와 동생들을 서울로 불러와 다 함께 살을 비비고 사는 것이었다. 나는 그런 윤숙이 다친 일이 마음에 걸렸다. 얼마나 다쳤는지 모르지만 일을 못하면 그만큼 작업량에서 모자라 봉급의 액수가 줄어들 수밖에 없었다.

나는 지정병원으로 보내는 의뢰서에 재빠르게 사인해서 명자에게 들려 주었다. 작업하다가 다친 공원들을 병원에 보내는 일도 내가 하는 업무 중의 하나였다. 치료하거나, 입 퇴원하는 절차, 병원에서 행하는 나머지 일은 총무과에서 알아서 처리했다. 외뢰서만 써 주면 내 할 일은 다하는 셈인데도 윤숙을 병원에 보내 놓고 못내 마음이 좋지 않았다. 윤숙이가 불쌍했지만 의뢰서를 써 주며 빨리 병원에 가라고 성화대거나, 치료가 잘 되었으면 좋겠다고 말하는 외에 내가 할 수 있는 방법은 없었다. 나는 빠른 시일에 윤숙의 손이 나아서 다시 일터에 복귀할 수 있기를 빌어 줄 수 있을 뿐이었다.

영업부의 오 언니가 퇴근하는 길에 관리과에 들렀다. 언니가 일부러 나를 찾아오는 일은 드물었다. 같이 입사했지만 언니와 나는 회사에서도 다른 대접을 받고 있었다. 언니는 대학 출신이라고 깨끗한 사무실이 있는 이층으로 올라갔고, 나는 제품들이 잔뜩 쌓여 있는 창고의 한 칸을 개조한 퀴퀴한 사무실에 처박혀 있었으니 말이다.

"일 다 끝났니? 같이 나가자. 윤숙이가 다쳤다고 해서. 기분도 영 그러니 저녁 먹고, 함께 면회나 갈까 하고."

부잣집의 둘째딸인 오 언니는 한 달 월급보다도 비싼 옷의 주름을 펴며 이마를 찡그렸다. 오 언니는 대학에서 경영학을 공부한 멋쟁이지만 전공과는 상관없이 괜찮은 집 아들을 골라잡아 결혼하는 것이 인생의 최대 목적이었다. 괜찮은 상대를 고르느라 여기저기 중매로 선보는 중이라며, 언니는 간간 선본 이야기를 내게 영화의 장면처럼 늘어놓곤 했다.

언니는 언젠가 아버지의 권유로 회사에 들어왔다고 말한 적이 있었다. 언니의 아버지가 전무하고 친구라고 했다. 결혼할 때까지 놀기 뭐하니까 경험 삼아 근무해 보라고 말했다는 것이었다. 구질구질한 이런 회사엔 다니기 싫은데, 아버지의 명령으로 어쩔 수 없이 다닌다는 투로 말할 때, 나는 별다른 대꾸를 하지 않았다. 허여멀쑥하고 눈빛이 곱지 않은 전무는 아랫사람들을 무시하는 경향이 있어서 부하 직원들의 평이 좋지 않았다. 그런 전무의 뒤 백으로 회사에 들어왔다고 말하니 언니까지 이상하게 보였다.

전무를 등에 업고 들어온 것은 영업부장 연줄로 들어온 나와 비슷한 절차를 밟았다. 이미 내정된 상태였지만 공식적으로 우리 입사는 회사의 채용형식을 따랐다. 신문엔 영업부 여직원 0명, 관리과 여직원 0명을 구한다고 공고되었지만 두 명만 뽑았다. 일자리 구하기가 쉽지 않은 시절이어서 아무것도 모르는 지원자들은 공개된 구인공고에 이력서를 들고 몰려왔는데, 백 명이 넘게 지원했다. 영어 몇 마디와 한문으로 숫자를 쓰는 것쯤이야 그들도 충분히 해냈을 것이고, 사실 면접 시의 질문들 또한 일하는 과정엔 필요도 없었다. 우리 두 사람을 뽑기 위한 형식적인 절차에 불과했고, 지원자들은 우수수 떨어졌다.

들러리인 그들이 면접을 보러 와 초조한 눈빛으로 발을 동동 구르며 서성이는 것을 내가 모른 체했던 것은 우롱하는 기분이 들어 괜스레 미안한 마음이 솟았던 탓이다. 그때 오 언니도 나처럼 그런 심경이었는지 모르겠다. 세월이 흘러도 사회의 돌아가는 꼴이 변함없긴 마찬가지지만 새마을운동이 기승을 부리던 그 시절에도 어디든 줄과 백들이 통했다.

“윤숙이는 부모가 없다며? 걔가 벌어서 식구들이 먹고 산다던데 손을 다쳐서 일을 못하게 되었으니 큰일이다. 주의를 할 일이지. 너는 사람 사는 게 불공평하단 생각이 안 드니? 걔들을 보면 측은할 때가 있더라. 걔들은 왜 돈 많은 부모 밑에서 태어나지 못했을까?”

식사로 나온 비빔밥을 먹으며 언니가 궁금한 표정을 지었다. 하늘에 계신 신이라면 모를까 그런 문제는 나도 알지 못했다.

윤숙은 심심풀이로 직장을 다니는 언니와 달랐다. 주야간으로 벅찬 일을 하게 되면 아무리 주의를 기울여도 그런 일이 벌어질 수 있다는 것을 힘들게 일해 보지 않은 언니는 이해할 수 없을 것이다. 나 역시 언니와 다르게 윤숙이 만큼은 아니어도 회사에서 받는 월급이 중요했다. 직장을 잃으면 당장 살기가 막막하기는 나도 윤숙과 비슷했다. 기계가 무섭게 돌아가는 공장에서 땀을 쏟으며 일하지 않는다 뿐이지, 내 신세도 공원들이나 별 차이 없었다. 수선떨 처지도 아니고, 누구를 편들 형편도 아니어서 기가 죽은 나는 입을 다물고 묵묵히 밥을 먹었다. 언니가 무슨 말인가 계속했지만 내 귀엔 하나도 들어오지 않았다.

식사가 끝나고, 오 언니와 함께 병원에 갔다. 윤숙이 입원한 병원은 작은 종합병원으로 산재 전문병원이었다. 우리는 간호사실에 들러 호실을 알아내었다. 정형외과 병동 301호실이었다. 잘린 손가락을 접합했고, 수술을 잘 끝내 경과가 좋다고 간호사가 상태를 설명해 주었다.

병실에 들어갔을 때 침대에 누운 윤숙은 편안히 잠들어 있었다. 고통의 기색이 없어 보여 한결 마음이 놓였다. 면회 온 공원들 몇이 병실에 있었는데, 그중엔 명자와 사귄다고 소문난 최한상도 있었다. 그의 눈은 울었는지, 술을 마셨는지 눈이 새빨갛다.

"수술도 잘 되고, 괜찮다면서?"

"손가락이 끊어졌는데, 괜찮기는 뭐가 괜찮겠어요?"

걱정스럽지만 조금은 안심이라는 오 언니 말에 최가 핏발선 커다란 눈을 굴리며 반말로 퉁명스럽게 뱉어 냈다. 최는 윤숙을 다치게 한 장본인이 언니인 듯 사납게 노려봤다. 언니는 그런 최를 황당한 표정으로 바라보았다.

"아직은 모르겠어요. 더 봐야 안데요. 그리고 한상이 오빠는 왜 그렇게 말해? 언니한테 그렇게 말하면 뭐가 달라져? 미안하게, 왜 그래?"

명자는 민망한지 최를 돌아보며 오 언니를 거들었다.

"신경질이 나서 그런다. 그러게 내가 조심하라고 그렇게 일렀는데도 정신을 어디다 두었던 거야? 나 손가락 잘린 거 보고도 니들은 내 말을 그냥 먹어 버리지?"

"할머니가 요즘 더 많이 아프데. 며칠째 야근한 거 오빠도 알잖아. 어제도 동생한테서 편지 받고 윤숙이가 많이 울었어. 나도 걱정이 되더라고. 돈은 필요한데 가불도 안 되고. 지난번에도 가불해 갔잖아. 이젠 손까지 다쳤으니 더 큰일이네."

명자와 최의 말을 듣고 있으려니 민망했다. 그 자리에 있던 공원들도 다들 말이 없었다.

"언니가 김 언니한테 한번 말해 주세요. 일 못하니 더 어렵겠지만 언니가 부탁하면 혹시 김 언니가 들어줄지도 모르잖아요. 안 될까요?"

명자가 오 언니를 보며 떼를 쓰듯 사정했다.

오 언니는 명자의 시선을 외면하며 글쎄, 하고 말끝을 흐렸다. 최가 그런 오 언니를 힐끗 쳐다보며 비웃듯 입을 비죽거렸다.

"야아, 씨도 먹히지 않을 소리 하지도 마라. 말한다고 들어주겠냐? 내가 한번 알아볼 테니까 그 깍쟁이 김 언니한텐 말도 꺼내지마. 구질구질하게 사정할 생각 말라고. 거절할 텐데 뭐 하러 쪽팔리게 그런 소릴 하냐? 그런 일이 있었으면 내게 말하지. 다른 말은 잘도 조잘대더니만 입은 뒀다 어디다 쓰려고, 다물고 있었어?"

최가 언짢은 듯 통박을 주는데도 명자는 아무 말도 하지 않았다. 한두 번이 아니고, 너무 미안해서 그랬을 것이다.

최는 스물여섯 살로 해남 출신이었다. 그래서인지 공원들은 유독 해남 인근의 섬사람들이 많았다. 안에서 직접 공원들을 관리하는 작업반장인 그는 해병대 출신이라고 했다. 통솔력이 뛰어났으며, 성실하고 인정도 많았지만 한번 성질이 나면 물불을 가리지 않고 덤비는 황소 같은 기질이 있었다.

그는 제품을 만드는 사출기에 손가락 하나를 잃었다. 손가락이 모자라도 그가 회사에서 중요하게 대접받았던 것은 다른 사람 몫의 두 배를 끄떡없이 해냈던 때문이었다. 공원들은 작업량이 얼마이고, 불량품을 얼마나 적게 만드느냐는 수준에 따라 대우가 달랐고, 그만큼 봉급도 차이가 났다. 그는 일을 똑 부러지게 하는 만큼 공원들에 대한 관리도 철저하게 했다. 여공들은 그를 오빠라고 부르며 따랐고, 남자들은 그를 형이라고 불렀는데 윤숙도 해남이 고향이고, 같은 최씨라고 그를 더 따랐다. 그런 윤숙이 손가락을 다친 게 마음이 상한 모양이었다. 최가 김 언니를 깍쟁이라고 한 것도 자신과 다른 김 언니의 원칙주의가 마음에 안 들어 그랬을 것이다.

김 언니는 깍쟁이라는 말을 들을 만했다. 다 회사의 형편 때문이었다. 언니도 회사의 사정이 원활했으면 공원들에게 야박하게 굴지는 않았을 것이다. 여상을 졸업하고 바로 입사해서 터줏대감이나 다름없는 언니도 공원들의 딱한 사정을 잘 알지만 사정이 여의치 않으니 어쩔 수 없었다. 언니는 회사가 고비라고 했다. 다달이 돌아오는 어음을 막기도 벅찬 형편이라 제때에 직원들의 월급을 챙겨 주는 것만도 다행이라고 걱정했다. 사장의 집과 회사의 건물까지 몽땅 담보로 들어가 언제 부도가 날지 아슬아슬한 지경이라고 말했다. 공원들에게까지 그런 이야기를 말해 줄 필요는 없다며 내게도 입단속을 했다. 회사가 술렁거리면 기술자들이 다 빠져나가 그나마 사정이 더 어려워진다는 것이었다. 고집이 센 김 언니에게 자존심 강한 오 언니가 윤숙을 위해 부탁을 해 주기는 어려운 일이었지만 나는 그러겠다고 대답이나 시원하게 해 주면 좋지 않았을까 하는 아쉬움이 들었다.

"최 반장은 무슨 말을 그렇게 하는지 모르겠다. 꼭 깡패 같아. 눈빛만 봐도 섬뜩하다니까. 병실에서도 그 태도가 뭐니? 사람 망신 주자는 것도 아니고."

면회를 끝내고 나오며 투덜대는 오 언니에게 나는 삐딱한 마음이 들었다.

"사람도 좋고, 괜찮은 모양이던데요. 공원들도 최 반장 말을 잘 들어요, 다들 잘 따르기도 하고요."

어두운 얼굴로 병실에 있던 그들에게 미안한 나는 그런 식으로 최를 두둔하는 일밖에 마음을 표현할 다른 방법이 없었다.

어려운 속에서도 사장은 회사의 창립일이나 특별한 날이면 공장을 쉬었다. 일을 쉬게 하는 대신 직원 모두를 넓은 강당에 모아 놓고 잔치를 벌였다. 그런 날은 간부의 부인들과 사장의 부인까지 총출동해 음식을 장만하고, 선물도 마련했다. 그리고 회사에 공이 많은 직원이나, 실적이 좋은 공원들에게 상을 주었다. 잔치가 끝난 다음 날은 얼굴에 기름이 돌아야 할 텐데 공원들은 다들 죽을상이었다. 제대로 먹지 못하다가 걸게 차려진 식탁에서 오랜만에 포식하여 체하거나 줄줄이 설사들을 한 탓이었다.

윤숙이가 다친 일이 일어난 얼마 후에도 특별한 날이 아닌데 느닷없이 공장을 쉬고 잔치가 벌어졌다. 직원 부인들은 음식을 장만하면서도 즐거운 기색이 아니었다. 얼굴에 먹구름이 낀 그들은 회사가 곧 부도가 날 모양이라고 숙덕이며 이번 잔치가 어쩌면 마지막이 될 것이라는 말도 했다. 사장이 특별히 할 이야기가 있어서 마련한 자리라는 것이었다. 아닌 게 아니라 사장의 얼굴도 밝지 않았다. 짐작하고 있었지만 나는 너무 빨리 일이 터졌다는 생각이 들었다. 먹을 것이 많았지만 공원들도 예전처럼 게걸스럽게 먹지 않았다.

사원들에게 상을 주고, 잔치가 다 끝나 파장이 되어 갈 무렵에 사장이 단상으로 올라갔다. 할 이야기가 있다는 그의 모습은 매로 흠씬 두들겨 맞은 사람 꼴이었다.

"저는 유학할 비용과 타이프라이터 한 대로 회사를 세워서 이만큼 키웠습니다. 그러나 이제 사정이 어려워 회사를 축소해야 합니다. 여러분들 모두 열심히 일했지만 더 이상 저로선 어쩔 수 없는 지경에 이르렀습니다. 회사를 살리기 위해서는 최소한의 인원으로 꾸려 가야 합니다. 그래서 저는 여러분께 마지막 인사를 드리려 합니다. 퇴직금도 주지 못하는 것을 죄송하게 생각합니다. 하지만 나중에 여러분이 자식을 낳아 내가 다녔던 회사라고 자랑스럽게 이야기할 수 있도록 이 회사를 크게 키우겠습니다."

말을 이어 갈수록 사장은 눈물을 뚝뚝 흘렸다. 그 자리에 모인 직원들 중에서도 몇은 눈물을 떨어뜨렸다. 옆에 서 있던 김 언니의 눈에서도 눈물이 방울방울 흘렀다.

병원에서 퇴원하여 한 손으로 제품 나르는 일을 거들던 윤숙은 최와 명자가 있는 뒷문 쪽에서 벽에 등을 기대고 고개를 숙이고 있었다. 나는 아무런 느낌이 없었다. 이제 어떻게 다른 회사를 물색해서 코앞에 닥친 급한 상황을 헤쳐 나가야 하는 문제가 내겐 더 절실했다.

잔치의 뒷마무리가 끝나고 언니들과 나는 근처의 다방에 가서 그동안 친하게 지내지 못했던 것을 아쉬워하며 작별의 시간을 보냈다. 다방은 오래된 건물의 이층이었고, 우리들의 마음처럼 우중충했다. 실내는 때가 잔뜩 오른 전등과 빛바랜 벽지가 벽을 치장했다. 우리를 맞는 마담의 얼굴도 건물처럼 늙고, 생기가 없었다.

"결혼을 약속한 사람이 서울대 다니고 있어. 내가 학비를 대 주고 있는데 휴학하랄 수도 없고, 걱정이야. 여길 나가면 빨리 다른 직장을 잡아야 할 텐데."

마담이 가져온 차를 입에 가져가며 김 언니가 힘들게 입을 열었다.

"그런 멍청한 바보짓을 왜 해? 그렇게 힘들게 돈 벌어 기껏 가르쳐 놓고, 그 사람이 딴 여자하고 결혼하면 어떻게 하려고 그래? 차라리 그 돈으로 자기가 공부하지. 남자들은 다 도둑놈이야. 서울대까지 다녔는데 고등학교 나온 여자랑 결혼하겠어?"

절박한 그 순간에도 오 언니는 김 언니에게 딱하다는 투로 충고했다. 왜 그런 바보짓을 하는지 모른다고, 넌 절대로 그런 멍청한 짓은 하지 말라고, 전에도 오 언니는 내게 말했었다. 김 언니가 하는 짓이 생긴 거하고는 다르게 영 맹하다면서 내게 여러 번 흉을 보기도 했다.

"고향 친구고, 식구들도 다 아는 사이야. 그럴 사람도 아니고. 그것보다도 당장 직장을 구할 일이 걱정인데 어쩔지 모르겠어. 취직하기가 어디 쉬워야지."

"그거야 지금은 돈이 필요하니까 그렇게 말하겠지. 지금이라도 잘 생각해 봐. 남자 출세시키고 버림받은 여자들의 이야기 어디, 한두 번 들어봤어? 잡지엔 그런 사연들이 수두룩하다고."

오 언니는 잡지를 너무 많이 본 모양이었다. 오 언니의 말이 옳은지 틀린지는 김 언니가 결혼한 후에나 확인할 수 있는 일이어서 나는 아무 말 없이 차를 마셨다. 차 맛은 좋았다.

며칠 후, 사람들은 꼭 필요한 인원만 남고, 다 해고되었다. 관리과에서도 계장 하나만 남았다. 회사가 살아남기 위해서는 사람보다 물건이 더 중요한 터라 노련한 공원들만 남았다. 회사에서 털려 앞으로 살아갈 일이 끔찍해서 나는 차라리 숙련공이면 이렇게 처리되지 않을 수도 있었을 것이라고 생각했다. 물건이 더 우선되는 시기라서 사람의 가치가 더 형편없었다. 관리장부에서 제품이 사람보다 우선하는 이유를 나는 새롭게 깨달을 수 있었다. 그때의 경험 이후, 살아가면서 나는 사람보다도 우선하는 것들이 이 세상에 참으로 많이 있다는 것을 차츰 인식하게 되었다.

오랜 세월이 지난 어느 날, 나는 회사가 있던 그곳을 지나쳤다. 회사의 건물들은 간 곳이 없고, 근방은 거대한 아파트 단지가 빼곡히 들어차 있었다. 회사가 있던 부근에 서서 한동안 나는 플라스틱 제조공장에서 같이 일했던 그 시절의 사람들을 하나하나 떠올리며 추억을 더듬었다.

그 시절의 근처에서 서성이던 사람들, 사장은 자신의 말처럼 과연 회사를 크게 키웠는지, 계장은 지금도 남진의 노래를 즐겨 부르고 있는지, 오래된 애인과는 결혼을 했는지도 생각났다. 나씨 아저씨는 회사를 그만두고 어떻게 살았는지, 아들은 아저씨의 기대처럼 훌륭한 젊은이가 되었는지 궁금했다. 김 언니는 약혼자와 계속 사귀어 결혼까지 골인했는지, 아니면 오 언니의 말처럼 헤어졌는지도 궁금했다. 오 언니는 늘 입버릇처럼 말하던 집안 좋고 부유하게 자란 남자와 선을 봐서 멋지게 결혼했을지, 아직도 그런 남자를 찾아 헤매고 있는지도 알고 싶었다. 윤숙의 손가락은 잘 붙어 아무 이상이 없는지, 그녀가 소원하던 할머니와 동생을 서울로 데리고 왔는지 어땠는지도 궁금했다. 명자는 최 반장과 잘 지내는지, 김 기사는 다른 여자를 꼬드겨 결혼하여 청주의 부모님께 효도할 아들을 낳았는지도 알고 싶었다.

사람들과 함께 떠오르는 기억들이 꼭 아팠다고 할 수만은 없었다. 더러 행복한 기억들도 있었다. 그리고 기억 속의 사람들 모두는 이제 나이가 꽤 들었고, 늙었을 것이었다. 아침마다 눈 비비고 나가 얼굴을 마주 보며 인사하던 그들도 지금은 다들 변해서 알아보지 못할지도 몰랐다. 거리에서 내 곁을 스쳐 가도 그들을 못 알아보고 그냥 지나갈 수도 있었다. 하지만 그들이 지금 어디서 무엇을 하고 있는지, 나는 그들이 간절히 그립고, 보고 싶었다.

함정

그녀 외에 기차에서 내리는 사람은 없었다. 허리가 구부정한 늙은 역원이 그녀가 내민 티켓을 받았다. 살피듯 쳐다보는 역무원의 시선을 피해 그녀는 퇴락한 역사를 바라보았다. 사냥 오두막 같은 슬레이트 건물로 사무실과 대합실이 각각 하나뿐인 오래된 간이역은 예전보다도 더 낡아 보였다. 도심의 변두리에 위치한 그 역은 아픈 기억과 연관되어 청춘의 아릿한 한 페이지를 장식한 채 그녀에게 각인되어 있었다.

철길 옆으로는 길게 뻗은 거리, 번영로가 있었다. 사람이 없는 썰렁한 역사를 빠져나와 그녀는 춥고 을씨년스러운 거리를 한동안 막연한 표정으로 바라보았다. 이십여 년 전, 거리를 통과하여 대학에 다녔던 그 시절을 회상하는 것에도 그녀는 통증을 느꼈다. 통증은 가슴을 지나 머리끝으로 올라갔다.

대학은 상처와 함께 그녀의 생에 어두운 그림자를 드리웠다. 깊고, 끔찍했던 상처의 앙금은 아직도 남아서 엄격하게 생을 관리하도록 그녀에게 지배력을 행사했다. 그림자처럼 달라붙어 그녀를 끈질기게 고문하던 과거가 없어졌으니 앞으론 지워지지 않을 기억들도 잠재울 수도 있을 것이었다. 상처를 벗는 일이 현주를 통해서만 가능했다고 강조할 수는 없었다. 상처를 핑계대고, 현주의 소식을 듣고서야 겨우 고국을 생각했던 것도 스스로에게 가한 채찍일 뿐이었다. 새 삶을 마련할 기회는 많았다.

번영로로 무겁게 첫발을 내딛었다. 차갑고 날카로운 바람이 그녀의 야윈 볼을 훑고 지나갔다. 길가에 헐벗은 채 떨고 있는 앙상한 가로수들이 먼저 그녀를 반겼다. 플라타너스 나무들은 그녀가 졸업하던 해에 벚나무로 교체되어, 꽃피는 계절이면 거리가 화사하게 살아나 장관을 이룬다고 했다. 꽃물결을 보려고 이 작은 도시로 관광객들이 몰려들어 북적인다는 말을 들었지만 겨울의 거리는 왠지 스산하고 추워만 보였다. 그녀는 외투의 깃을 세우고, 행군하는 병사처럼 용감하게 바람 속을 걸으며 학교 쪽으로 고개를 돌렸다.

거리에서도 병원의 건물들은 아주 잘 보였다. 멀리 펼쳐진 산자락 아래에 회색과 빨간색, 그리고 흰색의 건물들이 어깨를 나란히 서 있었으며, 회색의 사층 건물도 선명하게 보였다. 학생 때 실습 나갔던 병원은 그녀의 가슴에 그리움과 아쉬움, 얼마간의 원망이 섞인 미묘한 기분을 느끼게 했다. 십 분쯤 걸어 병원 입구와 맞닿아 있는 이차선 도로에 도달했다.

그녀는 손목시계를 보았다. 예정된 시간이 훨씬 지났으므로 동창회는 이미 시작되었을 것이다. 처음부터 제시간에 맞게 도착할 생각은 없었다. 사람들과 만나 반갑게 인사하고, 어울려 떠드는 일은 그녀에게 혼란을 느끼게 할지도 몰랐다. 모처럼의 방문도 윤을 만나려는 계획일 뿐, 다른 의도는 없었다.

고국에서 휴가를 보내려고 그녀는 떠난 지 이십 년 만에 처음 찾아왔고, 소식을 들은 윤이 그녀에게 만나자는 연락을 했다. 윤은 이번 기회에 모두를 용서하라고 말했지만 윤의 얼굴을 본 후엔 즉시 돌아설 생각이었다. 윤이 한번이라도 그녀의 입장에서 생각해 보았는지, 입장이 바뀌었어도 그렇게 말할 수 있을지, 아직은 판단할 수 없었다.

윤은 그녀의 방문이 화해를 시도하는 제스처라고 여길지도 몰랐다. 고리를 걸어 단단하게 잠근 마음의 빗장을 이제야 열었다고 지레 생각할 수도 있었다. 그녀는 자신의 감정이 어떤지 아직 자신 있게 말할 수가 없었다. 어느 땐 햇빛에 희게 바랜 광목처럼 처참한 기억들을 말끔히 씻었다고 생각했다. 표독스럽게 굴었던 친구들, 모래 바람으로 그녀를 휩쓸어 묻어 버린 현주도 잊었다고 생각했다. 그러나 번뜩이며 노려보던 성난 눈빛들이 떠오르고, 굳은 표정들과 뒤에서 수군대던 목소리들이 어느 날, 환청처럼 들려오곤 했다. 그럴 때마다 예전의 섬뜩했던 기억 속으로 그녀를 다시 추락시켰다.

용서하고 다 잊었다고 아무리 스스로를 다독인다고 해도 기억들은 거머리처럼 떨어지지 않을 것 같았다. 지워지지 않는 얼룩처럼 때론 낫지 않는 부스럼처럼, 상처는 마리의 망령이 되어 쇠사슬로 무겁게 발목을 짓누를 것이라는 두려움이 솟았다. 어쩌면 현주도 그렇게 살았을지 몰랐다. 일그러진 내면을 보이지 않으려고, 벌겋게 짓눌린 속살을 내보이지 않으려고, 애써 위장하며 살았을 수도 있었다. 그녀만큼 측은한 삶이었을지 모를 일이었다.

현기증이 솟아 잠깐 걸음을 멈추고 눈을 감았다. 눈꺼풀이 파르르 떨리고, 이슬처럼 눈가에 눈물이 맺혔다. 감았던 눈을 뜨고, 모질게 눈물을 털어 낸 후에 걷기 시작했다. 외면하고 거부했던 낯익은 길을 따라, 그녀는 천천히 걸었다. 가까이 갈수록 성냥갑처럼 단조로운 건물들이 나타났다. 부족한 간호 인력으로 터무니없이 불어난 학생 수를 감당하기 위해 학교는 새로 지어졌다. 건물은 공룡처럼 크고 거대해졌지만 아기자기한 옛 모습이 보이지 않았다. 도로의 입구와 학교의 중간에 위치한 기숙사는 다행히 옛 모습 그대로였다. 낮고 둥그스레한 언덕에 자리한 위쪽의 교회당과 아래쪽 귀화양로원도 그대로 남아 있었다. 모습들이 변하지 않고 형태를 고스란히 간직하고 있었음에도 왠지 거리감이 느껴졌다.

도심에서 떨어진 한적한 그곳은 당시에도 은둔자들의 처소처럼 외부로부터 완벽하게 차단되어 있었다. 서로를 의심하며 광풍의 열기에 휩싸여 그녀를 녹여 버릴 듯했어도 겉모습은 평화라는 보호막으로 위장되어 있었다. 용광로의 타오르는 불처럼 끓는 화를 간직한 사람들, 그들은 집단으로 떠들어 댈 뿐, 정작 개인의 속내를 드러내진 않았다. 그 일은 애영이가 등록금을 잃어버린 직후에 벌어졌다.

모두들 며칠째 시달리고 있었다. 도둑이 나올 때까지 점호 시간은 늦추어졌고, 왜 그런 일이 벌어졌는지 날마다 반성하는 시간이 주어졌다. 공부는 뒷전이었다. 위로부터 압력이 점차 거세어지자 모두가 지쳤다. 일이 빨리 해결되기를 바랐지만 범인은 흔적조차 없었다. 아무도 범인이라고 나서지 않았다. 앉아서 기다릴 수만은 없었다. 서로가 서로를 믿을 수 없는 시간이 못 견디게 싫었다. 정확하게 범인이 밝혀지지 않는 한 찾는 일이 지속될 수밖에 없었으므로 조그만 단서라도 있었으면 바랄 때였다.

―지은이가 그날 채플에 안 나가고 애영이 침대에 앉아 있었대. 지은이가 수상해.

말은 순식간에 퍼졌고, 그녀는 졸지에 도둑으로 몰렸다. 그리고 한방에 모인 그들은 그녀를 소환하였다. 같이 밥을 먹고, 같이 어깨동무를 하며 강의실을 찾던 그들이 적으로 돌변했다. 그들은 그녀가 도둑이 아니냐고 추궁했다. 길고 지루한 범인 찾기 놀이에 모두들 얼마간 힘들어지던 때였다.

그 방에 모인 그들은 그녀에게 범인임을 자백하라고 강요했다. 그녀가 아니면 범인이 있을 수 없다는 식이었다. 어제까지 친구였던 그들은 게임을 끝낸 것처럼 홀가분한 표정이었다. 이제는 편히 잠을 잘 수 있겠다고, 이제는 밀린 공부를 할 수도 있겠다고, 모두들 그렇게 기대하고 있었다.

"난, 애영이의 등록금이 거기 있는 줄도 몰랐어."

그녀가 말하자마자 거기 모인 모두의 눈빛이 순간 사납게 변했다.

"왜 자꾸 변명만 하니? 너밖에 가져갈 사람이 없잖아?"

누군가가 그녀를 비웃었다. 모두들 비슷한 표정이어서 오랜 세월이 지난 후에도 처음 말을 꺼낸 사람이 누구였는지 그녀는 기억할 수 없었다. 그녀가 아니라고 말하면 그럴수록 그들 모두는 당장이라도 그녀에게 달려들어 갈기갈기 찢어 버릴 것처럼 굴었다. 그곳에 모여 있는 사람들의 눈빛은 잔인했다. 그녀를 노려보며 번뜩이는 눈빛으로 서 있던 그들은 그녀에게 죄를 실토하고, 잘못을 빌라고 재촉하였다.

"난, 훔치지 않았어. 정말이야. 하늘에 대고 맹세할 게. 돌아가신 우리 어머니 명예를 걸고 약속할 수도 있어."

"너무 뻔뻔한 거 아냐? 왜 자꾸 아니라는 거야? 우리 모두 잠도 자지 못하고 벌 받는 거는 생각 안 해 봤어? 너 하나 때문에 다들 힘들다고."

눈물을 글썽이며 결백을 주장했지만 아무도 그녀의 말을 믿지 않았다. 그들은 이미 그녀를 범인으로 단정했다. 모두들 그녀에게 눈을 흘겨 대며. 그런 거짓말을 해서는 안 된다고 말했다. 가져간 것을 솔직히 인정하라고, 다급하게 몰았다.

"억울해. 돈은 본 적도 없는데 훔쳤다니. 왜 내 말은 아무도 믿지 않는 거야?"

그녀가 발을 동동 구르며 억울하다고 하소연해도 그들 중, 누구도 앞에 나서서 그녀를 위해 변호하거나 그녀가 아닐 수도 있다는 말을 하지 않았다. 한 패거리로 취급되고 싶지 않았던지 친했던 현주도 슬그머니 눈을 감고 외면했다. 짓뭉개고 싶어 안달하던 짐승 같은 시선들에 절망하며 그녀는 끝까지 홀로 싸웠다.

―넌, 거짓말쟁이야. 도둑년이야.

바람을 타고 들리던 시끌시끌한 소리들이 아직도 귓가에 이명처럼 들려왔다.

―거짓말쟁이가 아니야. 난 도둑이 아니라고.

소리들을 털어 버리기 위해 고개를 흔들던 기억이 새삼 되살아났다. 그녀는 다시 억장이 무너져 내리는 느낌이었다. 입을 앙 다물고 걸음을 재촉했다.

언덕 밑의 건물, 기숙사가 보였다. 고통스런 기억에도 불구하고 기숙사는 마법의 주술로 그녀를 끌어당겼다. 왼쪽 길로 방향을 꺾자 버려진 헌옷처럼 허술하고 초라한 건물이 눈앞에 나타났다. 뜰에 놓인 대리석 의자들은 군데군데 패어 있어 보기에 민망했고, 건물을 촘촘히 둘러쳤던 가시철망은 손만 대면 당장이라도 바스러질 듯 보였다. 뾰족한 철망은 콘크리트 담장처럼 그녀를 견고하게 지켜 주었지만 이제는 세월에 부대낀 티가 역력했다. 붉게 녹슬어 위태롭게 서 있는 모습이 힘없는 늙은 퇴역 군인의 행색이어서 그녀를 슬프게 만들었다. 안으로 들어가 살펴보고 싶었지만 애써 발걸음을 돌렸다. 너무 오래 지체한 것 같았다.

멀리 입구에 세워진 총동창회를 알리는 현수막이 보였다. 바람으로 펄

럭이는 현수막 밑에 누군가 서 있었다. 여자는 그녀만큼 늙어 보였다. 가까이 다가가자 길에 시선을 주고 있던 여자가 달리듯 걸어왔다. 환한 웃음을 얼굴에 가득 피워 올린 윤이었다.

"왜, 이렇게 늦었어? 안 오는 줄 알고 얼마나 마음을 졸였는데. 기다리느라고 초조해서 혼났다. 어쨌거나 이렇게 와 주었으니 고맙다. 정말 반가워."

윤이 손을 잡고 흔들며 눈에 물기가 번졌다. 윤의 손에서 전해 온 따뜻한 온기에 오래전의 기억 이랑에 드문드문 숨어 있던 고마움이 뛰쳐나왔다.

—애들이 날 범인이라고 생각하나 봐. 차라리 그렇다고 말해 버릴까 봐.

유일하게 상의할 수 있는 상대여서 속마음을 털어놓았을 때, 윤은 고개를 저으며 단호한 음성으로 말했다.

—정말 네가 돈을 가져간 거니?

윤은 그녀를 의아한 눈빛으로 쳐다보며 다그쳤다. 너무 견디기가 힘들어 그렇다고 말하고 싶은 유혹을 느꼈지만 그녀는 아니라고 고개를 저었다. 윤에게 그렇게 말할 수는 없었다.

—그럼 됐어. 거짓말로 난관을 피해선 안 돼. 허위로 자백하는 것은 더욱 아니지. 그건 범인을 도와주는 것이거든. 순간의 고통을 피하려고 아무런 도움도 되지 않는 짓을 벌이지는 마. 희생하겠다고 쓸데없는 생각하면 사건만 더 복잡하게 만들 거야.

가져가지 않았으면 끝까지 아니라고 말해야 한다고 윤은 충고했다. 어떠한 어려움이 있어도 참고 견디라고, 도둑의 누명은 무덤에 가서라도 벗는다는 옛말이 있다고 위로도 했다.

—언젠가는 밝혀지게 될 거니까 힘들어도 참아. 그게 바로 너 자신을

위하는 길이야.

언젠가는 밝혀진다는 윤의 충고는 맞았다. 늦었지만 이제 범인이 나타났다. 죽으면서 양심을 고백했다던 현주, 그 애가 범인이었다. 그녀가 믿고 마음을 터놓았던 친구, 애영이와 함께 삼총사로 불리면서 친했던 사이였는데 현주가 그랬다는 것이었다. 참으로 믿을 수 없는 일이었다.

그녀는 당시 주위의 손가락질에 너무나 힘들고 지쳐 버렸다. 버티려던 의지가 송두리째 곤두박질하던 때였으므로 포기하고 싶은 마음이었다. 마음을 다잡은 것은 윤의 조언도 이유가 되었다. 윤은 거짓 고백을 경계하며, 끝까지 버티라고 격려했다. 모두가 그녀에게 자백하라고 재촉할 때마다 그녀는 윤의 말을 떠올렸고, 그래서 그녀는 끝까지 훔치지 않았다고 말하며 버텨 내었다.

다른 사람들처럼 윤도 그녀의 결백을 믿지 않았을지 몰랐다. 상황들은 그녀에게 절대적으로 불리했다. 결백하다고 믿어서 그렇게 조언했던 거냐고 나중에도 묻지 못했다. 윤은 언제나 그녀의 시야를 벗어나 있었고, 물어볼 적당한 기회도 없었다. 현주가 범인이었음을 전해 주었던 그때도 마찬가지였다.

"넌, 예전 모습 그대로구나. 좀 마른 편인가?"

대답하는 대신 희미하게 웃었다. 변하지 않은 건 모습만이 아니었다. 삭이지 못한 슬픔도, 분노도, 자신에 대한 연민도, 그때의 그 사건도, 그녀는 지금까지 가슴속에 그대로 담고 있었다.

사건이 벌어진 후, 그녀는 수용소의 죄수들처럼 격리되었다. 스스로도 동기들도 서로 대면대면 낯선 사람들처럼 굴면서 서서히 그렇게 되어 갔다. 철창으로 격리된 채 살아가는 정신병동의 환자들처럼 남은 시간들을 그녀는 그렇게 지냈다. 그리고 점차 세상과 쉽게 어울리거나 타협할 수 없으리라는 것을 느꼈다. 그 생각은 아직도 바뀌지 않았다. 겉으로는 웃고 떠들며 어울리지만 형식적이고 의례적인 관계로 진행시켰다.

“기다려. 내가 가서, 빨리 아이들 불러올게.”

“아니, 그러지마. 너만 보고 갈 거야. 다른 애들을 만날 생각은 없어. 내키지도 않고.”

윤은 왜 라고 묻는 대신에 그녀를 다독이는 말투로 달랬다.

“여기까지 와서 그럴 수는 없잖니? 그렇게 말하지 마라. 쉽지 않겠지만 너 기다리는 애들이 많아. 그 애들 꼭 만나고 가야 해. 그 애들이 얼마나 미안하게 생각하는지 몰라.”

“난, 잘 모르겠어.”

“애들이 네게 정말 용서를 빌고 싶어 해. 만나지 않고 그냥 가 버리면 애들이 어떻겠니? 가슴에 더 큰 앙금이 쌓일 거야. 내 말 알겠지?”

윤은 사정했다. 지구를 반 바퀴 돌아서 들려오던 전화에서도 윤은 그렇게 말했었다.

“솔직히 그 애들 별로 보고 싶지 않아. 아직도 그때 일이 생각나면 소름이 끼쳐.”

“네 마음은 이해하는데. 애들 마음을 알면 그런 말 못할 거야.”

전화에서 윤은 모일 때마다 동기들이 그녀의 이야기를 한다고 했다. 아이들이 그녀를 보고 싶어 한다고, 아이들이 그녀에게 죄의식을 느끼고 있다고. 생전에 보지 않는다면 그 애들의 가슴이 납덩이처럼 무거울 것이라는 말도 해 주었다.

만나서 꼭 매듭을 풀어야 한다고 부탁했지만 그럴 마음이 없었다. 그네들의 가슴에 무겁게 얹혀 있을 죄의식을 없애 주기 위해 이곳까지 온 것은 아니었다. 그러나 떨어져 있던 동안에 그녀에게 관심을 가졌던 윤의 한결같은 성의에 선뜻 거절할 수가 없었다. 그녀가 아무런 말이 없자 윤은 서둘러 안으로 들어갔다. 강당으로 들어간 윤을 지켜보면서도 그녀는 그만 달아나 버리고 싶었다. 그때도 그런 심정이었다.

그물망처럼 조여 오던 서늘한 시선, 그 방에서, 그들의 시선에서 도망쳐 감쪽같이 숨어 버리고 싶었다. 그러나 좋은 결과가 있을 때까지 그녀는 숨을 수도, 도망칠 수도 없었다. 도둑으로 몰려 쓰레기처럼 취급되면서 살고 싶지 않았다. 더러운 오물을 뒤집어쓸 바에야 형편없이 당하며 사는 것보다 죽는 게 나았다. 피를 토하고 죽어 버리고 싶었으나 도둑의 누명을 쓴 채 죽을 수는 없었다. 아이들이 모두 보는 곳에서 그만 죽어 버리고 싶었지만 그럴 수도 없었다. 차라리 죽느니 치욕적인 삶일지라도 견디면서 누명을 벗도록 노력해야 했다. 그렇게 쉽게 죽을 수는 없었다.

윤의 말처럼 언젠가는 누명을 벗을 수 있을 것이라고 생각했다. 그래서 끝끝내 버티었다. 처참하게 망가진 자신을 추스르며 최대한의 인내를 발휘하여 버티고 버티었다. 사건이 종결되기를 참고, 기다렸다. 상처를 끌어안고 우렁이처럼 그녀의 방 한구석에 틀어박혀 그렇게 견뎌 내었다. 그러나 시간이 지나도 범인은 끝까지 나타나지 않았다. 그녀는 도둑이란 오명과 뻔뻔하고 양심도 없는 인간이란 비난을 들으며 남은 시간을 견뎌야 했다.

그녀는 날마다 시간의 바퀴가 빠르게 굴러가기를 기도했다. 그리고 학교를 벗어나 그 사건을 잊을 수 있는 안전한 곳으로 달아날 수 있을 때까지 안간힘을 쓰며 기다렸다. 시간은 지독하게 길었지만 언젠가는 지나갈 것이었다. 그렇게 생각하며 인내했었다.

윤이 강당에서 나왔다. 뒤를 이어 아는 얼굴들 몇이 어색한 표정을 지으며 나왔다. 그녀를 향해 걸어온 그들이 먼저 손을 내밀었다. 그녀도 손을 내밀어 그들과 일일이 악수했다. 건성으로 나누는 예의에 마음은 담겨 있지 않았다.

"많이 보고 싶었어. 이제야 너를 만나다니. 이렇게라도 만나서 정말 반갑다."

펑퍼짐한 몸집인 애영이가 반가운 목소리로 말했다. 그녀의 마음과는 달랐는지 감격에 겨운 말투였다.

사건의 핵심에 있던 애영이도 이미 중년의 모습이었다. 날씬했던 예전 모습은 어디에서도 찾아볼 수 없었다. 허리며 엉덩이에 군살이 붙어 아줌마 티가 역력한데도 특유의 목소리는 여전했다. 그녀는 애매한 시선으로 애영을 바라보았다.

"나 많이 늙었지? 너는 야! 하나도 안 늙었다. 외국물이 좋긴 좋아."

짙은 화장 탓인지 말투 때문인지 경박함이 느껴졌다. 신선함이 사라지고 몸매도 형편없이 망가진 애영은 예전처럼 스스럼없이 굴었다. 그녀는 애영과 같이 예전처럼 감정을 담아 말할 수가 없었다. 반가움이 쉽게 생겨날 것 같지도 않았다. 손을 맞잡아도, 어깨동무를 해도, 예전의 친했던 감정이 돌아올 것 같지 않았다. 그녀는 대답하는 대신에 어깨를 으쓱 들어 올리는 외국식 제스처를 취하며 감정을 드러내는 위기를 피했다.

"그때는 우리가 너무했어. 일부러 그러려던 건 아니었는데 어떻게 그랬는지 몰라."

"꼭 귀신에 홀린 사람들 같았지."

누군가가 애영의 뒤를 이어 말문을 열었다. 그녀가 돌아보자 시선을 마주치는 게 쑥스러운지 슬며시 고개를 돌렸다. 누구였더라, 기억을 더듬었다. 늘 멀리서 그녀를 흘깃거리던 소극적인 아이, 이름은 잘 기억나지 않았다. 그때 그 애는 그녀와 친하게 지내고 싶었던 듯도 싶었다. 모두가 그녀를 외면해서 동정심이 발동해서였는지도 몰랐다. 하지만 모두가 싫었던 그녀는 접근하는 사람들을 거칠게 쳐냈다. 그 애에게도 그녀가 너무 쌀쌀맞게 밀어했다. 그래서 친구가 되고 싶었던 그 애의 마음을 담아 두지 않고, 아마도 거절했을 것이다.

"말도 마라. 다들 제정신이 아니었지 뭐. 너무 당황해서 그랬을 거야. 어려서 생각도 많이 부족했고. 옛날 일이지만 정말 미안하다. 우리들 모두 제발 용서해 줘라. 너하고도 꽤 친했는데 왜 그때 현주의 말만 들었는지 몰라."

애영이가 사과했다. 힘들고, 죄진 표정이 얼굴에 떠올랐다. 애영의 말이 변명처럼 들렸어도 진심일 수도 있었다. 애영이 현주의 농간을 더 신뢰했던 것은 그녀에게도 의혹을 일으킬 만한 잘못이 있었을 것이다.

"넌, 현주하고도 친했었잖니? 상황이 그래서 너도 현주를 믿을 수밖에 없었고."

"내가 현주를 너무 믿었어. 지금 생각하면 다급했던 탓에 그랬던 게 아닌가 싶어."

애영의 마음은 이해되었지만 그녀는 아직 용서할 마음이 일어나지 않았다. 잘못했으니 용서해 달라는 한마디로 용서를 해야 한다면 그녀가 살아온 세월을 모두 잊어야 했다. 잊을 수 없게 힘겨웠던 시간들을 그들은 모를 것이었다.

그녀는 학생 때, 현주와 가깝게 되면서 애영과도 친하게 지냈다. 그 일이 없었다면 셋은 진한 우정을 쌓아올린 사이가 되었을 것이다. 하지만 애영이 돈을 잃어버린 사건이 벌어지고 세 사람의 관계는 깨졌다. 산산이 부서진 그릇처럼, 쏟아 버린 물처럼 서로는 상처 입고 헤어져 다시는 관계를 회복하지 못했다. 훔친 사람에게 전적인 잘못이 있었지만 등록금을 납부하지 않아 욕심내도록 부추긴 애영에게도 시선들이 곱지 않았다. 애영에게도 일말의 책임은 있다고 다들 소곤거렸다.

이십 년도 훌쩍 넘어 희미한 사건이 되어서야 범인이 현주라는 것이 밝혀졌다. 그것도 현주의 자백을 통해서였는데 죽으면서야 털어놓았다고 했다. 세월이 그렇게 지난 후라도 밝혀져서 다들 안도했지만 오랜 세월 타국에서 화를 누르고 산 그녀에겐 지옥 같은 세월이었다. 그땐 아무도 현주를 의심하지 않았다. 친하게 지냈던 애영이마저 돈을 잃은 것에 분노를 터트리며 그녀의 말은 들어 볼 생각도 하지 않았다. 이후로 졸업할 때까지 그녀를 범인으로 단정한 애영이와 범인일 것이라고 고발한 현주와 그녀는 원수처럼 지냈다.

그녀는 친하게 지낸 애영이의 침대에 자주 올라가 누워 있곤 했다. 등록금이 도난당하던 날에도 채플 시간을 빼먹고 애영이 방에 갔다. 그리고 다른 날처럼 애영의 침대에 혼자 누워 있었다. 애영에게 납부하지 않은 등록금이 있다는 것도 알지 못하고, 빈 침대에 누워 있었으니 정말 바보 같은 짓거리였다. 경배해야 할 신의 시간을 훔쳐 노닥거렸던 것을 내려다본 신께서 괘씸하게 생각했는지도 모르겠다. 그래서 벌을 내렸던 것인지도. 또 있었다. 그때, 왜 느닷없이 카세트테이프를 사고 싶었던지.

그 전날 그녀는 오빠가 보낸 돈으로 카세트테이프를 샀다. 동기들은 그것마저 의심했다. 사감에게 찾아와 해명했지만 사람들은 오빠의 말도 미심쩍어 했다. 오빠는 그깟 놈의 학교 당장에 때려치우라고 불같이 화를 냈다. 그런 모함을 받으며 계속 학교를 다니겠다면 다시 그녀를 보지 않겠다고 단호하게 말했다. 서릿발처럼 내뱉고 가 버린 오빠의 말이 그녀를 울렸었다.

어쩌면 그녀가 잘 웃지 않던 것도 도둑으로 몰린 이유가 되었을지 몰랐다. 부모를 일찍 여의고 오빠 밑에서 사느라 그녀는 말이 별로 없었고, 항상 우울한 표정이었다. 그런 것도 어쩌면 범인으로 단정하기에 좋은 재료였을 것이다.

"다시 사과할게. 그때 일은 정말 잘못했어. 용서해 줘."

"그래, 나도 미안하다. 지은이 네가 다 용서해야지. 칼자루 쥔 사람이 너니까."

"애영이가 저렇게 사과하지 않니? 사과하는 것도 쉬운 일은 아니야."

모두들 서먹한 표정을 풀지 못한 채 어색하게 건넸다. 그 옆에서 윤이 거들었다. 거듭 애영의 사과를 받자 이상하게 미안한 마음이 들었다. 사건의 진범이 그녀가 아니고, 현주임을 알고 나서 애영이 죄책감에 시달렸을 걸 생각한 때문인지도 몰랐다. 칼을 갈며 지금까지 도도하게 모두를 단죄한 것이 마음에 걸렸다.

"부끄러운 일이었어. 그 사건은 우리 모두의 치부를 드러내는 끔찍한 과거야. 상처도 아물면 추억으로 남겠지. 현주가 안됐다. 나는 살아서 이렇게 사과도 받고, 너희들과 이야기할 기회도 얻었는데, 그 앤 죽어 버렸으니 말이야."

그녀는 형식적이나마 한발 뒤로 물러섰다.

"죽지 않았으면 우리가 범인을 알 수도 없었겠지. 시(詩)들이 많이 남아 있어서 현주는 별로 억울할 것도 없을걸."

애영이 무심코 대꾸했다. 그녀는 애영이 말하는 뜻을 몰라 어리둥절한 표정으로 애영을 쳐다보았다. 시라니. 대체 무슨 시가 남아 있다는 말인가. 현주가 시를 쓴 적이 있었던가. 현주의 시가 많이 남아 있다는 말이 무슨 뜻인가 싶어 현주를 떠올렸지만 기억의 어디에도 시를 쓰던 현주의 모습은 없었다.

"시가 남아 있다니 그게 무슨 소리야?"

그녀가 의아해하며 묻자 애영이 일순 난감한 표정으로 당황한 모습을 보였다. 어쩔 줄 몰라 하는 애영을 보자 궁금증이 더했다. 그녀는 윤에게로 시선을 돌렸다. 윤도 난처한 표정으로 얼굴이 굳어 있었다. 윤은 애영이 금기의 말을 꺼냈다는 얼굴로 애영에게 못 말린다는 시선을 던졌다. 애영이 그런 말을 할 것이라곤 미처 생각하지 못했던 눈치였다.

"미안하다. 그 얘기는 하고 싶지 않았는데, 그런 말을 너에게 한다는 게 좀 그랬거든."

"나는 무슨 소린지 통 감이 잡히지 않아."

"그럴 거야. 어차피 알게 됐으니 이젠 숨기고 말 것도 없겠다. 늦었지만 이제라도 말해 주어야 한다는 생각도 들고. 현주는 시인이 되었어. 그것도 꽤 유명한 시인."

"유명한 시인?"

"어, 꽤 유명해. 죽기 일 년 전쯤 등단했는데, 자살해서 더 유명해진 거 같아."

현주가 시인이 되었다는 말보다 자살했다는 사실이 더 충격이었다. 그 말을 듣는 순간 그녀는 머리를 세차게 얻어맞은 기분이 들었다.

"시인의 자살이라니 문단에서는 쇼킹한 사건이었겠지. 그래서 아마 자연스럽게 세를 탄 모양이야."

다리가 후들거렸다. 사람들은 단순한 죽음을 보았겠지만 그녀는 그럴 수가 없었다. 현주가 시인이 되었다니, 그건 그녀가 상상하던 일이 아니었다. 시인이 되었다는 것은 그녀가 머나먼 이국땅에서 백안시되고 있을 때, 잠자다 가위에 눌려 땀에 젖어 있을 때, 외로움에 혼자 맥주를 홀짝거릴 때, 현주는 고상하게 시나 쓰고 있었다는 말이었다. 이 얼마나 아이러니한 일인가. 그녀는 어리둥절하기도 하고, 속은 기분도 들었다.

그녀가 낯선 곳에서 칩거하여 사는 동안 현주는 이 땅을 당당히 밟으며 활보했을 것을 생각하자 슬그머니 화가 났다. 그때의 그 사건처럼 현주는 치밀하게 계산하여 죽음을 관리했을 것 같았다. 그때도 현주는 눈을 감고, 친구의 돈을 훔쳤다. 훔쳤을 뿐이 아니라 친했던 그녀를 범인으로 몰았다. 현주는 훔친 그 돈을 엉뚱한 곳에 썼다. 양심을 팔고 훔친 친구의 돈으로 남자들과 어울려 다녔다. 멜라니 사프카의 노래를 들으러 찻집을 순회했으며, 술을 마시고, 담배를 피우며, 옷을 사 입었다. 말초적 쾌락을 위해 훔친 돈을 쓰면서도 숨죽이며 우는 그녀의 고통을 모른 체했다. 현주는 그렇게 양심이 없는 인간이었다.

현주가 그 돈으로 무엇을 하든 상관없었다. 그녀에게 누명을 씌우지 않았다면 용서하는 일도 훨씬 쉬웠을 것이다. 하지만 현주는 머리를 굴려 술수를 부렸다. 자신 대신에 범인으로 삼기에는 그녀가 적합했을 것이다. 자신이 말하지 않으면 죽을 때까지 아무도 사건의 범인이 현주임을 모를 것이었다. 절호의 기회라고 생각하여 그녀를 표적으로 삼았다. 그녀가 범인임을 암시하는 말을 은근슬쩍 뱉으면서. 파장은 생각하지 않았다. 아주 치밀하게 계획하여 아이들에게 속닥거렸고, 그녀에게 의혹이 증폭되도록 불리한 상황으로 몰아갔다. 희생양으로 그녀를 택한 계획은 성공을 거두었다. 그녀를 범인으로 단정한 일은 그럴 듯했다. 그녀가 더욱 끔찍했던 것은 너무 노련하여 당시에는 아무도 현주를 의심하지 못했던 점이다. 그리고 현주의 그물에 갇혀 그녀가 끝까지 범인으로 내몰렸던 사실이다.

생각할수록 몸이 떨렸다. 인간의 내면에 숨어 있는 악마적 본성이 끔찍하리만큼 두려웠다. 현주가 그녀에게 덜 가혹했더라면 일찍 서운함을 걷고, 용서했을지도 몰랐다. 이제야 현주가 도둑이었다는 것이 판명되어 굴레에서 벗어났으나 그녀가 겪었던 수모를 씻을 수는 없었다. 다른 사람들과 똑같은 혹독함으로 현주가 그녀를 대했던 것을 잊어버릴 수도 없었다.

잊을 수 없는 것들은 그것 외에도 많았다. 눈길을 마주치지 않으며 되도록 어울리지 않던 아이들, 전염물체처럼 그녀를 격리시키며 아이들은 그녀의 곁에 다가오는 것을 피했다. 그녀는 혼자서 강의실에 갔고, 식당 구석에서 홀로 식사했다. 멍든 자존심을 회복하기 위해 그들이 그녀를 격리시킨 것처럼 그녀도 스스로를 격리시켰다. 그런 것들도 잊을 수 없었다. 정든 가족과 헤어져 언어와 물이 낯선 이국의 땅에서 살았던 억울함도 그녀의 가슴에 못을 박았다. 울분과 슬픔을 삭이지 못한 그녀는 분노의 감정을 다스리는데 여전히 익숙하지 못했다.

"언제부터 시를 썼는지는 모르겠어. 우리가 기억하지 못하지만 시를 쓰긴 했나 봐. 시인이 된 것은 확실하니까. 현주의 시들은 정신과적인 고찰이 필요하댔어. 언젠가 정신과 의사가 정신의학적으로 시를 분석해 놓았더라."

"나도 그 책 읽었어."

윤의 말에 애영도 덧붙였다. 애영은 미안한 표정으로 그녀에게서 시선을 돌렸다.

"시와 정신분석의 접근인가 뭐, 평론 비슷한 거였는데, 현주의 자살도 같은 맥락으로 봤나 봐. 시인의 정신이 시에 얼마큼 연결이 가능한지 모르지만 그런 식으로 쓴 거 같더라. 극심한 우울증으로 자살을 했다던가. 결론은 그 비슷한 건데, 그거야 보는 사람 나름이니 알 수 없지."

윤은 그녀의 안색을 살피며 조심스럽게 설명했다. 윤은 그녀가 현주에 대한 분노를 다시 지니게 될까 봐 걱정하는 눈치였다. 지금까지 조심스럽게 접근해 온 관계에 악영향을 미칠까 봐 그걸 더 염려하는 것 같았다. 그녀가 느낄 소외감을 걱정하고 있는 것이 틀림없었다. 현주를 생각하자 잊으려 했던 상처가 다시 쓰라려 오는 것을 느꼈다.

불현듯 현주와 함께 파독 간호사 연수를 받던 기억이 떠올랐다. 그곳에서도 그녀는 잘 어울리지 못했지만 현주는 달랐다. 유혹적일 만큼 화려했고, 누구든지 쉽게 친구가 되었다. 학교에 다닐 때와 마찬가지로 굴레를 벗어 버린 망아지처럼 행동했다. 술이 덜 깬 얼굴로 강의실에 나오는 일이 허다했으며, 와서 강의를 제대로 듣는 법도 없었다. 남자들과 어울려 사라지거나 들락거리는 일이 잦아 연수 기간 내내 눈총을 받았지만 개의치 않았다. 요란한 복장으로 등장해서 연수생들의 떨떠름한 시선을 받아도 당당했다. 그녀가 대동한 남자들의 얼굴은 수시로 바뀌었는데 어울린 남자 중에는 닥터 박도 있었다. 유부남인 박과는 학생 시절에도 말이 끊이지 않았으므로 지각이 있다면 멀리해야 마땅한 인물이었다. 현주의 그런 난잡한 행위들은 엄격한 절제를 요구했던 연수 기준을 통과하지 못해 서독행이 무산되었다.

돌이켜 보면 현주는 떠나고 싶지 않아 고의로 그런 행동을 꾀했는지 모른다는 생각이 들었다. 갑자기 속이 울렁거리고, 구역질이 났다. 구역질은 독일에서도 곧잘 나타났던 증상이었다. 메스껍고 토할 것 같은 증상은 베링거와의 만남에 종지부를 찍던 날 생겨났다. 그리고 베링거가 시야에서 완전히 사라진 후엔 자주 생겨났다. 마음이 우울할 때거나, 좋지 않은 기분일 때도 증상은 어김없이 나타났다.

병원에서는 그녀의 증상들이 신경성이라고 진단했다. 마음을 편하게 가지라고 말하며, 정신과에 찾아가는 것이 좋겠다고 조언했었다. 몸에 특별한 이상이 없는데 왜 그런 증상이 나타나는지는 스스로가 잘 알았다. 못마땅한 일이 있거나 기분이 불쾌할 때 영락없이 찾아온 증상이었으니 말이다. 그녀는 증상을 자각하고 있어 되도록 좋지 않은 기분들을 털어 버리려고 노력했다.

구토를 참으려 해 봤지만 도저히 참을 수가 없었다. 저절로 이마가 찡그려지고, 식은땀이 흘렀다. 손수건을 입에 대고 두리번거리자 윤이 눈치채고 재빨리 부축했다. 윤을 따라 화장실로 들어갔다. 화장실 안에서 입에 대었던 수건을 떼자 금방이라도 쏟아질 것 같은 구토증세가 씻은 듯 말끔히 사라졌다.

"괜찮니?"

걱정스럽게 그녀를 살펴보던 윤이 이마에 맺힌 땀방울을 손수건으로 닦아 주며 물었다. 윤을 안심시키려 아무렇지 않은 표정을 하고, 찬물로 얼굴을 씻었다.

"몸에 아무런 이상은 없어. 갑자기 음식이 바뀌니까 적응하느라고 그런 모양이야."

화장실에서 나오자 걱정이 담긴 표정으로 서성거리던 모두가 그녀 가까이로 다가왔다. 학생 시절, 일부러 그녀를 외면했던 그들이 걱정하고 있는 모습에 별일이란 생각이 들었다. 세월이 많이 흐른 탓인지도 몰랐다.

"괜찮아. 몸에 어디 이상이 있어서 그런 게 아니래. 음식이 바뀌어서 그런 모양이야."

모두를 돌아보며 윤이 말할 때 그녀도 모처럼 웃음을 보였다. 그러고 싶은 생각은 없었지만 다들 걱정하는 눈치였으므로 어쩔 수 없었다. 안심시켜야 될 것 같아 웃어 보이기는 했지만 걱정해 주지 않아도 된다는 말은 하지 않았다.

"다행이다. 많이 걱정했어."

한숨 놓았다는 모습으로 한마디씩 거들었다. 그녀의 미소에 그들의 얼굴도 환하게 펴졌다. 그들이 한결 거리가 좁혀진 표정을 지었기 때문에, 그녀는 약간 어색했다.

이십 년의 시간을 지나, 그녀가 본래의 자리로 돌아갈 수 있을지는 알 수 없었다. 도둑의 오명과 오랜 누명을 단걸음에 벗어날 수 있을지도 단언할 수 없었다. 현주의 죽음과 시인이란 이름을 눈감아 줄 아량이 있을지 그것도 장담할 수 없었다. 예전의 그 시점으로 되돌아가는 일은 간단하고 쉬운 일이 아니었다. 그녀의 마음속에서 갈등이 일어나기 시작했고 오래된 기억의 생생한 아픔들이 기지개를 켰다.

"기숙사 식당에서 저녁 먹으래. 학교에서 저녁을 준비했다고 해. 식사가 끝난 후에는 간단한 놀이도 한단다. 멀리서 오는 동창들을 위해 잠잘 수 있게 숙소도 잡았나 봐. 놀이 끝나면 바로 그리로 간대. 거기 가서 잔다는데 다들 자고 갈 거지?"

윤이 안에 들어갔다 나오더니 소식을 전했다. 광고라면서 전하는 말에 다들 박수를 치며 환호했다.

"평생회원 되고, 내달라는 동창회비 열심히 냈더니 이런 때 좋구나."

"말이라고."

누군가의 말에 다들 맞장구쳤다.

"애영이도 자고 갈 거니?"

"당연하지. 이런 재미라도 있어서 내가 동창회에 목숨 걸고 나오는 거라니까."

"얼씨구. 그 나이에도 신랑 눈치 보느라고 참석 못한다던 게 누구였더라?"

윤의 말에 애영이는 멋쩍은 표정으로 반박했다.

"그런 말은 되도록 조용하게. 여기 특별 손님도 있잖아."

"맞아. 지은이도 멀리서 왔지."

또다시 그녀에게로 시선이 돌려졌다.

"지은이도 함께 자고 가는 거지?"

윤의 말에 모두의 그러기를 바란다는 기대의 시선으로 바뀌었다.

"주인공이 빠지면 무슨 재미냐? 하나마나한 소리를 하다니, 얘는 항상 삼천포야."

곁에 있던 애영이 윤의 제의에 쐐기를 박는 말을 하면서 그녀를 향해 밝게 웃었다. 아직 그런 것까지는 생각하지 않고 있었다. 그들과 함께 어울려 식사하고, 같이 잠자는 일은 계산에 넣지 않았던 일이었다. 갑작스럽게 제안을 받자 어떻게 대답해야 할지 그녀는 잠시 망설여졌다.

"아직, 모르겠어."

"망설일 것 뭐 있니? 하고 싶은 얘기가 얼마나 많은데. 다들 너를 눈이 빠지게 기다렸단 말이야. 네 독일 생활도 궁금하고. 너 사는 것이 궁금해서 모두 안달나기 직전이거든."

윤이 한쪽 눈을 찡긋하며, 그녀의 팔을 붙들었다. 독일에서의 나날을 어떻게 말해 줘야 할지 그녀는 머릿속이 뒤숭숭했다. 거기에서도 여기서와 똑같은 일이 있었다고 말할 수는 없었다. 하지만 사람이 사는 곳에서는 어디에서나 비슷한 일들이 일어날 수 있다는 사실을 말해 주는 것도 지금은 괜찮을 것 같았다.

"이런 날이 어디 쉽니? 말하지 않고 나온 사람은 집에 빨리 전화해서

단속들도 하고. 알았지? 오늘 밤에는 니들 모두 집에 못 들어간다. 다들 시간을 내서 놀아 볼 거니까."

"나는 걱정 없다. 애들 아빠한테 살림도 아예 다 맡겨 놓고 나왔거든. 오랜만에 오늘 신나게 한번 놀아 보려고. 마음 푹 놓고."

"누가 들으면 굉장한 살림꾼인 줄 알겠네. 살림은 남편이 다 하던데."

"여기에서까지 너는 망언을 일삼는구나, 날 모함하는 의도가 수상해."

중년이 되어서도 그들은 학생 때처럼 재잘거렸다. 이제야 비로소 친구로 받아들이라 말하는 그들을 보며 그녀도 마음이 조금 느슨해졌다.

"잘됐다. 우선 밥부터 먹으러 가자. 너무 떠들어서 뱃속이 쿠데타 직전이다. 밥 먹고 나서 다음 스케줄도 천천히 생각하고."

윤이 모두를 재촉해 자리를 리드했다. 그녀는 망설이면서도 윤에게 붙들린 팔을 빼내지 못했다. 기왕 이렇게 되었으니 어울려 기숙사에 찾아가 식사를 마친 다음에 생각하는 것도 싫긴 했다. 돌아가겠다고 고집부리면 자리만 서먹해질 것 같았다.

그녀는 낯이 익었지만 긴 세월 동안 한번도 찾아올 수 없었던 좁은 도로를 향했다. 학교 오는 길에 잠깐 들렀던 기숙사를 향해 아이들과 보조를 맞추어 걸으면서 그녀는 짧은 기차 통학을 멈추고 입사하던 기억을 떠올렸다.

쌍천관에 살던 학생들도 기숙사가 완성되어 함께 이사했었다. 새 건물이라 기숙사 둘레에는 나무들이 없어 썰렁했다. 주위가 황량하여 입사하는 학생들 모두 묘목들을 심기로 했고, 그녀도 정성껏 심었다. 사감선생님은 자기 나무는 스스로 관리하라고 명령했지만 대부분 아저씨에게 미루었다. 처음엔 그녀도 열심히 물을 주고 얼마나 자랐는지 관심을 가졌으나 자라지 않고 언제나 그대로인 것 같아 다른 아이들처럼 돌보지 않았다. 나무들도 지금은 많이 자랐을 것이었다. 윤도 그녀처럼 나무를 기억하고 있는지 궁금했다.

"나무 심었던 일, 생각나니?"

"그럼, 기억하지. 처음엔 서로 제가 심은 나무가 더 멋지게 자랄 것이라고 다들 내기 걸었잖아. 나중에는 물도 제대로 주지 않으면서, 심을 때는 대단했는데 말이야."

"지금은 많이 자랐겠지?"

"몰라보게 자랐어. 벌써 몇 년인데. 기숙사에 가면 찾아볼래? 하긴 찾을 수 있을까 모르겠다. 나는 어디에 심었는지 기억도 없거든."

그녀는 나무 심은 장소를 확실히 기억하고 있었다. 사감 선생님 창문 바로 앞에 애영이와 현주도 함께 한 그루씩 나란히 심었었다. 하지만 그동안 그것들도 까마득 잊고 있었다. 과거에서 달아나고 싶어서 모두 잊었다. 아프고 잊어버리고 싶은 기억들 속에 나무도 있었을 것이다.

"양로원은 그대로 있는 거야? 지금도 할아버지 할머니들이 있는지 모르겠다. 그땐 참 많았었는데."

그녀는 기숙사가 가까이 다가오고, 양로원 건물이 보일 때, 윤에게 살짝 물었다. 그녀가 묻는 의도를 파악한 윤이 어두운 얼굴로 그녀를 돌아보았다. 그리고 블록 담 안의 무겁게 닫힌 창문을 쓸쓸한 시선으로 올려다보았다. 당시의 따뜻했던 윤의 마음을 생각하자 그녀는 가슴이 뭉클해져 왔다.

거동이 불편한 노인들은 추위에 웅크린 모습으로 양지바른 쪽에 모여 있곤 하였다. 윤은 강의가 끝나고 돌아올 때 마당에 앉아 졸던 노인들을 생각하고 있는지도 몰랐다. 초췌한 노인들을 보면서 윤은 늘 젊고 건강한 자신을 죄스러워했었다. 입을 다물고 양로원 앞을 조심스럽게 걸으며 윤은 노인들이 행여 불편을 느끼지 않을까 배려했었다. 양로원을 지날 때면 그녀도 남다른 생각이 들었다. 희망 없이 죽을 날 만을 기다리며 삶의 의욕을 상실한 노인들을 보면 어릴 적에 돌아가신 어머니가 생각났었다.

그녀가 간호학을 택한 것은 어머니 때문이었다. 그녀는 몸이 아파 어릴 적부터 방 안에 누워 있던 어머니를 떠올렸다. 어머니는 그녀가 중학교를 마치기 전에 돌아가셨고, 그녀는 아픈 어머니를 보며 자라는 동안 커서 간호사가 되어야겠다고 다짐했었다. 아픈 사람들을 위해 평생을 몸 바치겠다고 생각했고, 자신과의 약속을 지키기 위해 마음을 새롭게 다지곤 했다. 사건이 일어난 후에 포기하고 싶을 때마다 몇 번이고 약속을 기억해야 했다.

아픈 사람들을 보살펴 주는 일은 그녀의 소망이었다. 아무 일이 없었다면 그녀는 그 일을 이 땅에서 할 수 있었다. 그녀가 공부했던 간호학을 이곳의 사람들에게 정성껏 베풀었을 것이지만 그럴 수 있는 기회를 박탈당했다. 이 나라를 떠나면서도 그게 제일 생각났다. 한시도 머리에서 떠난 적이 없는 사건이 그녀의 황금빛 시절을 빼앗고, 사람들에 대한 신뢰와 사랑의 싹마저 잘라 버렸다.

그녀는 범인의 멍에를 벗어 버리지 못하고 공부하던 남은 세월, 분노와 절망을 감추며 보냈다. 환희나 꿈 대신에 회의와 아픔을 끊임없이 되씹었다. 그리고 이 땅을 벗어날 수 있는 날만을 기다렸다. 간호사를 대량으로 받아들인 독일은 그때 그녀가 택할 수 있는 최적지였다. 그녀는 어두운 기억들을 내던지고 기꺼이 그곳으로 떠났다. 그곳은 소중하다고 생각했던 모든 것들을 음울한 과거와 함께 묻어 버릴 기회를 줄 것이라고 생각했다.

루프트한자에 오르면서 그녀는 아름답고 그리운 것들과 어두운 기억들을 모두 함께 묻어 버렸다. 그녀는 새로운 이들을 만나, 새 삶을 찾게 될 것이라는 희망에 젖었다. 기쁜 마음으로 아무런 미련도 없이 가볍게 한국을 떠난 그녀는 낯선 독일에서조차 새로운 시작을 꿈꾸지 못했다.

비슷한 일들은 독일에서도 덫을 놓고 그녀를 기다렸다. 인생이란 정말 알 수가 없다. 그녀를 행복의 궤도에서 끌어내리려고 벼르는 숨은 복병처럼 거기에도 다른 모습의 현주가 있었으니까. 그녀는 현주로 인해 새로운 땅에서도 새 삶의 진입에 실패했다. 그녀의 실패는 어쩌면 베링거와의 관계를 제대로 이어 가지 못했던 탓도 있었다. 만남이 그렇듯이 헤어지는 것 또한 별게 아닌데도 그녀는 사실을 받아들이기가 꽤 힘들었다.

베링거와의 이별엔 해결되지 않은 사건의 감정들이 밑바닥을 흐르고 있었다. 그와의 이별이 아마도 더욱 견고한 벽 속으로 그녀를 숨어들게 하였을 것이다. 사실을 말하자면 헤어짐이나 이별은 옳은 표현이라고 할 수 없을지도 몰랐다. 둘 사이에 특별한 관계가 형성된 적이 없었으므로 이별의 단어를 사용하는 것도 혼자만의 생각일지 모른다.

베링거와 만남에서 그녀는 희망을 걸었었다. 그는 독일에 도착하여 처음으로 가깝게 지냈던 사람이었고, 배려심이 많았다. 어쩌면 그녀가 가깝다고 느꼈던 마음 역시도 그녀의 착각일 수 있었다. 그는 이국에서 온 검은 눈동자의 검은 머리칼인 여자에 대한 환상을 지녔던 것일지도 몰랐다. 그가 늘 보던 이웃이 아닌 특이한 외모에 마음이 끌렸을 수도 있는데 말이다. 그런데도 그녀는 마음 깊이 질기게 끈을 붙잡고, 놓지 못했다.

사실 겉으로 특별하다고 일컬을 사이는 아니었다. 그런데도 그는 언제나 특별한 존재로 그녀를 대우하였다. 가능한 가까운 사이가 되기를 희망한다고 수시로 말했던 그는 농담처럼 아내가 되어 달라고 말하기도 했다. 그녀는 점차 그를 인식하고, 그와의 관계를 정립하려고 노력하던 중이었다. 그리고 그 일이 일어났다.

심장병 환자의 수술을 어시스트하는 과정은 늘 힘들었다. 그녀는 어려운 수술이 끝난 후 지친 몸을 이끌고 숙소로 향했다. 지나는 길목에는 전통을 자랑하는 오래된 카페가 있었다. 그녀는 가끔 베링거와 함께 그곳에 들러 차를 마시고 시간을 때우곤 했었다. 지나치다가 우연히 안을 들여다보았다. 베링거가 있었다. 청바지를 입고, 노란 머리칼의 잘 생긴 그는 혼자 앉아 생각에 빠져 있는 것처럼 보였다.

그녀는 그가 반가웠다. 함께 커피를 마실까 생각하며 문으로 향할 때, 어떤 여자가 손을 흔들며 그의 테이블로 다가가는 것이 보였다. 그녀는 재빨리 몸을 숨겼다. 상대는 독일에서 시행된 어학 프로그램에 함께 참가했던 한국인 간호사였다. 그녀가 잘 아는 그 여자는 베링거와 함께 돌아다니는 그녀에게 곱지 않은 시선을 던지곤 했었다. 여자가 왜 그에게 다가가는지 알 수 없었다. 하지만 그녀는 곧 그들이 보통 사이가 아니라는 사실을 알아 버렸다.

유리창을 통해 다정하게 이마를 맞대고 미소 짓는 그들의 모습을 보는 순간, 그녀의 희망은 박살이 났다. 그녀는 또 다른 도둑을 보았다. 도둑은 시간과 장소를 초월하여 어디서든 나타났다. 그녀의 희망을 앗아가려고 불현듯 나타난 도둑에 그녀는 숨이 막혔다. 눈앞에 확연하게 펼쳐진 사실이 잠들려던 그녀의 불신의 숲을 흔들어 깨웠다.

카페의 광경을 목격하고 잠시 아찔했던 그녀는 시간이 지나면서 차츰 분노가 치솟았다. 뼈 속으로 깊이 스미는 배신감으로 메스꺼움이 생겼고, 토악질이 끊임없이 올라왔다. 그녀는 그 자리에 그대로 서 있을 수가 없었다. 극심한 배반의 느낌을 추스른 채 수건으로 입을 틀어막았다. 그녀는 비틀거리는 걸음으로 간신히 숙소에 돌아왔다. 냉장고에서 찬 맥주를 꺼내 들이키자 이상하게도 눈물이 흘렀다. 그날은 정말 하염없이 울었다. 오래전부터 감정을 자제하는 법을 터득했던 그녀는 참담한 절망도 스스로 다스릴 수 있었다.

베링거로부터 청첩장을 받았다. 그녀가 아닌 다른 여자의 이름이 청첩장에 기재되어 있었다. 그녀가 아는 여자, 카페에서 보았던 그 여자였다. 다른 여자와의 결혼으로 그녀와의 관계를 청산한 그의 선택은 잔인했다. 그녀와 닮은 피부색과 언어를 사용하는 여자와 결혼하므로 폐쇄된 그녀의 세계에 복수했다. 까닭 없이 수모를 주는 그녀에게 가까워지기 위하여 그는 더 이상 돈과 시간을 투자하고 싶지 않았을 수도 있었다. 과거의 망령에서 헤어나지 못하는 그녀를 이해하지 못했을 것이고, 부담스러웠을지도 몰랐다. 아무리 가까이 다가서려고 노력해도 접근 금지의 팻말을 든 그녀와 더 이상 거리를 좁힐 수 없다고 느꼈거나, 설득이 힘들다고 판단했을지도 모르겠다.

그가 조금만 참았더라면 좋았을 것이다. 좋은 관계를 유지하려고 필사의 노력을 하던 그녀였음을 그가 조금만 이해해 주었다면 어땠을까. 아주 조금만 더 인내했으면 두 사람의 관계에 분명 진전이 있었다. 발전이 가능한 그 시기를 그는 놓쳤다. 그가 참지 못한 것이 그녀는 못내 아쉬웠다. 사람들과의 진정한 관계를 다짐하며 애쓰던 시기에 모처럼 이어지던 그와의 관계가 끊어지면서 그녀는 사람들과의 소통에서 완전히 문을 닫았다. 불신의 켜가 한층 두꺼워진 것은 베링거가 단단히 한몫을 했다.

그녀는 아무렇지 않은 표정으로 결혼식에 참석해 축하의 말을 건넸지만 속으론 치를 떨었다. 그래도 표정을 감추며 웃어야 했다. 예전의 기억들로 인해 그녀는 겉으로 항상 미소를 지었다. 표정을 드러내지 않으면 아무도 그녀가 무슨 생각을 하는지 몰랐다. 잠을 못 이룰 만큼 낭패감에 허덕거리며 종종 혼자서 울음을 삼키더라도 주위 사람들 앞에서는 절대로 내색하지 않았다. 한국에서처럼 재수 없는 사람이 될 수는 없었다.

그녀는 이후로 더욱 단단한 껍질 속에 숨었다. 조금도 망설이지 않고, 세상으로 향하는 문을 다시 굳게 닫았다. 겉은 상냥하지만 속은 냉담하게 예전의 웅크린 모습으로 돌아갔다. 그녀는 외로움에 지친 여자들이 뿌리내리기 위해 독일 남자들과 쉽게 어울리거나, 결혼을 결정하는 것에 민감하게 반응했다. 항상 냉정한 시선으로 사람들을 지켜보았고, 매사에 비판적이 되었으며, 일들을 분명하게 처리했다. 그런 태도는 그곳에서도 정착하지 못하는 이유가 되었다. 마음을 열고, 사람들과 가깝게 지낼 기회를 잡을 수도 있었지만 그녀는 황급히 피해 버렸다. 멀리로 달아난 그녀는, 자신이 만든 작은 세계로 숨어 살았다.

기숙사가 정면에 나타났다. 안으로 들어가면 예전의 모든 것들이 있을 것이다. 친구들과 부대끼며 살았던 방과 비좁은 세면장, 배식 때마다 복도로 길게 행렬을 이루었던 식당도 볼 수 있을 것이었다. 매서운 사감 선생님의 눈길을 피해 몰래 보던 흑백텔레비전, 비 내리는 날 내려다보던 정원의 잔디밭도 잇달아 그리움으로 다가왔다. 잠자다 몇 번씩 불려나가 무릎을 꿇고 듣던 선배들의 길고 지루했던 훈시, 차디찬 바닥의 휴게실, 가끔씩 올라가던 옥상도 있었다. 슬프고 속상할 때, 그녀는 옥상에 올라가 혼자서 오랜 동안 하늘을 쳐다보곤 했었다. 리모트 컨트롤로 꺼져 있던 화면을 다시 살려 낸 것처럼 온갖 기억들이 생생하게 되살아났다.

저녁 식사가 끝나고 나서, 그녀는 아는 얼굴들 몇과도 인사를 나누었다. 모두 그녀를 신기한 눈초리로 쳐다보는 것 같아 괜스레 얼굴이 붉어졌다. 함께 어울린다는 것은 쉬운 일이 아니었다.

숙소로 정해진 여관에서 짐을 풀었을 때에야 비로소 긴장했던 마음이 풀어졌다. 친구들과의 불편함도 조금은 사라진 느낌이 들었고, 평정과 여유를 되찾을 수가 있었다.

"현주 얘기 듣고 어땠니? 꼭 숨기려던 것은 아니었어. 미안하다."

자리를 펴고 누웠을 때, 물어보고 싶은 걸 내내 참고 있었다는 듯 윤이 그녀의 표정을 살피며 조심스럽게 물었다.

"네가 미안해할 건 없어. 현주라면 몰라도."

그녀는 담담히 말했다. 현주를 생각하면 화가 치밀었지만 내색할 수는 없었다. 죽음을 계획하는 순간에도 현주가 그녀를 떠올렸던 것은 아닌지 모르겠다. 친구들에게 보란 듯이 미소 지으며 마지막 작별인사를 했을지도 모를 일이었다. 하지만 그런 말을 윤에게는 하지 않았다. 윤이 그녀에게 죄인처럼 구는 것은 싫었다. 윤이 덕에 그나마 이런 시간을 보낼 수 있어서 다행이라고 그녀는 생각하는 중이었다.

"현주는 역시 대단해. 여전하기도 하고."

그녀의 어이없다는 표정에 윤도 씁쓸한 표정으로 대꾸했다.

"그렇지? 나도 현주의 한결같은 모습이 부럽더라니까."

"그때처럼 저답게 행동했을 거라는 생각이 들어. 네가 말하지 않아도 난 다 알 거 같거든. 근데 혹시 그 애 시는 읽어 봤니? 내용이 궁금하네."

현주가 어떤 시를 썼는지, 윤이 그 시들을 어떻게 읽었는지 궁금했다.

사실 현주도 그녀처럼 숨어서 살고 있었을 것이라고 여겼다. 그러다가 막연히 힘에 겨워 쓰러졌던 게 아닌가 생각했다. 얼마나 견딜 수 없으면 목숨을 끊었을까 싶어서 안쓰럽기도, 미안한 마음이 들기도 했다. 한편으론 죽음을 향한 현주의 고집이 부러웠지만 미워했던 지난 시간들을 진심으로 사과할 기분까지 들었던 터였다. 그러나 현주는 그녀의 생각과 달라도 너무나 달랐다. 그녀가 생각하지도 못한 방법으로 살다 갔다. 죽음 뒤에도 우뚝 선 시인이 되어 환한 조명을 받으며 모두에게 손을 흔들고 있었던 것이다.

"모르겠어. 읽었는데도 잘 모르겠더라."

"유고 시집이 있어?"

"서점에 나와 있어서 지난번에 일부러 한 권 샀었어. 오래된 거라 지금은 있을지 모르겠다. 필요하면 주문하지 뭐."

윤은 모호한 표정을 지었다. 시가 마음에 들지 않았는지도 몰랐다. 그녀는 망설이는 윤을 보니 더 이상 묻기가 어려웠다.

한국을 떠난 이후로 학교와 연관이 있는 사람들과는 되도록 멀리 했다. 낯선 땅에서도 윤의 얼굴이 가끔 떠올랐지만 먼저 연락하거나 관계를 이으려던 적은 없었다. 지금까지 통로를 단절시키지 않았던 것도 조심스럽게 주위를 맴돌며 접근한 윤으로 인해서였다. 윤은 그녀에게 일방적이고 지속적인 관심을 보였다. 윤이 그녀에게만 특별했다고 생각할 수는 없었다. 누구에게나 친절하고 상냥했으며, 매사에 너그러운 성품이었으니 말이다. 그렇더라도 그녀는 윤에게 늘 감사한 마음이었다.

"현주를 생각하면 마음이 좋지 않아. 친했다고 생각했는데 일이 일어났을 때 다른 애들보다도 더 혹독하게 굴었거든. 그게 마음에 걸렸나 봐. 다른 애들보다 더 원망스러웠으니까."

현주에 대한 생각이 나서였는지 그녀는 주변의 누구와 다정하게 지내지 못했다. 친했다고 여겼던 사람이 어느 순간에 칼을 빼들지 몰라서 가까워지는 게 두려웠다. 베링거와 가깝게 지냈던 것은 그와 깊이 있는 이야기를 나누지 않아도 되는 이방인이었던 이유가 컸을지도 몰랐다.

"독일에서도 가끔 현주가 꿈에 보였어. 우습지? 꿈속에서 내게 지나치게 굴며, 손가락질하는 아이들 중에 이상하게도 꼭 현주가 보이더라고. 애들과 어울려 날 잡으러 쫓아다니거나 흉측한 모습으로 나타나 덤비기도 했고."

"독일까지 찾아가다니, 참 멀리도 갔네."

윤이 조용히 말을 이어 가는 그녀를 안쓰러운 눈빛으로 쳐다보았다.

"비명을 지르다가 깨어 보면 몸이 온통 땀에 젖어 있곤 했어. 시트까지 축축할 정도로. 꿈이었는데도 정말 끔찍하고 싫었지."

윤은 말없이 조용히 듣고 있었다.

"아이들이 왜 잘못한 게 없는 내게 그러는지 괴로웠어. 왜 꿈에서까지 골탕 먹이는지 속이 상해서 화도 많이 났고."

"힘들었구나. 그래도 잘 견뎌 내서 다행이야."

"대충."

윤의 눈가에 어린 안타까워하는 마음이 의외로 그녀를 차분하게 했다.

"생각해 보면 잠재적 피해의식이 그런 식으로 나타났는지도 모르겠어. 그 일을 잊지 못해서 그랬던 거 같아. 아이들만 떠올리면 밉고, 부르르 떨려서, 열이 날 지경이었지. 그러던 중에 네게서 현주가 죽었다는 소식과, 죽으면서 돈을 훔친 게 자기였다고 고백했다는 전화를 받았어. 그 날은 이상하게도 죄지은 느낌이 들더라."

"……."

"내가 지독히 미워해서 죽었는지 모른다는 죄책감 같은 거. 미워한 것이 몹쓸 짓이라고 생각해 본 적은 없었는데, 이상했어. 하지만, 사람 마음이 다 그런 건지, 좀 전에 현주가 시인이 되고 유명해졌다는 소리를 들었을 때는 좀 그렇더라. 속은 것 같고, 사기당한 기분도 들고."

"네 마음 이해해. 나도 그런 생각이 들곤 했거든."

"솔직히 현주가 사기꾼이란 생각이 들지 뭐니? 아무래도 나는 이해할 수가 없어. 생각들이 뒤죽박죽으로 엉켜서 판단할 수가 없네. 사람을 이해한다는 게 말처럼 쉽지 않겠지만 현주는 아무래도 좀 그래. 본질적으로 잘못된 게 아닐까 하는 그런 생각? 뭐가 뭔지, 실은 잘 모르겠어. 모든 게 엉망이 된 거 같아. 나도 이젠 늙었나?"

"현주는 나도 이해하기 힘들어. 이런 이야기, 아무에게도 한 적이 없는데 졸업 후에 나도 딱 한번 그 애를 만났어. 군산극장 골목에서."

윤은 한숨을 쉬는 것처럼 말을 이었다.

"안이 훤히 비치는 얇은 옷을 입고 지나가더라. 샛노란 블라우스 차림이 두드러져 보기가 좀 그랬어. 나랑 부딪혔는데 보자마자 고개를 돌리더니 모른 척하더라고. 얼마나 민망했던지 몰라. 동창인데 웃으며 아는 체하면 누가 뭐라니? 나름대로 죄의식이 있어서 그랬는지도 몰라. 그땐 그걸 몰랐지. 시를 읽는데도 차갑게 지나치던 얼굴이 계속 눈앞에 어른거리더라."

윤의 표정이 씁쓸했다.

"시(詩)는 어땠니? 읽어 봤다면서."

"글쎄, 내가 뭘 알아야 평을 하지. 읽긴 했는데 내 취향은 아니야. 너무 난해해서 모르겠더라. 내용도 그렇고. 이럴 줄 알았으면 가져올 걸 그랬다. 너 같으면 무슨 뜻인지 알 수도 있었을 텐데."

"대중을 향해서까지 거짓말은 하지 않겠지. 설마 속임수로 글을 쓰지는 않았을 거야. 썼다면 독자들이 즉시 알아챌 테니까. 한번 읽어 보고 싶다."

"누가 알아서 속임수를 간파하겠니? 그럴 만한 가치가 있는 글인지, 나로선 뭐라고 말할 수가 없다. 좀 독특하긴 했어. 다 읽고 나서도, 기분이 찜찜하고 영 개운치가 않더라고. 거지같은 기분이었다고 할까. 아름답고, 향기가 나는 언어들은 찾을 수가 없었거든. 사람의 영혼을 비추는 거울이라고 생각한 글에 관한 내 관념을 깨트린 때문일지도 모르지. 개인의 취향이지만 섬뜩하고 싫었어. 물론 나와 맞지 않아서 그랬겠지만 괜히 읽었다 싶었어."

윤은 처음과 다르게 현주의 글에 실망했다는 표정을 지었다. 글을 읽고 후회했다는 윤의 말은 그녀를 착잡하게 했다.

"등단은 언제 했는데?"

"얼마 안 됐어. 등단하고 일 년 만에 자살했다니까 한 이 년 됐나? 우울증으로 자살했다고 유고집에 쓰여 있었어. 나도 잘은 몰라."

그랬다. 자살이었다. 그녀는 새삼 현주의 죽음이 실감났다. 윤으로부터 소식을 들었을 땐 엉겁결에 뺨을 호되게 맞은 기분이었다. 그녀도 자살을 시도하려던 적이 있었다. 범인으로 몰렸을 때, 결백을 증명하고 싶어서 생각했던 극단의 방법이었다. 범인으로 몰아간 모두들에게 죽음으로 마음의 부채를 짐 지우고 싶었다. 강한 적대감이 죽음의 두려움을 이길 수 있으리라고 생각했지만 그녀는 끝내 이루지 못했다. 죽음의 공포를 이길 만큼의 오기와 배짱이 그녀에겐 없었다. 현주는 달랐다. 그녀가 감행하지 못했던 일을 보란 듯이 해치웠다. 현주가 다른 점은 바로 그런 과감함이었다.

"현주, 결혼했니? 예전에 사귀던 남자하고 동거한다는 소리를 들은 적이 있었는데."

"잘 몰라. 애들하고도 전부 연락이 끊겼거든. 책엔 미혼이라고 썼더라."

"헤어졌나?"

윤은 모른다는 뜻으로 고개를 저었다.

"아무튼 자살이 화제였긴 했겠다."

"그랬겠지. 그쪽하고는 거리가 좀 멀어서. 사실 우리도 잘 몰랐어."

"그런데 현주에 관한 그런 소식은 어떻게 알았어?"

"애영이가 어디서 소식 듣고 말해 줘서 알았어. 둘이 고등학교 동창이거든. 친정집도 가깝고. 아마 현주 동생하고 연락이 되었었나 봐."

살아서보다 현주는 죽어서 더 유명해진 것 같다고 했다. 이곳에서도 추모일에 낭독을 하거나 현주의 작품세계에 관한 논쟁들을 벌이고 있다고 했다.

"평론가들이 적극적으로 덤비는 것을 보면 사람들은 그런 문제성 있는 글에 이야기가 더 많은 모양이야. 신문에서 문학에 관한 기사가 나올 때 보면 요절한 사람들의 명단에 현주가 끼어 있더라고. 죽기 전까지의 짧은 기간에 다른 사람들은 평생 걸려도 쓰지 못할 엄청난 글을 썼다나, 뭐 그런 식으로."

"동기 중에 그런 인재가 있었으니 축하할 일이네."

"현주가 거목이 된 걸 보면, 잘못되어도 뭐가 단단히 잘못된 것 같아."

"글이 좋으면 모든 게 다 용서가 된다는 건가? 인간성이 바닥이어도 상관없다는 거."

만약 현주와 위치가 바뀌었으면 그녀는 그럴 용기가 있었을까. 아무리 유명해진다고 해도 그럴 수 없을 것 같았다. 그녀는 죽음이 두려웠다. 미지의 세계, 어둠 저 너머의 죽음을 향해 용기를 낼 수 없을 것 같았다. 하나뿐인 목숨을 지키면서 지금까지 버텨 온 것은 아마 그런 이유였을 것이다.

당시에도 그녀는 무표정하고, 매사에 도전적인 눈빛으로, 나는 범인이 아니라는 당당함을 풍기고 다녔다. 누가 뭐라고 욕하든 그녀는 떳떳했었다. 그러니 누구에게나 거부감을 일으켰을 것이다.

"그런데, 참 이상해. 말하기 뭣하지만 형편없는 시라고 생각했는데, 읽다 보니 왠지 슬프더라고. 지저분해서 거지 같다고 치부하려는데 읽을수록 묘하게 가슴이 아팠어. 정말, 이상한 건 쓰레기 같은 그 글이 현주와 똑같은 느낌이 들더라는 거야."

윤이 부연했다. 윤의 말대로라면 현주는 글자들 안에 스스로를 발가벗겨 드러내었는지 모르겠다. 송두리째 글 속에다 자신을 저장하여 읽는 사람으로 하여금 들여다볼 수 있게 요령을 부렸을 수도 있었다. 삶을 지긋지긋하게 생각하다가 구차해져서 시(詩) 속에 끊임없이 독설을 퍼붓고 죽어 버렸을지도 몰랐다.

한편으론 자살이 쇼였을지 모른다는 의심이 들었다. 현주는 충분히 그럴 수 있었다. 탕자처럼 비럭질하다 고개 숙이고, 돌아온 극적인 배역을 연기할 수 있었다. 인생을 한 무대로 정하고, 생을 각색하여 연출할 소질이 다분한 현주였다. 유명세를 의식하여 마지막 불꽃까지 태우고, 기진해서 소멸해 간 시인으로 남겨질 수만 있다면 현주는 뭐든 했을 것이다. 두려울 것이 아무것도 없는 목숨도 버릴 만큼 현주는 영악한 면이 있었다. 목숨도 버릴 열정적인 시인의 생애는 그럴 듯해서 현주에겐 구미가 당길 법했다.

겉에 드러나는 단편적인 시선으로 사람들은 타인을 평가하고, 때론 그런 식의 평가가 오류를 범한다. 다수가 지닌 엄청난 힘은 잘못된 평가를 받은 누군가를 희생할 수도 있었다. 그녀가 바로 당사자였으므로 사람들을 함부로 평하거나 쉽게 단정을 지으면 안 된다는 것이 평소 그녀의 소신이었다. 어쩌면 현주에 대한 판단이 오류를 범하는지 모른다고 생각했지만 현주에 대한 생각은 쉽게 벗어 버릴 수가 없었다.

"인생을 마감할 때, 현주는 어떤 해방감을 느꼈을까."

"미친, 행방감은 무슨. 사람이 목숨 갖고 장난을 치냐? 생명은 소중한 거야. 신이 우리를 살게 하는 나름의 이유가 분명히 있을 텐데 왜 자기 목숨을 끊어? 자살은 멍청한 짓이라고 생각해. 살인이라고, 나는 어떤 이유로든 자살은 안 된다고 봐."

"나도, 나도 자살 반대론자야. 그게 누구야?"

자는 줄 알았던 애영이가 어느 틈에 옆에 와 누우며 거들었다.

"현주 이야기."

"어? 그랬어. 현주 이야기였구나. 난 또 누구 다른 사람 말하는 줄 알고."

그녀는 현주가 아니어서 그 기분을 알 수는 없었다. 죽음이 어떤 식이었을지, 생에 마침표를 찍었던 마음을 정확하게 파악할 수가 없었다. 죽음과 함께 모처럼 자유를 깨달았거나, 터무니없는 집착을 버렸을 수도 있었다. 충격적인 방법이지만 잘못된 과거와 연결되는 통로를 그것으로 차단하고 싶기도 했을 것이었다. 살아 있는 동안에는 기억하고 싶지 않았겠지만, 죽으면서 그 일들을 기억하며, 사죄를 받을 수 있기를 기대했을 수도 있었다. 현주에 대해서는 더 이상 생각하기 싫었다.

갑자기 밀물처럼 피곤이 밀려들었다. 시차 적응이 안 된 탓인지 자꾸만 졸음이 왔다.

"피곤했나 봐. 아주 깊이 잠들었어."

아득히 멀리서 들려오는 듯 언뜻 누군가의 목소리가 났다. 그녀도 모르는 사이에 잠이 들었던 모양이었다.

"현주가 시인이 되었다는 소리에 많이 놀란 눈치더라. 나도 말해 놓고 지은이의 얼굴이 갑자기 해쓱해져서 민망했어. 범인이 현주라는 말은 전했으면서 왜 시인이 되었다는 말은 하지 않았니? 현주가 자신이 범인이라고 밝혔다는 걸 어떻게 이야기했니?"

"유서에 썼다고 했어. 시인이 되었다는 말은 하기가 싫더라고. 구태여 그런 걸 말해서 뭐하나 생각이 들기도 했었고."

"일부러 숨겼나 보구나. 난 유고집을 정리한 사람들이 써 놓은 글을 읽고 범인을 알게 되었다고 말한 줄 알았어. 그랬다면 내가 괜한 소리를 했나 봐. 불쑥 말하는 버릇이 있어서. 난 정말 주책이지. 미안하다."

"내게 미안할 게 있나? 지은이에게 미안하지. 현주가 치명적이긴 했어도 상처를 입힌 게 현주만은 아니잖아. 그래도 현주가 시인이 되었다는 말은 차마 못하겠더라고. 지은이가 들으면 다시 상처 입을까 봐 걱정도 되고. 네가 잘못한 것은 없어. 어차피 언젠가는 알게 되었을 걸. 차라리 잘 되었지, 뭐."

애영이의 속삭이는 목소리에 윤이 나직한 소리로 대꾸했다.

"나도 그때는 참 잘못했어. 감쪽같은 현주의 계략에 속아서 지은이가 범인이라고 생각했거든. 정말 지은이가 훔친 줄 알았어."

"너만 그랬던 건 아니야. 다들 그렇게 생각했었지. 그러니 지은이가 속 많이 상했겠지. 속을 뒤집어 보일 수도 없고, 얼마나 답답하고 속이 탔겠니?"

"그나마 다행이긴 하다. 그치? 현주가 범인이 저라고 말하지 않고 죽었으면 우리도 끝까지 지은이가 범인인 줄 알았을 테니까. 정말 소름이 끼친다. 이번에 그때 일들을 지은이도 다 잊었으면 좋겠는데. 지은이가 결혼도 안 하고 독신으로 사는 것이 꼭 내 탓 같아서, 자꾸 마음에 걸려."

애영이의 후회하는 말이 그녀의 가슴을 뭉클하게 했다. 애영이에 대한 감정도 뒤죽박죽이 된 것 같았다.

"답답하기도 했을 거야. 그렇다고 너무 깊게 생각하지 말자. 혼자 사는 것엔 무슨 이유가 있겠지. 어차피 인생은 자신이 결정하는 거니까 우리가 뭐라고 단정 지을 수는 없어. 꼭 누구 탓이랄 수도 없고."

"지은이가 현주를 용서할 수는 있을까?"

"그거야 지은이 마음이니까 우리야 모르지. 우리가 그런 것까지 어떻게 알겠어? 현주에 대해서는 우리가 아는 것보다 지은이가 더 잘 알고 있었을지도 몰라. 너랑 현주, 지은이, 세 사람 꽤 친했었던 사이였고."

"그러긴 했지. 사고가 없었다면 지금도 좋은 사이로 지냈을지도 모르고. 현주는 왜 자살했을까? 죽음으로 다 해결되는 것은 아닌데, 정말 바보짓을 했지? 지은이처럼 이렇게 자리를 만들 수도 있었는데."

한참, 뜸을 들인 후에 애영이 깊은 한숨을 쉬며 혼잣말처럼 내뱉었다.

"그러게. 현주는 자살이 어쩌면 최상의 선택이었을지도 모르지. 죽은 사람 이야기는 우울하니까 더 이상 하지 말자."

윤도 적당한 말이 생각나지 않는지 말을 끊었다가 한참 만에야 메마르게 대꾸했다.

"이렇게 지은이처럼 함께 만나는 기회를 가졌으면 얼마나 좋았을까 싫어서 그래. 생각할수록 현주가 정말 멍청한 짓을 한 거 같아서. 너는 지은이를 본 느낌이 어땠니? 아무래도 예전의 지은이 같지가 않아. 마치 딴 사람인 것 같아. 그래서인지 자꾸 신경이 쓰여."

"별소리를 다 한다. 오랜만에 만나서 그럴 거야."

"그럴까? 느낌이 좀 그래서. 그때는 지은이가 너무 도도해서 얄미웠어. 고개 숙이고 미안해하는 표정이었다면 안 그랬을 수도 있었는데."

"지나간 얘기지. 그게 우리들의 실수였고. 지은이가 도둑이 아니란 것을 우리가 몰랐던 거고, 실은 지은이의 마음이 여리다는 것을 우리 중에 아무도 몰랐던 것이 문제였지. 다른 생각은 말자. 이번은 지은이를 위해서 준비한 모임이니까 내일 스케줄이나 잘 잡아라. 차질 생기지 않도록."

"알아, 모처럼 돌아온 고국에서 근사한 휴가를 보내게 하라는 그 말이지? 걱정일랑 아예 접어서 담아 둬라. 멋진 계획을 세워 놓았거든."

"그래. 말귀 하나는 밝아 다행이다."

윤의 돌아눕는 소리와 소리 죽여 웃는 애영이의 모습도 보이는 것 같았다.

시간이 얼마나 흘렀을까. 모두는 깊은 잠에 빠져 있었지만 그녀는 다시 잠들 수 없었다. 주위를 살펴보고, 친구들이 깨어나지 않도록 조심조심 자리를 털고 일어나 그녀는 여관을 빠져나왔다. 새벽바람이 차가웠지만 기분은 더없이 상쾌하고 좋았다. 지나가는 택시를 세워 올라탄 후 그녀는 개정으로 가 달라고 부탁했다.

"눈이 오려나?"

그녀는 안개가 잔뜩 끼어 있는 하늘을 쳐다보았다.

"안개가 끼는 날은 맑아요."

"요즘에도 눈이 많이 내리나요?"

"옛날처럼 많이 오지는 않더라고요. 어쩌다 눈이 와도 곧 녹아 버리고. 차들이 많이 다니니까 거리가 질척해져서 눈이 왔다는 기분도 들지 않고요."

그녀의 말을 알아들은 기사가 심드렁하게 내뱉었다. 달리는 차의 기사 목소리는 잠이 부족한지 기운이 없었다.

눈이 내리지 않는다니 유감이었다. 아침 근무를 나갈 때, 솜털처럼 하얗게 쌓인 눈을 밟던 기억이 떠올랐다. 지나다닌 사람이 없는 새벽, 눈 쌓인 도로 위로 첫 발을 내딛을 때의 포근했던 기억들은 잊을 수 없었다. 그녀는 다른 사람들보다 늘 한발 먼저 기숙사를 나섰다. 누구와도 부딪히고 싶지 않은 마음에서였다. 그래서 항상 깨끗한 눈 위에 첫 발자국을 남길 수 있었다. 세상을 흰 보자기로 덮어씌운 것처럼 그렇게 시리도록 흰 눈이 쏟아져 내렸으면 싶었다. 아름답지 못한 연기의 그을음 같은 지난날의 기억들을 그 눈 속에 모조리 파묻어 버릴 수 있었으면 하는 마음이었다. 그때처럼 많은 눈이 내리면 좋겠다고 기대했다.

지난날, 형편없는 짓들을 벌이고 다니느라 점호 시간에 늦게 기숙사에 들어오다가 걸렸던 절박한 현주의 입장을 그녀는 한번도 생각하지 않았다. 그녀가 범인이라고 지목해 퍼트린 철면피와 음모에 기습당한 배반의 기분에서 헤어날 수 없었으므로 결코 현주를 용서할 수 없다고 생각했다. 어쩌면 현주는 죽을 때까지 자신을 추하게 생각하고 스스로를 학대했는지도 몰랐다. 저변에 현주에 대한 분노가 깔려 있어 시인이 된 것을 나쁘게 생각했지만 실은 그녀처럼 너무나 지쳐서 현주도 자살의 방법을 택했던 것인지도 몰랐다. 거센 풍랑과 싸우다 힘에 겨워 쓰러진 현주를 제대로 이해할 수 있다면 그녀는 모든 것을 털고, 홀가분하게 이 땅을 떠날 수 있을 것이다. 그런 후에는 어떤 이야기를 들어도 괜찮을 것 같았다. 극단의 상황에 처하더라도 마음의 평정을 찾을 수 있고, 그렇게 하는 것이 그녀가 아름다운 기억을 되찾을 수 있는 넉넉하고 진정한 방법이었다.

기숙사와 학교와 병원을 다시 둘러보고 싶었다. 보고 싶은 것들을 본 후엔 날이 밝는 대로 가까운 서점에 들를 생각이었다. 서점에서 현주의 시집을 구해 조용한 찻집에서 읽어 볼 작정이었다. 시 속에 그녀를 향한 속죄의 문장을 찾을 수 있을지도 몰랐다. 자세히 현주를 느낄 수 있게 된다면 그녀의 프리즘을 통하여 본 현주와는 다른 모습의 현주가 그 안에 들어 있을지도 모르는 일이었다. 시를 읽은 후엔 남아 있던 감정들을 깔끔하게 털어 버리고 싶었다. 그런 후면 현주와 획기적 관계를 만들 수도 있을 것이었다. 늦었지만 그것이 죽은 자에 대한 마지막 예의였다.

이곳에서 일어났던 기억들을 깔끔히 정리하고 난 후에는 독일에서의 삶도 달라질 수 있을 것이었다. 또 같은 상황에 처해도 그녀를 다시 일으켜 세울 명분을 마련할 수 있을지도 몰랐다.